KB058463

신의 카르테²

신의 카르테 ²

―――

다시 만난 친구

나쓰카와 소스케 장편소설
김수지 옮김

arte

차 례

일러두기

———

옮긴이주는 괄호 안에 '옮긴이'를 함께 넣어 표기하였습니다.

프롤로그

신슈에는 예로부터 '왕의 머리'라 불리는 곳이 있다.

해발 2,034미터, 정식 명칭은 '오가토(王ヶ頭)'로 마쓰모토, 우에다, 나가와 세 지역에 걸친 늠름한 산봉우리를 가리킨다. 산에 왕의 머리라는 이름을 붙인 선조들의 마음속에 자리했던 것은 두려움이었을까, 동경이었을까. 어느 쪽이 되었든 이 이름을 붙인 사람들은 흰 눈으로 뒤덮인 거산(巨山)을 올려다보며 예사롭지 않은 감정을 느꼈으리라. '우쓰쿠시가하라'라는 세련되긴 하지만 어딘가 심심한 호칭이 일반화된 지금도, 백설의 장려한 능선은 옛날과 변함없이 마쓰모토다이라를 내려다보고 있다.

겨울이라도 되면 산중턱까지 눈에 파묻혀 한 점 티끌도

없이 새하얘지는 거산의 위풍은 마쓰모토의 시가지에서도 충분히 감동스럽다.

3월 초순, 온몸이 얼어붙는 냉기로 가득한 마쓰모토역 터미널에서 나는 하얀 입김을 내뿜으며 실눈을 뜨고 그 아름다운 산을 바라보았다.

신슈의 풍요로운 자연과 마주했을 때 문득 가슴속에 떠오른 글귀가 있다.

'운명은 신이 생각하는 것이다. 인간은 인간답게 일하면 그걸로 충분하다.'

비약적으로 발전했던 메이지 시대, 홀로 조용히 그렇게 써 내려간 이는 문호 나쓰메 소세키이다.

나, 구리하라 이치토는 이 글귀에 감명 받아 그가 쓴 모든 작품을 읽고 말투만 이렇게 고풍스러워진 고고한 청년이다.

말투가 변했다 해도 속은 완전한 현대인이고, 괜히 '고고'하다며 점잖은 체해도 사실 사람들과 어울리는 것을 어려워하는 숫기 없는 사내일 뿐이다. 당연히 존경하는 나쓰메 선생님과는 아무런 인연도 없으며, 매일같이 신슈 마쓰모토다이라를 뛰어다니는 일개 내과의이다.

계절이 바뀌어 삼짇날이 지났을 무렵.

회계 연도의 말에 해당하는 이 시기는 도시의 사회인들에게는 여러모로 바쁠 때이지만, 의료 기관에서는 한기가 누그러들고 겨울철이면 몰려드는 폐렴 환자들의 진찰도 고비를 넘겨 한숨 돌릴 수 있는 시기이다.

내가 몸담고 있는 혼조병원도 예외는 아니다. '24시간, 365일 진료'라는 변변치 않은 간판을 걸고 연중무휴로 풀가동되는 이 일개 지방 병원에도 귀중한 계절인 것이다.

이 시기에 내가 갑작스레 이틀간의 휴가를 얻게 된 것은 바로 얼마 전의 일이었다.

내 지도 의사이신 내과 부장, 왕너구리 선생님이 4월 이후에도 혼조병원에서 계속 근무하기로 결정한 나에게 작은 선물을 주신 것이다. 새 회계 연도가 시작되면 업무에 서투른 신참들이 들어와서 한동안 휴가는 꿈도 못 꿀 거라며, 담당 환자 30명을 왕너구리 선생님에게 맡기고 감사하게도 꿈같은 이틀을 선물 받게 되었다.

의사가 된 지 꼬박 5년 만에 처음으로 얻은 휴가다운 휴가였다.

그런 나에게 우쓰쿠시가하라에 가지 않겠느냐고 제안한 사람이 바로 내가 사랑해 마지않는 아내인 하루이다.

"우쓰쿠시가하라? 지금 겨울이잖아."

당황해하며 묻는 나에게 아내는 싱긋 웃으며 말했다.

"겨울에만 볼 수 있는 것이 있답니다."

다카미하라 미술관을 비롯한 시설들이 많아 여름에는 관광객으로 붐비는 우쓰쿠시가하라 고원은 겨울에는 쌓인 눈 때문에 비너스 라인(나가노현 지노시에서 우에다시 우쓰쿠시가하라 고원 미술관에 이르는 76킬로미터 길이의 드라이브 코스-옮긴이)을 포함하여 일반 차량의 진입 자체가 전면 금지된다. 한겨울에는 영하 20도를 밑도는, 눈으로 뒤덮인 극한의 땅이다. 산악 사진가로서 세계를 누비고 다니는 아내라면 몰라도 나처럼 1년 내내 냉난방이 완비된 병원에서 지내는 사람이 갈 수 있을 만한 곳이라고는 생각되지 않는다.

"나는 당신과 다른 평범한 사람이야. 올라본 산이라고는 교토의 아라시야마 정도라고. 그런데 겨울에 우쓰쿠시가하라를……."

"아라시야마는 산이 아니죠."

"농담이야. 어쨌든 나는 2,000미터나 되는 겨울 산에 오를 수 있는 사람이 아니야."

"그것을 가능하게 해주는 것이 오가토 호텔의 장점이에요.

그곳에서 이치 씨에게 꼭 보여주고 싶은 풍경이 있어요."

우쓰쿠시가하라 정상에 자리 잡고 있는 오가토 호텔이 겨울에도 영업을 계속하고 있다는 사실은 의외로 잘 알려져 있지 않다.

이렇게 말하는 나도 사실 몰랐지만, 특별한 투어에 참가하면 마쓰모토 시가지까지 호텔 차량이 내려와서 관광객을 그 극한의 땅으로 데려다 준다. 눈이 너무 많이 쌓였을 때는 도중에 캐터필러 차량으로 바꿔 탄다고 한다.

반신반의했지만, 병원 안에서는 천하무적 내과의인 나도 밖으로 한 발짝만 나가면 상식에서부터 교양에 이르기까지 아내에게 못 미친다. 모처럼 얻은 이틀간의 휴가이니, 전적으로 아내에게 맡기기로 했다.

이리하여 토요일 이른 아침, 우리는 의기양양하게 마쓰모토역 터미널에서 셔틀버스에 올라탔다. 버스 자체는 차 높이가 조금 높을 뿐인 일반적인 미니버스였다. 차 위에 두툼하게 쌓인 눈과 차체 여기저기에 달라붙어 있는 얼음 덩어리가, 우리의 목적지가 별세계라는 사실을 암시하고 있었다.

시가지를 벗어나 흔들리는 차로 산길을 오르길 두 시간, 잎갈나무 숲길을 달리고 졸린 눈을 한 사슴 무리를 지나쳤다. 서쪽에서 서서히 모습을 드러내는 북알프스의 능선을 바라보면서, 맑게 갠 겨울 하늘 아래 온통 은빛 세계가 펼쳐진 우쓰쿠시가하라 고원에 도착했다.

　시간은 정오가 되기 전이었고, 싸 온 음식으로 가볍게 식사를 마치자 아내는 곧장 스노 슈즈를 가지고 나를 설원으로 꾀어냈다.

　폭신한 눈의 감촉에 나는 놀랐다.

　약간 거칠게 걸어보았는데, 눈이 부드럽게 나의 발을 감싸주어 깊은 곳에 빠지는 느낌이 들지 않았다. 그대로 광대한 설원의 한복판으로 나아가 망설임이 흥분으로 바뀔 때, 나는 뒤에서 따라오는 아내를 바라보았다.

　"이게 스노 슈즈라는 거야?"

　"맞아요."

　은은한 미소를 띠며 아내가 끄덕였다.

　하늘색 스키복을 입은 아내는 선글라스를 벗고 내 다리 쪽에 살짝 웅크리고 앉아서 스노 슈즈 벨트를 확인했다.

　"괜찮군요. 단단히 고정되어 있어요."

　"응."

　의젓하게 고개를 끄덕였지만, 가슴속에서 차오르는 벅

찬 감정을 억누를 길이 없다.

뒤를 돌아보니, 마치 새하얀 한지를 빈틈없이 발라놓은 듯이 새로 쌓인 눈 속에 나와 아내가 남긴 발자국만이 이어져 있다. 20분 전쯤에 나선 호텔의 빨간 지붕이 하얀 능선 건너편으로 어렴풋이 보일 뿐이었다.

나는 진심으로 감탄했다.

보통 신발이었다면 쉽사리 발이 빠졌을 법한 눈 위에서도 이 스노 슈즈만 신으면 아무렇지 않게 걸어나갈 수 있다. 마치 구름 위를 걷는 것만 같은 신기한 감각이다.

"이치 씨는 처음이죠? 마음에 들어요?"

"응. 무릎도 편해서 좋네."

"그런 할아버지 같은 말 말아요."

아내는 방긋 미소 지으며 가슴께에 있는 주머니에서 작은 지도를 꺼내 들고, 허리춤에 둔 나침반을 보며 방향을 확인하기 시작했다.

"그렇게 열심히 보지 않아도 아직 호텔은 보여, 하루."

이렇게 말하며 뒤를 돌아본 나는 또 한 번 놀랐다. 조금 전까지 분명히 호텔 지붕이 보였던 쪽에 새하얀 안개가 자욱이 끼어 지붕은커녕 능선의 형태조차 분간할 수 없게 된 것이다. 이내 사방팔방에 흰 구름이 가득 차 방향 감각을 전혀 알 수 없게 되자 나는 말문이 막혔다.

"설산은 순식간에 안개가 껴서 앞이 잘 안 보이는 경우가 자주 있어요. 하물며 스노 슈즈로 걷는 건 길 아닌 길이니, 움푹 꺼진 땅으로 들어가 있는 동안 안개가 끼면 눈 깜짝할 사이에 방향 감각을 잃어버려요."

"무서운걸."

"준비를 제대로 안 했다면, 무서운 일이죠."

지도를 확인하는 아내의 자세는 그야말로 침착 그 자체이다. 든든하기 그지없다.

"하루는 대단하네."

"대단할 것 없어요. 이치 씨가 어떤 환자가 오든 침착하게 진료하는 것과 마찬가지예요."

"나는 매번 식은땀만 흘리는걸."

쓴웃음과 함께 이야기를 나누면서, 다시 천천히 걷기 시작했다. 무릎을 부드럽게 감싸는 눈의 감촉과, 사박사박 울려 퍼지는 건조한 소리에 기분이 좋다. 앞으로 나아가면서 나는 사방을 둘러보았다.

눈 덮인 세계는 한마디로 신비 그 자체였다.

느닷없이 짙은 안개가 자욱해지는 듯하더니 언제 그랬느냐는 듯 시야가 트여서 하얗게 반짝이는 언덕이 모습을 드러냈다가, 설원에 파묻혀 있던 잎갈나무 숲이 보인다 싶으면 어디선가 나타난 구름이 금세 앞을 가린다. 햇살이 사라지면 이번에는 살을 에는 듯한 냉기가 들이닥쳐 약해 빠진 애송이를 비웃기라도 하듯 소중한 체온을 앗아간다.

이토록 변화무쌍한 풍경 안에 있노라니, 아침까지 우리 집 온타케소의 고타쓰(이불이 덮인 난방용 테이블 – 옮긴이) 안에 있었다는 게 꿈이었던 것만 같다.

절경에 시선을 빼앗겨 무심코 걸음을 멈추면 발 언저리부터 서서히 한기가 찾아드는 것이 느껴진다. 단단히 중무장을 했는데도, 차가운 정도가 아니라 아플 만큼 공격적이기까지 한 냉기로 가득 차서 숨을 내쉬는 콧속까지 얼어붙는 듯하다.

한기로 떨고 있는 나의 심신에 감동이라고도, 공포라고도 할 수 없는 감정의 소용돌이가 몰아친다. 일상생활 속에서는 완전히 잊고 있던 '자연'이라는, 정체 모를 존재에 대한 경외심이라고도 할 수 있을 것이다.

어느새 설원 한복판에서 우두커니 서 있는 나를, 몇 발짝 앞서 걷고 있던 아내가 의아하다는 듯 돌아보았다.

"이치 씨?"

그 목소리에 나는 태연하게 대답했다.

"걱정 마. 감동하는 중이야."

뜬금없는 말이었지만, 아내는 미소를 지으며 끄덕였다.

"여기가 해발 2,000미터인 거지?"

"네, 이곳이 겨울의 우쓰쿠시가하라예요."

아내의 청아한 목소리가 눈 위에 고요히 스며들어 번져나갔다.

오가토 호텔 현관을 나선 후 한 시간 정도 걸었을까. 뒤를 돌아보아도 호텔 지붕이 전혀 보이지 않게 되었을 때쯤, 몇 발짝 앞서 걷고 있던 아내가 걸음을 멈추었다.

"휴식이에요."

돌아선 아내는 땀을 흘린 기색도 없고 숨을 몰아쉬지도 않는다. 몽블랑이며 매킨리를 등반하는 산악 사진가의 위엄을 눈앞에서 확인하는 기분이다. 그와 반대로 매일 병원 안을 뛰어다녔던 나는 꽤나 가쁜 숨을 내쉬었다.

"이치 씨, 괜찮아요?"

걱정스러워하는 아내에게 나는 괜스레 더 당당한 목소리로 말했다.

"괜찮지. 아직 많이 남았나?"

"한 20분 정도 남았어요. 너무 힘들 것 같으면 돌아가도 돼요."

"걱정하지 마. 모처럼 하루가 내게 보여주고 싶은 풍경이 있다고 했는데, 여기까지 와서 돌아갈 수는 없지!"

끄떡없다며 가슴을 두드리는 내게, 아내는 가만히 물통을 건넸다. 한 모금 마시고는 눈이 휘둥그레졌다.

"이건 커피 아냐?"

물통에는 당연히 녹차가 들어 있을 것이라 생각했던 나의 입안에 진하게 볶은 커피 향이 기분 좋게 퍼졌다.

"네. 설산에서 마시는 뜨거운 커피는 별미죠."

"정말 별미네."

작은 것 하나하나에 일희일비하는 내 옆에서 아내는 능숙하게 스노 슈즈의 벨트를 다시 확인하고, 지도와 나침반으로 위치를 체크한 후 구름과 해를 바라보며 날씨를 가늠한다. 모든 움직임이 세련되었으며 군더더기가 없다.

다시 걷기 시작한 우리가 하얀 언덕을 두 개 정도 넘어서고, 대부분의 가지가 눈에 묻혀 있는 잎갈나무 숲을 지나왔을 때 홀연 시야가 트였다.

순간 실눈을 뜬 것은 눈이 부셔서가 아니다. 갑자기 눈앞에서 모든 것이 사라져 시선을 둘 대상이 없어졌기 때문이었다.

"왕의 코에 도착했어요."

아내의 조용한 목소리에, 다시 앞쪽을 바라보며 나는 꼼짝 않고 섰다.

나와 아내는 깎아지른 듯한 낭떠러지 위에 서 있었다. 지나온 잎갈나무 숲이 있는 뒤쪽을 제외하면 세 방향에는 시야를 방해하는 것이 없었고, 아득히 먼 저 앞쪽, 운해(雲海) 너머로 거대한 산맥이 나란히 늘어선 것이 보였다. 능선 위로 풍성한 흰 눈이 내려앉은 유유한 산들이 마치 지평선처럼 세계를 위아래로 나누고 있었다.

"겨울의 북알프스예요."

아내의 맑은 목소리가 울려 퍼진다.

그것은 말 그대로 거대한 벽이었다. 세계를 지탱하는 장성(長城)이었다. 하얗게 물든 거산의 능선이 거친 요철을 그리면서도, 전체적으로는 흔들림 없는 하나의 선이 좌우로 끝없이 뻗어 있었다.

아내의 오른손이 늘어선 봉우리들을 덧그리듯 따라가기 시작했다.

"저 안쪽의 하얀 곳이 노리쿠라다케, 거기에서 오른쪽으로 약간 떨어져서 튀어나온 곳이 야리가타케."

창 봉우리라는 뜻의 야리가타케, 정말이지 잘 지은 이름이다. 산 능선 사이로 창끝처럼 튀어나와 있는 것이 확실히 보인다.

아내의 목소리가 눈 덮인 대지에 스며들어 번져나간다.

"오른쪽으로 가면 지이가타케, 그 바로 오른쪽에 고양이 귀처럼 튀어나와 있는 두 봉우리가 가시마야리, 그리고 나란히 서 있는 세 봉우리가 시로우마 삼산(白馬 三山)……."

"그럼 조넨다케(나가노현 조넨산맥의 주된 봉우리로 해발 2,857미터 - 옮긴이)는 어디 있지?"

"조넨다케는 알프스 능선 아래에 있어서, 이 높이까지 올라오면 오히려 잘 안 보여요. 저 야리가타케 오른쪽 아래에 삼각형으로 똬리를 튼 것처럼 보이는 게 바로 조넨다케예요."

기분 탓인지 아내의 목소리에 생기가 넘치는 듯하다. 산을 정말 좋아하는 것일 터이다. 가느다란 손가락이 이번에는 저 멀리 오른쪽을 가리켰다.

"저 구름 사이에 어렴풋이 보이는 하얀 곳이 묘코(妙高)니까, 그 너머가 바로 바다예요."

"묘코까지 보이는 건가?"

"그래요."

아내는 뒤를 돌아, 이번에는 정반대 쪽에 있는 왼쪽 뒤편을 가리켰다.

"저쪽에 나란히 있는 게 야쓰가타케, 그 바로 왼쪽에 후지산도 희미하게 보인답니다."

깜짝 놀라 자세히 보니 정말 저쪽에 있는 울퉁불퉁한 능선 바로 옆에 그림엽서에서나 보았던 일본 제일의 명산이 어슴푸레하게 보였다. 나는 추위도 잊고 그 황홀한 파노라마에 넋을 빼앗겼다.

270도에 이르는 모든 시야에 웅장한 산봉우리가 묵묵히 앉아 우리를 감싸고 있었다.

문득 나는 노리쿠라다케 왼쪽 구름 사이로 어울리지 않을 정도의 박력을 가지고 홀연히 우뚝 솟아 있는 거산을 발견하고는 숨을 삼켰다.

"하루, 저 산은 뭐야?"

내 질문을 예상하고 있었다는 듯 아내는 대답했다.

"온타케산이에요."

"저 산이 바로……."

내가 가지고 있던 인상과 너무나도 달라서 놀랐다.

늘어서 있는 기소(木曾)의 능선에서 머리 하나가 튀어나와 있는 듯 묘하게 생긴 그 하얀 덩어리는 기소산맥을 거만하게 내려다보는 남다른 존재감으로 구름 사이에 자리

잡고 있었다. 마치 중앙 알프스를 거느린 산의 왕과 같다. 왕의 봉우리, 산 중의 산이란 그야말로 절묘한 이름이다.

"3,000미터의 독립봉, 온타케산이에요. 기소에서 보면 산에 둘러싸여서 오히려 전체가 안 보이는데, 이렇게 떨어져서 보면 엄청난 박력이 느껴지죠."

나는 그저 조용히 끄덕였다.

기소병원에는 일 때문에 몇 번 간 적이 있지만, 말 그대로 등잔 밑이 어두운 격이었다. 기소의 산골짜기에 있으면 온타케산을 직접 볼 수가 없기 때문에 온타케 신앙의 의미를 이해하기도 쉽지 않다. 하지만 이렇게 멀리서 바라보면, 그것은 틀림없이 신의 산이다.

"내가 정말 좋아하는 산이에요. 특히 겨울의 우쓰쿠시가하라에서 바라보는 온타케산이 제일 좋아요."

"하루가 보여주고 싶었다는 게 이 풍경이구나."

"맞아요."

기이하게도 우리가 사는 하숙집 이름이 '온타케소'인데 그 모습을 여태 한 번도 본 적이 없었다는 사실을 깨달았다. 신슈에서 온타케라는 이름은 단순한 산 이상의 의미를 지닌다. 신의 산이다. 그 이름의 의미를 이번에 처음 실감한 것이다.

아내가 실눈을 뜨고 온타케산을 바라보면서 말했다.

"여름에는 와도 안개 때문에 산을 거의 볼 수 없어요. 겨울에는 여기까지 오는 것 자체가 너무 힘들고요." 그러고는 가방에서 작은 삽을 꺼내 발 언저리의 눈을 밀어 헤치기 시작했다. "하지만 옛 사람들은 여기까지 올라와서 기도를 드렸답니다."

아내가 그렇게 말하며 얼굴을 들었을 때, 눈으로 만들어진 동굴 안에 파묻혀 있는 작은 사당이 몇 군데 보였다.

"온타케 신앙의 사당이에요."

나는 감탄하며 숨을 몰아쉬었다. 사당 안에 있는 석불들은 하나같이 온타케산을 향하고 있다.

아내가 일어나 온타케산을 향해 조용히 두 손을 모으는 모습을 보고 나도 따라 했다. 잠깐 동안 침묵하고 얼굴을 들자, 아내는 아직도 손을 모으고 있다. 얼굴을 들기까지는 한동안의 시간이 더 걸렸다.

"무슨 소원을 빌었어?"

무심한 척 묻는 나를 보고 아내는 피식 하고 웃음을 터뜨렸다.

"여러 가지요."

"그게 뭐야."

"그래도 제일 먼저 빈 것은 이치 씨와 오래 함께 있게 해달라는 거였어요."

"그건 기도할 필요도 없는 일인데……. 이렇게 같이 있잖아."

"아뇨, 걱정이 태산인걸요."

이렇게 말하는 아내의 눈빛은 의외로 진지했다.

"이치 씨는 4월 이후에도 혼조병원에 남기로 했어요. 5년 동안 바쁘게 일해오면서 대학병원으로 옮길 수도 있었을 텐데, 굳이 여기에 남는 쪽을 선택했어요."

사실이다.

작년 말, 내 진로에 대해 고민에 고민을 거듭하다 내린 결론은 혼조병원에 남는 것이었다. 그 선택에 확신과 자신이 있었던 건 아니다. 그런 게 있었다면 처음부터 고민하지도 않았을 것이다. 나는 그저 눈앞에서 기울어져가는 사상누각과도 같은 지역 의료에 등을 돌리고 하얀 거탑에 올라가는 것을 받아들이지 못했을 뿐이다.

그런 내 방식을 하루가 걱정하지 않을 리 없다. 요령이 없다면 없다고도 할 수 있다.

나는 천천히 입을 열었다.

"미안해."

"아뇨, 이치 씨가 사과할 것 없어요. 나는 항상 그런 당신을 보고 위안을 얻으니까요."

아내는 멀리 온타케산을 바라보며 말을 이어나갔다.

"산을 오르다 힘들어질 때는 항상 당신을 떠올리려 해요. 힘들어서 앞으로 나아가지 못하게 되면 '이치 씨도 이 악물고 험한 길을 오르고 있어'라고 생각하죠. 그러면 왠지 갑자기 기운이 나서 걸음이 가벼워져요."

그렇게 말하고 아내는 가슴에 손을 얹은 채로 눈을 감았다. 한동안 조용히 있더니 서서히 고개를 들고 말했다.

"이치 씨가 선택한 길이라면 나도 함께할 거예요. 하지만 앞으로 나아가기가 힘들어질 때는 잠시 멈추고 한 발짝 쉬어가기로 해요. 그리고 당신 뒤에는 항상 내가 있다는 걸 잊지 말고요. 온타케산이 지켜보는 앞에서 약속하는 거예요."

목소리에는 평소에 느끼지 못했던 힘이 실려 있다. 한마디 한마디가 가슴 깊이 파고들어왔다.

나는 조용히 끄덕였다. 그러고는 이내 깨달았다.

하루는 그 마음을 전하고 싶어서 나를 일부러 여기로 데려온 것이 분명하다. 항상 아내가 혼자 기도를 드렸던 산의 신들에게 둘이 함께 기도드리고 싶었던 것이다. 하루에게는 확실히 그런 절실하기까지 한 올곧은 면이 있다.

나는 한 번 더, 이번에는 크게 끄덕였다.

아내는 잔잔한 미소를 띠고는 손목시계를 보았다.

"그러면 이제 돌아갈까요?"

"벌써 가는 거야? 아직 2시잖아. 서두르지 않아도 돼."

"아뇨, 설산에서는 3시까지는 숙소로 돌아가야 해요. 어둑해지면 순식간에 기온이 떨어지거든요. 늦으면 목숨이 위험해져요."

나는 금세 현실로 돌아왔다.

여기는 겨울 산이다. 환자가 의사의 처방에 따르듯이 나도 아내의 말을 따라야 한다.

나는 뒤를 돌아 저 멀리 있는 온타케산을 한 번 더 눈에 담고, 아내에게로 시선을 돌렸다.

아내는 주머니에서 나침반을 꺼내 들고 침착하게 방향을 확인하기 시작했다. 이 작은 체구의 어디에서 이만큼의 체력과 담력이 나오는지, 언제나 경탄하고 만다. 하지만 절대 겉으로 드러내지 않는 그 마음속에는 여러 가지 불안이 자리 잡고 있을 것이다. 그런 감정들을 다정함으로 힘껏 감싸 안으며 그녀는 여기에 서 있다.

"하루."

내 목소리에 아내가 왜 그러느냐는 듯 돌아보았다.

"온타케산에는 로프웨이가 있었지?"

"네."

"여름이 오면 같이 가보자. 기계의 힘을 빌린다면 내 다리로도 어떻게든 해볼 수 있을 거야."

아내는 깜짝 놀란 듯 눈을 동그랗게 뜨더니 기뻐하며 끄덕였다.

제1장

다시 만난 친구

4월이 되었다.

새해가 시작되면 뭔가가 바뀔 거라는 근거 없는 낙관주의에 젖어 있는 것은 아니지만, 겸허한 나의 예상을 훌쩍 뛰어넘을 만큼 현실에서 달라진 것은 아무것도 없다.

나는 변함없이 온화하고 착실한 일개 내과의로서 쉬지도 자지도 못하고 일하며, 혼조병원도 외래, 병동 할 것 없이 불철주야로 문전성시를 이루고 있다.

아무리 환자가 많이 몰려들어도 현관에 걸린 '24시간, 365일 진료' 간판은 내릴 생각이 없는 듯, 초목까지 잠든 깊은 밤에도 그 빨간 불빛만큼은 번쩍이며 시가지를 비추고 있다. 열악한 노동 환경은 날이 갈수록 심해져가고, 생명을 깎아내가며 일하는 의사들은 더 이상 깎아낼 것이 없어 유령처럼 병원 안을 돌아다니고 있다.

이 말인즉슨, 해가 바뀌어도 상황은 전혀 달라지지 않은 채로 수면 부족과 저혈당을 양쪽에 거느리고, 발치에 무성히 널려 있는 부조리와 답답함을 차내며 병원이라는 이름의 도깨비 섬으로 매일 출근하는 나날인 것이다.

"구리하라 선생님, 5분 후에 구급차 들어갑니다!"

신입 간호사의 쩌렁쩌렁한 목소리가 진료실까지 들려왔고, 나는 가볍게 이마에 손을 갖다 댔다. 편두통이 시작될 기미이다.

흘끗 시계를 보니 밤 11시. 이날만 해도 벌써 세 번째 구급차이다.

오후 5시 반부터 시작된 응급실 당직으로 이미 20명을 진찰했지만 대합실의 분주함은 조금도 잦아들 기미가 보이지 않고, 옆에 쌓여 있는 카르테도 그저 늘어만 간다. 아침까지는 아직 열 시간이나 남아 있는 지금 이 시점에서 응급실은 이미 숨이 막힐 지경이지만, 당직의 신은 사랑의 채찍을 거두어줄 생각이 없는 듯하다.

속으로 혀를 차면서 창밖의 새빨간 간판을 노려보았지

만 무력한 내과의의 시선에 그 불빛이 꺼질 리는 만무하다. 나는 괜한 데 힘을 쏟길 관두고, 스물한 번째 환자를 들어오게 했다.

진료실로 들어온 환자는 아무리 보아도 퇴근길에 응급실에 들렀을 것이라고밖에 생각되지 않는 양복 차림의 청년이다.

"뭐……?"

그의 말에 나도 모르게 얼빠진 소리를 내뱉었다. 다급히 재채기 소리로 무마하며 말했다.

"죄송하지만 방금 뭐라고 하셨나요?"

"꽃가루 알레르기 안약을 처방 받고 싶습니다. 이제 곧 심해질 테니 미리 받아두고 싶어서요."

의자에 앉아 다리를 꼬며 말했다. 표정은 거의 싱글벙글이다.

한 번 더 시계를 확인했지만 틀림없이 11시이다. 굳이 설명을 덧붙이자면 낮 11시가 아니다. 밤 11시이다.

진료실에서 한 발짝만 나가면 진료를 기다리는 환자들이 아직도 대합실에서 북적이고 있다. 이런 상황에서 한밤중에 당당하게 꽃가루 알레르기 안약을 요구하다니, 그 배짱은 높이 살 만하다.

'어이없음.'

나도 모르게 전자 카르테에 적었다가 황급히 지우고, 다시 '점안약 처방'이라고 입력한다. 그 옆에서 청년은 갑자기 생각났다는 듯이 손뼉을 쳤다.

"하나는 금방 써버리니까 두 개쯤 받을 수 있을까요? 인탈(알레르기성 비염 등의 예방약식 크로몰린나트륨 – 옮긴이)이었죠?"

"여기는 응급 외래입니다. 하나만 처방할 수 있습니다."

"그렇게 야박하게 굴지 마세요. 저도 바빠서 병원에 잘 못 오니까 그래요. 두 개 정도 처방해준다고 해서……."

"한 개라고 말했을 텐데."

차갑게 쏘아보자 그제야 청년은 입을 다물었다.

최근 이런 환자들이 늘고 있다.

오밤중에 응급 외래를 보러 와서는 배가 아프고 숨을 잘 못 쉬는 환자들 옆에서 파스를 달라는 둥 콜레스테롤 수치를 확인해달라는 둥 믿을 수 없는 요구를 해대는 것이다. 아무래도 '응급 외래'의 '응급'이 무슨 뜻인지 모르고 있는 듯하다.

이런 사람들에게 '응급'의 의미에 대해서 설명하면 곧장 '의료는 서비스업'이라며 그게 상식인 것처럼 말하니 그저 놀랄 뿐이다. 설전을 벌일 바에야 조용히 약을 처방해주는 것이 다른 환자를 오래 기다리지 않게 하는 길이라는 게 내가 내린 결론이다.

안약 처방전에 도장을 찍고 있는 동안 멀리서 사이렌 소리가 들려왔다. 재빨리 안약을 처방해주고 불만이 있어 보이는 청년을 진료실에서 내보낸 후 간호사 대기실로 총총히 향했다.

쓸쓸한 웃음을 지으며 기다리고 있던 사람은 응급실 간호부장인 도무라 씨이다.

"전형적인 '편의점 진료'군요. 선생님의 인내심에 감탄할 따름이에요."

"미인이신 데다 유능하시기까지 한 간호부장님께서 감탄해주시다니, 애쓴 보람이 있네요."

"칭찬해줘도 환자 수는 줄지 않아요."

도무라 씨는 쓴웃음을 지으며 새 환자의 카르테를 내밀었다.

도무라 씨는 오랜 기간 혼조병원 응급실에서 일해온 베테랑 간호사이다. 그녀가 있어주기만 해도 업무 속도가 두 배는 빨라진다.

"요즘 밤낮 할 것 없이 저런 편의점 진료가 늘어서 다들 질색하고 있어요. 요전에 당직을 섰던 부장 선생님도 큰 소리로 화내면서 쫓아냈을 정도라니까요."

"저는 아직 그런 그릇이 못 되나 봐요. 일단 편의점 점원보다는 붙임성 있게 손님을 맞이하려고 해요."

너스레를 떨며 받아 든 카르테를 들여다보니, 때마침 조금 전에 들어온 응급환자의 기록이었다.

"62세 남성. 알코올성 간경변으로 예전부터 통원 중인 환자."

도무라 씨의 목소리에 귀를 기울이며 구급대원들이 연락한 내용을 보니, 아이고, 한숨이 나온다.

"또 마셨다는 거예요?"

"그런 거죠. 저녁부터 술을 마시다 도중에 속이 안 좋아져서 토했는데 피가 섞여 나왔나 봐요. 깜짝 놀라서 구급차를 부른 거죠."

왠지 기운이 빠진다. 밤샘하며 일하고 있는 상황에 심야 진료 상대가 꽃가루 알레르기 환자에다 알코올의존증 환자라니, 말세이다. 입구 쪽을 슬쩍 보니 멈춘 구급차에서 들것을 내리는 모습이 눈에 들어왔다.

"이야, 구리하라 선생님, 오늘은 자주 뵙네요."

태평스러운 목소리로 말하며 들어온 사람은 키가 큰 장

년의 구급대원이다. 마쓰모토다이라 광역 소방서의 고토 대장이다. 40대 후반인 그는 구급대의 최고령으로, 풍부한 경험과 실력을 겸비한 믿음직스러운 인물이다.

"고토 씨, 왔다 갔다 하시느라 수고가 많습니다."

"오늘 여섯 시간 동안 세 번째일까요? 역시 '환자를 끌어당기는 구리하라' 선생님은 새해가 시작되어도 건재하시네요."

입가에 떨떠름한 미소를 띠며 고토 대장이 덧붙였다.

무심결에 얼굴을 찌푸리는 내 옆에서 도무라 씨가 간신히 웃음을 참고 있다.

혼조병원 응급실에는 '환자를 끌어당기는 구리하라'라는 황당한 징크스가 있다. 내가 당직 근무를 하는 밤에는 평소의 1.5배에 달하는 환자가 들이닥친다는 것이다. 과학적 근거는 전혀 없지만 통계적으로는 사실이기 때문에 반론의 여지가 없다. 남들보다 갑절이나 일하면서도 미움 받고 있는 나로서는 속이 쓰라리다.

"건재하다는 걸 어필할 수 있어서 감개무량합니다."

될 대로 되라는 심정으로 응수하는데, 갑자기 입구 쪽에서 비명 섞인 목소리가 들려왔다.

비명 소리의 주인공은 들것을 밀고 온 젊은 구급대원이

다. 침대 위의 환자가 갑자기 피를 많이 토해서였다. 양동이에 들어 있던 토마토 주스를 바닥에 뿌린 것처럼, 현기증이 날 정도로 선혈이 낭자하다. 대합실에 있던 환자들까지 어수선해졌다.

"선생님!"

상기된 목소리가 들리자마자 나는 뛰기 시작했다.

"긴급 상황!"

나의 외침에 도무라 씨가 바로 반응했다.

"긴급 상황! 토혈이 들어간다! 누가 도와줘!"

"양팔에 락텍(체내의 수분과 미네랄을 보충해주고 혈액이 산성으로 기우는 걸 잡아주는 링거 주사액─옮긴이)으로 라인 확보. 기도 확보와 혈압 확인부터!"

크게 소리를 지른 것 같은데 피로 탓인지 목소리가 영시원치 않다. 게다가 간호사의 절반은 올해 4월부터 투입된 신참들이라 능숙한 업무 처리는 기대조차 할 수 없다. 그럼에도 환자 이송부터 처치까지 차질 없이 진행되어가는 건 간호부장인 도무라 씨와 고토 대장이 신속하고 적확하게 움직이고 있기 때문이다. 긴급 상황이 닥치면 이러한 베테랑들의 존재가 그렇게 든든할 수가 없다.

링거를 확보한 후 쓴웃음을 지으며 말하는 도무라 씨의

목소리가 들렸다.

"오늘도 아침까지 한숨도 못 자게 하진 않으시겠죠, 선생님?"

"아까 말했잖아요. '환자를 끌어당기는 구리하라'는 건재하다고."

거의 자포자기한 심정으로 말하면서 이번에는 쉰 목소리로 외쳤다.

"라인 확보하면 혈액 검사, 혈액 가스, 심전도, 엑스레이 체크. SB 튜브도 꺼내두세요!"

기나긴 하루가 끝나고 그보다 더 긴 밤이 시작되었다.

매화가 피어 있다.

선명한 빛깔의 홍매화이다.

의국 창문에서 병원 뒤편의 강가를 내려다보면 꼿꼿이 서 있는 오래된 매화나무 한 그루가 시야에 들어온다. 지금이 한창때인 만큼 가지마다 어여쁜 붉은빛이 아로새겨져 있다.

아름다운 색채가 이른 아침의 은은한 햇살을 받아 반짝이고, 바람이 불어올 때마다 한들거리는 모습은 환상적이기까지 하다.

4월이라 해도 신슈에는 아직 추위가 가시지 않은 계절이다. 오사카나 도쿄라면 이미 벚꽃이 피어 있을 무렵이지만 신슈에는 이제 겨우 매화가 피었을 뿐이다. 낮 동안에는 따스한 기운이 가득하지만, 밤부터 새벽녘까지는 아직도 하얀 입김이 나올 정도로 공기가 차다. 떠날 채비를 해야 할 동장군도 눈이며 서리를 구사하면서 마지막 몸부림에 여념이 없다.

나는 동쪽 하늘에서 윤곽을 드러내기 시작한 우쓰쿠시가하라의 능선을 바라보며 깊은숨을 내쉬었다.

결국 어젯밤 당직은 아침 5시에 가까워질 때까지 환자의 발길이 끊이지 않아 '환자를 끌어당기는 구리하라'의 진가를 유감없이 발휘한 꼴이 되었다. 도무라 간호부장도 처음에는 쓴웃음을 지으며 분주히 뛰어다녔지만 날이 밝아오자 웃을 기력조차 잃었는지 정색하는 얼굴로 "선생님, 적당히 좀 해줘요"라고 말하는 지경에 이르렀다. 물론 내가 겸허한 마음가짐으로 당직의 신에게 기도한다고 해서 구급차 수가 줄어드는 것도 아니다.

동틀 녘부터 소파에서 잠깐 눈을 붙이긴 했지만 녹초가 된 머리는 오히려 맑아져 깊이 잠들지 못하고, 이 뜬구름 같은 공백 시간에 홍매화와 우쓰쿠시가하라를 바라보고 있는 상황인 것이다.

의국은 오래된 소파 세트가 중앙에 놓여 있고, 그 외에는 그저 전자 카르테용 컴퓨터가 벽을 따라 늘어서 있는 것이 전부인 공간이다. 아침 7시까지는 사람도 없어서 널찍한 만큼 썰렁하다.

오전 외래 진료까지는 아직도 한 시간 반이 남아 있다. 어떻게 할지 궁리하고 있던 차에 난데없이 의국 문이 열렸다. 무심코 시선을 돌렸다가 당황했다. 그 이유는 문을 열고 들어온 사람이 내 지도 의사인 왕너구리 선생님이었기 때문이다.

"여, 구리 짱. 굿모닝!"

나를 보자마자 여느 때처럼 만면에 웃음을 띠며 큰 손을 들어 인사한다.

"왠지 오랜만인 것 같네. 잘 지냈어?"

"잘 지낸 것 같아 보이세요?"

밤샘 진료로 하얗게 질린 얼굴로 되묻자 왕너구리 선생님은 어느샌가 창밖으로 시선을 돌렸다. 그러고는 이렇게 태평스럽게 화제를 돌린다.

"오, 매화가 피었네. 보기 좋구먼."

괜히 불리해지면 화제를 바꾸는 기술은 이 선생님을 따

를 자가 없다. 왕녀구리 선생님은 혼조병원 내과 부장을 맡고 계신 높은 분으로 내가 레지던트였을 때부터 지도 선생님이었다.

항상 불룩 나온 배를 팡팡 두드리며 만면의 미소로 환자들을 매료시키고 어떠한 역경도 스스로 만들어낸 순풍에 올라타 훌쩍 뛰어넘는다.

진료에서 지도에 이르기까지 팔면육비(八面六臂, 여덟 개의 얼굴과 여섯 개의 팔이라는 뜻으로, 어떤 상황에서든 능히 해결해내는 수완과 능력을 이른다 – 옮긴이)로 대활약하는 고금무쌍의 대요괴…… 아니, 대선생님이다.

"이렇게 이른 아침부터 무슨 일이세요?"

"잠깐 볼일이 있어서. 새로 온 의사에게 병원 내부를 안내하고 있던 참이었지."

"새로 온 의사요?"

"그래. 4월부터 한 명이 합류하게 됐어. 그러고 보니 구리 짱이 있으니까 마침 잘됐네." 이렇게 말하며 문 쪽으로 돌아본다. "들어와도 돼."

그 굵직한 목소리에 답하듯 모습을 드러낸 사람은, 감색 양복을 말끔하게 차려입은 한 청년이다.

"신도 다쓰야 선생. 올해 4월에 부임한 우리 병원의 새로운 전력이야. 도쿄의 유명 병원에서 혈액내과를 전공한 엘리트지."

왕너구리 선생님의 말과 함께 청년 의사가 정중히 고개를 숙여 인사했다. 그리고 얼굴을 든 순간, 저 이지적인 눈빛. 앗, 눈이 휘둥그레졌다.

"이쪽은 구리하라 선생. 우리 병원의 병동 환자를 도맡고 있는 내과 에이스야. 나쓰메 소세키에 심취한 괴짜 내과의지만 발놀림과 부지런함은 천하제일이지. 무슨 일이 있을 때는 이 선생과 상담하면 피를 토하는 한이 있더라도 해결해줄 거야."

왕너구리 선생님의 밑도 끝도 없는 소개가 채 끝나기도 전에 청년이 중얼거렸다.

"구리하라잖아."

"다쓰야, 오랜만이다."

나는 대답을 하면서 미간을 찌푸렸다. 눈앞의 청년에게 불쾌함을 느껴서가 아니라 밤을 지새운 후유증으로 두통이 심해졌기 때문이었다.

"놀랐어, 구리하라. 설마 아직 여기에 있을 줄이야……."

하는 말과는 달리 차분한 목소리로 말하는 옛 친구를 앞에 두고 나는 천천히 주머니에서 두통약을 꺼내어 두 알을 한 번에 삼켰다.

"졸업 후에 의국에도 안 들어오고 혼조병원에 취직해서 걱정 많이 했는데, 뜻은 안 바뀐 모양이네. 역시 구리하라다워."

"과대평가야. 왕너구리한테 속아서 그만둘 기회를 놓친 것뿐이야."

"왕너구리?"

"아무것도 아냐."

의아한 표정을 하고 있는 다쓰야에게 나는 고개를 가로저었다.

왕너구리 선생님은 나와 다쓰야가 친구였다는 것을 알자마자 "그럼 부탁해" 하고는 손을 흔들며 나가버렸다. 지금 여기에는 양복 차림의 기품 있는 혈액내과의와 2회분의 두통약을 한 번에 삼킨, 밤을 새운 소화기내과의가 있을 뿐이다.

"어쨌든 오랜만이네. 이렇게 직접 만나는 건 졸업하고 처음이지?"

"그러네. 5년 만이야."

아무렇지 않은 듯 말했지만 내심 상당히 놀랐다.

신도 다쓰야는 학창 시절, 내게 몇 안 되는 친구 중 하나였다. 그는 마쓰모토성 부근 뒷골목에 있는 오래된 소바집의 외아들이다. 타고난 노력가로, 신사적으로 행동하면서도 명석한 두뇌를 가진 모범적인 의대생이었다. 늘 『풀베개』를 한 손에 들고 교내를 어슬렁거려 '괴짜 구리하라' 라는 별칭으로 불렸던 나와는 대조적이다.

닮은 구석이라고는 하나도 없는 두 사람이 어떤 이유에서인지 가까워져 학창 시절의 많은 시간을 함께했으니, 기이한 인연이라 할 수밖에 없다.

졸업 후 나는 신슈의 한 병원으로, 다쓰야는 도쿄의 유명 병원으로 각자 흩어졌지만 이렇게 마주 보고 있노라니 어느덧 세월의 공백을 메워주는 반가움이 가득 차오른다.

"신슈로 올 거였으면 연락 한 통 주지그랬어. 예고 없이 놀래키다니, 너답지 않은 장난이야."

"미안, 미안. 설마 지금도 혼조병원에 있을 거라고는 생각도 못 했지. 나도 무척 놀랐어."

그다지 놀란 것 같진 않다. 예전과 변함없는 온화한 풍모에 사람 좋아 보이는 미소를 보고 있자니, 내가 일방적으로 놀림을 당하는 듯한 기분이다.

"세상에 휴대폰이며 이메일 같은 게 아무리 발달하면

뭐 하나. 쓰지를 않으니 아무런 도움도 안 된다는 전형적인 케이스가 여기에 있는데."

"그렇게 말하는 너도 마지막으로 전화한 게 몇 년 전이더라?"

"레지던트 끝나고 1년이 지났을 무렵이니 3년 전이지. 그때 마침 너희 아기가 태어났을 때였겠네."

나는 "자, 앉아" 하며 눈앞의 소파를 가리켰다.

"그나저나 학부를 수석 졸업하고 도쿄 유명 병원 레지던트 자리를 따내서 신슈를 떠났던 네가 왜 이런 곳으로 왔어? 지금쯤이면 출세해서 어딘가의 내과 과장 정도는 하고 있어야지."

"사정이 있었어."

미소가 쓴웃음으로 바뀌며 다쓰야가 가볍게 어깨를 움츠렸다.

까닭이 있다는 뜻이다. 말을 아끼는 옛 친구에게 나도 무턱대고 묻지 않기로 했다. 나와 그는 오랜 친구 사이로 꺼내고 싶지 않은 이야기를 캐묻는 것은 우의에 어긋나는 행위이다.

"좋아, 모처럼 다시 만났는데 친구 사정을 궁금해하는 건 좋지 않군. 먼저 친구의 개선을 진심으로 축하해야지."

"출세도 못 하고 별 볼일 없이 몸뚱이만 돌아왔는데 개선이라고 말해주는 건 너밖에 없어."

"출세? 바보 같기는. 이 세상에서는 출세 같은 걸 하면 책임과 의무와 답답함만 늘어날 뿐이야. 직함이네 뭐네 하는 것들은 벗어 던지고, 그저 인간으로 살면 되는 거야."

내 말에 다쓰야는 눈을 크게 뜨더니 즐겁다는 듯 미소를 지었다.

"여전하구나. 구리하라는 그대로야."

이렇게 말한 다쓰야가 시원하게 웃자 혼조병원에는 어울리지 않는 상쾌한 바람이 의국 안으로 불어온다.

철저하게 퉁명스러운 태도로 커피를 준비하는 나에게, 다쓰야는 갑자기 오른쪽 검지와 중지를 세우더니 말(馬)을 옮기는 시늉을 해 보였다.

"구리하라, 너와 이야기하다 보니 한 판 두고 싶어지네. 6년 만의 재격돌, 어때?"

나는 눈썹을 찡긋 추켜세웠다.

학창 시절, 우리는 장기부였다.

"아니면, 더 이상 나를 상대해주지 않기로 한 건가?"

"그 정도로 내가 도량이 좁지는 않아." 나는 흘끗 시선을 던진 후 끓기 시작한 포트를 들어 올리면서 일부러 담담하게 말을 이어갔다. "6년간 한결같이 이미지 트레이닝을 해온 내 앞에서 바로 백기를 드는 네 모습을 보고 싶어지는군."

다쓰야는 가볍게 웃더니 목소리를 낮춰 중얼거렸다.

"이지(理智)에 치우치면 모가 난다. 감정에 말려들면 낙오하게 된다."

"고집을 부리면 외로워진다. 아무튼 인간 세상은 살기 어렵다…… 잘 기억하고 있네?"

"한 수 둘 때마다 『풀베개』를 첫 구절부터 들려주었지. 잊으려고 한들 잊어버릴 수 있나. 다만 우리 때 장기부가 없어졌다는 게 유감스럽지만."

"어쩔 수 없는 일이었어. 애초에 학부 생활을 열심히 안하는 사람들만 긁어모아서 만든 것 같은 동아리였지. 실제로 활동했던 멤버는 너와 나 정도였으니까."

비품이라고는 모서리가 닳은 해묵은 장기판 하나가 전부였다. 부실조차 없어서 언제나 의학부 학생식당 현관 옆에 있는 소파를 차지하고 대국을 벌였다. 가끔 지나가던 학생들이 흥미롭다는 듯 들여다보기도 했지만 장기부에 들어오려는 사람은 한 명도 없었다. 당연하다면 당연한 일일지도 모른다.

"그때가 그립네. 아마 520전 519승이었지?"

"내 성적이야."

"알고 있어."

탁자 위에 커피 두 잔을 나란히 올려놓고 그중 한 잔을 눈높이까지 들어 올렸다.

"어쨌든 옛 친구의 귀향을 진심으로 환영한다."

들어 올린 잔을 다른 한 잔에 가볍게 부딪치며 늘 하던 멘트를 덧붙였다.

"의료의 밑바닥에 오신 것을 환영합니다."

전날 두 시간밖에 못 잤다고 해서 다음 날 쉴 수 있는 것은 아니다. 당직의 무서운 점은 다음 날도 아침부터 평소와 다를 바 없는 근무가 시작된다는 것이다. 야근 기사와 간호사들이 "수고하셨습니다"라고 하며 성취감이 넘치는 표정으로 퇴근하는 걸 보면서 당직 근무를 마친 의사는 새로운 하루와 마주하게 된다.

아주 난폭한 제도이지만 이 세상 병원들의 야간 응급실은 대부분 이 '당직'이라는 정상 궤도를 벗어난 제도를 발판 삼아 굴러간다. 지금으로서는 이 제도가 사라져서 의사도 2교대 근무를 하게 될 것이란 이야기는 들은 바가 없으며, 상식과 식견을 치켜드는 세간의 지식인들도 의료 문제에 대해서만큼은 하나같이 비상식의 최선봉에 서 있으니 어찌할 도리가 없다.

특히 요즘은 밤새우며 일하다 수면 부족 때문에 조금이라도 부주의하게 되면 소송에 휘말리는 형편이니, 세상 사람들이 죄다 의사들을 제물로 바치려고 호시탐탐 기회를 노리는 듯한 기분마저 든다. 병원은 병원대로 환자에게 동의서며 승낙서며 온갖 서류에 사인하게 해서 의사들 지키기에 급급한 것이 현실이다.

이리하여 의사와 환자 사이에는 매정한 서류가 산처럼 쌓여 서로 양보하기 힘든 상황을 만들어내고 있는 것이다.

정말이지 구제불능이다.

고개를 들자 그곳은 의국 한쪽의 전자 카르테 앞이었다.

어느 사이엔가 키보드 위에 엎드려서 깜빡 잠이 들어버린 듯하다. 모니터 위에는 뜻을 알 수 없는 알파벳이 몇 페이지에 걸쳐 끝없이 입력되어 있다. 엎드린 상태에서 머리로 키보드를 계속 누르고 있었던 모양이다. 쯧, 혀를 차고 전부 다 지운 후에 벽시계로 시선을 돌렸다.

시간은 밤 9시.

낮 동안의 업무를 어떻게든 마무리하고 의국에 돌아온

시간이 8시경이었을 것이다. 바로 카르테를 켜려고 하다가 정신을 잃은 모양이다. 이 시간의 의국에는 키보드에 엎드려 정신없이 자고 있는 내과의에게 신경 쓸 사람도 없다.

"안색이 몹시 안 좋네요. 구리하라 군, 괜찮아요?"

별안간 어깨 너머로 힘없는 목소리가 들려서 펄쩍 뛸 정도로 놀랐다. 뒤를 돌아보자 어느새 왼쪽 옆에 마른 체형의 의사가 창백한 얼굴로 앉아 있다.

"그렇게까지 놀랄 것 없잖아요."

핏기 없는 얼굴에 온화한 미소를 띠고 있는 사람은 내과 부부장인 늙은 여우 선생님이다.

"선생님은 여전히 기척 없이 나타나시네요."

"당직을 섰나요? 넋이 나간 것 같은 표정을 하고 있네요."

그 누구보다도 넋이 나간 듯한 풍모의 늙은 여우 선생님이 태평스레 전자 카르테를 입력하면서 말했다.

"도무라 씨에게 들었어요. 구급차 여섯 대에 환자 서른여섯 명이었다죠. 명절 때처럼 다른 병원이 하나같이 쉬어서 혼조병원만 문을 열었을 때의 당직이라면 저도 그런 경험이 있지만, 평일 밤에 그 정도로 환자가 많았다니, 드문 일이네요."

"저에게는 일상적인 일입니다만……." 최대한 태연하게

말하려 했지만 왠지 지고도 오기를 부리는 것 같다. "선생님이야말로 흙빛이 된 얼굴인데요? 며칠이나 집에 안 가신 거예요?"

"그러고 보니 사흘째인가, 나흘째인가…… 아니, 닷새째인가……."

창백한 얼굴을 살짝 갸우뚱하더니 싱긋 웃었다.

깡마른 체구에 안색이 좋지 않은 선생님은 병마를 물리치기 위해서라면 며칠이고 병원에 묵는 습관이 있다. 언뜻보면 의사라기보다는 환자에 가까운 풍모이지만, 왕너구리 선생님의 오른팔로서 혼조병원을 떠받치는 중진 중 한 분이다.

천천히 자리에서 일어난 나에게 선생님이 고개를 돌리며 물었다.

"이제야 퇴근하나요?"

"아뇨, 회진하러 갑니다."

순간 말이 없던 선생님은 이윽고 쓸쓸한 미소와 함께 너풀너풀 손을 흔들었다.

"조심하세요."

2층에 있는 의국을 나와 계단을 하나 오르면, 내과 병동인 남쪽 3병동이다.

병동 간호사 대기실 안에서는 주간 근무 간호사들이 야간 근무 간호사들에게 인계를 막 끝낸 모습이다. 업무를 마친 간호사들이 삼삼오오 흩어져가고 그와 동시에 야간 간호사들이 분주히 움직이기 시작한다.

밤샘 근무를 마친 내과의 한 명이 봐주기 힘든 얼굴을 내밀고 들어왔다 한들 그녀들의 업무에 지장을 주지는 않는다. 그 상태로 입구 옆에 있는 모니터 앞에 앉자 밝은 목소리가 들려왔다.

"괜찮아요? 얼굴이 심각하네."

병동 주임 간호사인 도자이 나오미이다. 가늘게 째진 듯한 눈이 왠지 기가 막힌다는 표정으로 내려다보고 있다.

"말은 똑바로 해주지그래? 얼굴이 심각한 게 아니라 피로가 심각한 거야."

"뭐가 어쨌든 간에 적당히 쉬어가면서 해요. 가뜩이나 몇 안 되는 의사가 환자가 돼버릴 수도 있잖아요."

도자이는 20대의 젊은 나이에 주임 간호사가 된 유능한 스태프이다. 특히 아수라장에서 보이는 침착함은 정평이 나 있으며, 어떠한 역경이 닥쳐도 착실하게 일을 해내는 그녀의 덕을 나도 톡톡히 보고 있다.

"그렇게 말하는 도자이도 주간 근무잖아. 왜 이 시간까지 일하고 있는 거야?"

"이제 막 해가 바뀌었잖아요. 주임 회의다, 신입 간호사 연수 회의다, 데스크 워크가 잔뜩 몰려 있으니…… 현장으로 돌아오는 건 대략 이 시간이에요."

슬쩍 어깨를 움츠리고는 병동 안쪽의 휴게실로 모습을 감추더니 한 잔의 커피를 들고 다시 나타났다.

"늦은 시간의 회진, 수고 많아요."

달그락, 탁자 위에 놓인 커피 잔에서 좋은 향기가 피어오른다. 한 모금 마시자 알맞게 쓴 맛과 깔끔한 뒷맛이 느껴진다. 같은 재료를 썼을 텐데도 내가 내린 커피와 완전히 다른 맛을 내고 있으니 신기할 따름이다.

"사막에서 오아시스를 발견한 기분이야. 고마워."

"웬일이에요. 선생님이 내게 고맙다는 말을 솔직하게 다 하다니."

"나는 항상 솔직하게 말하잖아."

"의도는 그러셨겠지만 그게 와 닿은 적이 없네요. 어려운 말만 써서 할아버지 같을 뿐이었지."

"내가 할아버지면 도자이는 할머니야."

"……커피 마시기 싫은 거죠?"

"농담이야. 도자이는 미인에다가 유능하고 생기 있는 독신 간호사지."

"이상하게 더 열받네……."

시선이 싸늘하다. 그러면서도 야무진 손놀림으로 전자 카르테를 열어 검온표(檢溫表)를 입력하기 시작했다.

"아무튼 그거 다 마시면 빨리 퇴근해서 쉬세요. 이 이상 환자가 늘면 우리도 벅차니까."

"그럴 수가 없어. 야간 회진이……."

"모두 다 안정적이니까 괜찮아요. 겨우 잠들었는데 깨우는 게 몸에는 더 안 좋아요."

유효하고 정확한 지적이다. 반론의 여지가 없다.

일단은 점잔 빼면서 커피 맛을 음미하고 있는데, 서류 작업을 하던 도자이가 무심히 입을 열었다.

"그러고 보니, 새로 오신 신도 다쓰야 선생님이 선생님 친구예요?"

"오랜 벗이지. 뭐야, 벌써 마음에 두고 있는 거야?"

"농담도 참. 사족을 못 쓰는 건 신입 간호사들이죠. 병동 여기저기에 신도 선생님 소문이 파다해요. 멋있다, 자상하다, 이지적이다 등등."

다쓰야가 유부남이라는 사실을 입에 올리진 않았다. 자

고로 이 세상은 망상과 착각으로 이루어져 있다. 어차피 알게 될 사실을 굳이 먼저 이야기해서 불필요한 빈축을 살 필요는 없다.

"별수 없지. 그 친구는 학창 시절부터 인기가 많았으니."

"웬일이에요, 선생님이 한발 물러나다니."

"특별히 신기해할 것 없어. 머리도 나쁘고 외모도 별 볼 일 없는 스나야마 지로 같은 족속과 매일같이 붙어 있다 보면, 다른 사람들에게는 고개가 절로 숙여지지."

"내가 어떻다고?"

갑자기 머리 위쪽에서 익숙한 목소리가 들려왔다.

호랑이도 제 말하면 나타난다더니, 올려다보니 시커먼 거한이 히죽히죽 웃으며 내려다보고 있다.

"내 이야기를 하다니 웬일이야? 쑥스럽잖아."

외과의인 스나야마 지로이다.

나는 순간 미간을 찌푸렸다.

"외과의가 내과 병동에는 무슨 일이야? 여기에는 심장이 약한 어르신도 많이 계셔. 그 큰 덩치로 어슬렁거리다가 부정맥이라도 일으키면 어쩌려고."

"부장 선생님 환자 중에 왕진을 부탁 받은 사람이 있어서 왔지."

"그러면 빨리 진찰하지그래."

"막 진찰 끝내고 오는 길이야."

지로가 대답하며 내 옆에 털썩 앉았다.

스나야마 지로는, 나와는 의학부 기숙사 생활도 함께한 지긋지긋한 인연이다. 의학부 3학년 때 나란히 기숙사에 들어간 후로 졸업할 때까지 4년 동안 계속 옆방이었다. 홋카이도의 낙농가에서 태어난 거구의 사내는, 무슨 생각이었는지 신슈를 마음에 들어 해서 계속 살더니 지금은 완전히 이곳에 눌러앉았다. 생활 방식이 나와는 정반대인 녀석이지만 객지에서 이곳을 찾아 신슈에 뿌리를 내렸다는 점만큼은 같다.

"다쓰야가 왔다던데, 진짜야?"

전자 카르테를 열면서 필요 이상으로 크게 묻는다. 우렁찬 한마디 한마디가 수면 부족인 머리를 때리는 듯한 느낌에 정말이지 피곤해진다.

"사실이야. 4월부터 혈액내과에 합류하게 됐어."

"이런 시골 병원에 동기가 셋이나 모이다니, 굉장한데?"

"겉모습도 행동도 비상식적인 어느 외과의와는 달리 다쓰야는 '의학부의 양심'이라 불리던 사나이니까. 모처럼 반가운 소식이지."

이런 작은 종합병원에서는 의사가 한 명만 늘어도 상황이 많이 달라진다. 하지만 지로는 내 말에 잠시 침묵하더니, 복잡한 표정을 지었다.

"뭐야, 차가운 표정을 하고 있네. 머릿속이 내내 봄날인 지로가 웬일이야. 뭔가 걸리는 일이라도 있어?"

"딱히 그런 건 아닌데……. 뭐, 다쓰야가 괜찮다면 상관없지. 신경 쓰지 마."

"노골적으로 신경 쓰이는 말을 내뱉는 녀석이구먼."

"별것 아냐. 나도 다쓰야를 보는 건 오랜만이야. 기대되는걸."

이렇게 말했을 때는 조금 전 희미했던 근심의 빛은 완전히 자취를 감추고, 늘 보던 깐죽거리는 얼굴로 돌아왔다. 그러다 느닷없이 도자이에게 천연덕스레 미소를 던졌다.

"그나저나 도자이 씨, 이치토가 왜 다쓰야에게 고개를 숙이는지 알아?"

"왜냐뇨? 이치토 선생님, 이유가 있어요?"

"실은 그게 말이야……."

"지로, 여기에서 노닥거릴 정도로 한가한가?"

"응, 나 한가해. 도자이 씨, 사실은 말이지…… 학창 시절에 의학부 안에서 '장기부 삼각관계'라는 유명한 사건이 있었어."

그때까지 딱히 흥미도 보이지 않고 덤덤하게 카르테를 넘기고 있던 도자이가 갑자기 태도를 바꾸었다.

"그거 혹시, 구리하라 선생님 사랑 이야기?"

냉정함과 침착함을 잃지 않는 도자이가 웬일로 목소리를 높였고, 그와 동시에 방금 전까지 바쁘게 일하고 있던 신입 간호사들이 일제히 동작을 멈추고 나를 보았다.

내가 힐끔 눈을 흘기자 다시 일제히 움직이기 시작했지만 노골적으로 안테나를 이쪽으로 세우고 있다. 일에 실수가 생기지 않기를 바랄 뿐이다.

"알고 싶지?"

"그것 참 흥미롭네요."

별안간 적극적으로 나서며 대답하는 도자이에게 나는 질색하며 끼어들었다.

"도자이, 관둬. 재미도 감동도 없는 시시한 이야기야. 들을 가치도 없어."

"그런 건 상관없어요. 선생님은 본인 옛날이야기는 전혀 안 하잖아요. 업무 외의 이야기라고는 나쓰메 소세키뿐이고."

"당연하지. 괜히 별 재미도 없는 내 과거를 선전할 바에야 나쓰메 선생님 작품에 대해서 이야기하는 게 훨씬 건설적이고 흥미로워."

"어련하시겠어요. 그래도 나는 나쓰메 소세키가 아닌 다른 이야기를 들어보고 싶네요."

"자네가 모리 오가이나 아쿠타가와 류노스케에 관심이 있는 줄은 몰랐군."

"그런 뜻이 아니잖아요." 다소 언성을 높여 대답하더니 도자이는 문득 제정신을 차린 듯 입을 다물고 눈을 흘겼다. "……또 그렇게 화제 바꾼다."

쩝, 속으로 혀를 찼다. 역시 도자이야. 이 천박한 수단은 지로만큼 단순한 사내가 아니면 통하지 않는 듯하다.

"아무튼 스나야마 선생님, 이야기 계속 해봐요. 삼각관계 사건."

도자이의 목소리에 지로가 벙긋 웃으며 말을 시작한다.

"우리가 의학부 4학년일 때였어. 의학부에는 장기부라는, 어떻게 봐도 마니아 성격의 작은 동아리가 있었거든. 거기에 이치토와 다쓰야가 있었지. 사실 정확히 말하자면 이치토와 다쓰야 외에는 누가 있는지도 모를 정도로 영문을 알 수 없는 동아리였어. 그 장기부에 나타난 게……."

"여어, 미즈나시 씨, 잘 지냈나?"

내가 무턱대고 큰 소리로 지나가던 간호사를 불러 세우자마자 지로가 우스꽝스러울 만큼 부르르 어깨를 떨었다.

내 목소리에 걸음을 멈춘 간호사는 짙은 갈색의 머리카락을 짧게 자른, 밝은 눈매의 여성이다. 미소를 지으며 가볍게 인사하더니, 이내 옆자리에 지로가 있는 것을 알아채고 얼굴을 살짝 붉혔다.

"스나야마 선생님도 계셨군요. 수고 많으십니다."

그 조심스러운 목소리를 듣자, 지로는 방금 전까지의 이야기 따위는 완전히 잊었다는 듯 얼굴 가득 미소를 띤다.

"요코, 오늘은 몇 시쯤 일이 끝나나?"

"스나야마 선생님, 직장에서는 요코라고 부르지 말라고 했잖아요."

"맞다, 미안해. 미즈나시 씨, 뭔가 도울 일이 있으면 도울게. 그 링거는 내가 들어주지."

누가 봐도 걸리적거릴 만한 서투른 동작으로 지로가 링거 병을 손에 든다. 미즈나시 씨는 난처한 표정인 듯하면서도 행복해하는 모습을 미처 감추지 못한다.

이 시커먼 야수와 명랑한 미녀의 기묘한 조합은, 놀랍게도 현재 교제 중인 커플이다.

이러한 기적이 일어난 것은 불과 작년 말의 일이었다.

이는 필경 운명의 신의 실수일 테니 곧 파국을 맞이할 것이라며 따뜻한 눈으로 지켜보고 있었는데, 놀랍게도 교제는 순조롭게 진행 중이다. 거리에서 두 사람이 손을 잡고 걷는 것을 보았다는 목격담이 있을 정도이니, 이미 보통 사람들이 생각할 수 있는 범주를 넘었다.

스스로 씨를 뿌려놓고 되레 진절머리 치는 내 앞에서 미녀와 야수 커플은 정다운 모습으로 사라졌다.

덩그러니 남겨진 도자이는 어이없다는 표정이다.

"선생님, 잘 피하네요."

"한 번 더 말해두지만 들어봤자 재미도 감동도 없는 이야기야. 그런 하찮은 일에 유능한 주임 간호사의 귀중한 시간을 낭비하게 하고 싶진 않아."

"신경 써주셔서 감사하네요, 선생님."

이렇게 답하는 도자이는 왠지 혼자 기뻐하는 듯한 표정이다.

"그 미소는 뭐지?"

"어찌 됐든 안심했어요."

"뭐가?"

"선생님도 보통 사람들처럼 사랑을 하던 학창 시절이 있었구나 싶어서."

이 말에는 가만히 있을 수 없다.

"나를 어떻게 보고 있었던 거야?"

"환자들 증상과 나쓰메 소세키 외에는 관심이 없는 문학 오타쿠 내과 의사."

"그 말인즉슨, 의사 면허를 따기 전에는 그저 문학 오타쿠였다는 거네."

"정답. 그래도 스나야마 선생님 말대로라면 나름대로 학창 시절을 즐겼나 보네요."

"이룰 수 없는 사랑에 정신이 팔려 있었던 것을 '즐겼다'고 표현한다면, 그 말이 맞을 수도 있지."

무심코 말해버리고는 곧 후회했다. 밤을 새운 후의 머리는 굳이 하지 않아도 될 말까지 입 밖으로 내버린다. 눈앞에서는 도자이가 점점 더 흥미롭다는 표정을 짓고 있다.

"신도 선생님과 한 여자를 두고 경쟁했군요?"

"경쟁했다는 표현은 적절치 않아. 나는 그저 바라보고 있었을 뿐이야. 어쨌든 다쓰야가 인기가 많다는 건 자명한 이치였으니, 딱히 놀랄 일도 아니지."

"신도 선생님이 호감 가는 청년이라는 건 인정하지만 '환자를 끌어당기는 구리하라'도 만만치 않을걸요? 숨어 있는 팬들도 꽤 많아요."

전혀 예상치 못한 답변이 돌아왔다.

"그렇다면 숨어 있지 말고 나와줬으면 좋겠네. 이 사막 같은 노동 환경에서는 한 송이의 꽃이라도 마음의 안식이 될 텐데 말이야."

될 대로 되라는 식으로 대꾸하는 나를 도자이는 왠지 다정한 눈빛으로 내려다보고 있다. 딱히 나쁜 짓을 한 것도 아닌데 괜히 찝찝한 기분이 든다.

아이고 이제 그만, 하는 생각에 한숨을 내쉬자 도자이가 갑자기 손뼉을 치며 화제를 바꾸었다.

"중요한 걸 잊을 뻔했네. 그 호감 청년 신도 선생님 말이에요, 전화 연결이 잘 안 돼요. 다음에 만나면 앞으로는 주의해달라고 이야기 좀 전해줘요."

"다쓰야랑 전화가 잘 안 돼? 무슨 일 있었어?"

"오늘 입원한 환자의 주치의로 배정됐어요. 담당 간호사가 궁금한 게 있어 전화한 모양인데 통 안 받으신대요. 지금은 담당 환자가 적어서 괜찮지만, 앞으로 환자가 늘어나면 곤란해져요."

부임 첫날부터 병동 환자를 담당하게 된 듯하다. 역시 인정사정없는 직장이다. 그 양식 있는 다쓰야도 짜증나서 휴대폰의 전원을 꺼두었을지도 모른다.

"알았어. 전해둘게."

"부탁해요. 그리고 선생님, 애써서 일 마무리해놨으니까 적어도 날짜가 바뀌기 전에 퇴근해서 쉬어요. 너무 혹사시키면 숨어 있는 팬들한테 내가 미움 받아요."

"내친김에 팬이 누구인지 한 사람쯤은 알려줘도 되지 않아?"

"그럴까요?" 도자이는 하얀 아래턱에 검지를 갖다 대더니 방긋 웃으며 말을 이었다. "306호실의 도메카와 도요 씨. 그분이 선생님의 열렬한 팬이에요."

이마에 손을 얹는 나를 보고 도자이가 덧붙였다.

"참고로 팬클럽의 최고 연장자."

"아흔둘이시니까. 영광스럽군."

이렇게 말하고 나는 자리에서 일어났다.

밤 10시. 내리 서른여덟 시간의 노동을 마치고 이제야 집으로 돌아간다.

마쓰모토성 북쪽으로 널찍이 자리 잡은 한적한 주택가 한구석에 시대에 뒤처진 사원처럼 정갈히 자리한 채로 주위를 둘러보는 듯한 한 채의 누옥이 있다.

내가 지내는 '온타케소'이다.

50년도 더 전에 지어진 전통식 가옥으로, 기와는 벗겨져 빛이 바랬고 기둥에는 금이 가 있어서 불빛이 없으면 폐가로 오인 받을 것이 분명하다. 예전에는 여관으로 사용된 건물이었던 터라 부지와 방 구조는 제법 웅장하고 아름답지만 지금은 각각의 방을 전부 거주 용도로 빌려주고 있어 수상쩍은 사람들이 오가기만 할 뿐 왕년의 모습은 찾아볼 수 없다. 입구 옆쪽에 내걸려 있는 '온타케소'라고 적힌 간판도 비뚜름하게 기울어진 상태로 고요히 밤하늘을 올려다보고 있다.

이런 온타케소의 현관 앞에는 절의 산문을 지키고 있는 인왕상처럼 왼쪽에는 홍매화 나무가, 오른쪽에는 백매화 나무가 심어져 있다.

나는 처마 앞의 징검돌 위에서 발을 멈추고 두 그루의 나무를 바라보았다.

백매화 다음에 피는 것이 홍매화이다.

지금 눈앞의 백매화는 이미 졌고, 화려한 홍매화가 달빛 아래 그 색채를 아낌없이 빛내고 있다. 마치 집을 집어삼킬 듯이 기울어져 있는 고목은 한 줄기 밤바람이 불어올 때마다 붉은 꽃을 흔들고, 거기에 엷고 푸른 달빛이 내려앉으니 허름한 온타케소마저 환상적으로 아름답다.

이 현관에서 아내를 배웅한 것은 불과 며칠 전의 일이다.

사진가인 나의 아내 하루는 이 시기가 되면 매년 카메라를 들고 벚꽃 촬영에 나선다. 원래 산악 사진가이지만 아내에게 벚꽃만큼은 특별한 듯, 이 계절이 되면 다른 일을 거절하고 길게는 한 달 이상 열도의 벚꽃 전선을 좇아다닌 적도 있다. 행선지는 매해 달라지는데, 올해는 다카토(高遠)의 고히간자쿠라가 피기 전부터 질 때까지 2주에 걸쳐 카메라에 담아오겠다고 했다.

그럼 다녀올게요, 라고 말하며 아내가 싱긋 미소 지었을 때까지만 해도 활짝 피어 있던 백매화에 지금은 푸른 이파리가 무성해졌고, 조금밖에 피어 있지 않던 홍매화가 만발하여 자태를 뽐내고 있다.

이 홍매화가 다 떨어지고 마쓰모토다이라의 벚나무가 꽃망울을 터뜨리기 시작할 때쯤 아내도 돌아올 것이다.

봄이 유달리 더딘 걸음으로 찾아오는 이 동네에 벚꽃은 아직 먼 이야기이다.

갑자기 차가운 밤바람이 불어와 나는 황급히 목을 움츠렸다. 4월이라고는 해도 신슈의 밤은 차다. 매화 향기를 뒤로 하고 현관문으로 들어선 순간, 복도의 가장 안쪽에 있는 장지문이 스르륵 열리더니 방 안의 불빛이 복도를 가득 채웠다. 이내 고풍스러운 담뱃대를 입에 문, 키가 큰 남자가 유유히 모습을 드러냈다.

"오랜만이야, 닥터."

나의 맹우, 그림쟁이 남작이다.

그가 어울리지 않는 미소와 함께 왼손에 있는 스카치위스키 병을 들어 올려 보였다.

"당연히 한잔할 거지?"

때는 밤 11시. 나는 말없이 동의했다.

남작은 5년 전 내가 이 온타케소에 살기 시작했을 무렵 이미 1층 안쪽의 도라지방에 살고 있던 정체불명의 화가이다. 마흔 전후인 것 같은데 실제 나이는 정확히 모른다. 늘 고풍스러운 담뱃대에 연기를 피우면서 스카치위스키를 한 손에 들고 화필을 잡는 수수께끼의 인물이다.

많은 사람들이 드나드는 가운데 아마도 이 온타케소에서 가장 오래 머무르고 있는 사람일 것이다.

"이런 일도 다 있군."

차(車)를 움직이며 남작이 나를 쳐다보았다.

"오자마자 한 판 두자고 하다니."

"아무 기대 없이 해본 말인데, 남작이 장기를 알고 있는 줄은 몰랐네. 오락에 관한 남작의 박식에는 혀를 내두른다니까."

마(馬)를 전진시키며 대답하니 남작은 쓸데없이 가슴을 펴고 말했다.

"나는 왕년에 '테이블 게임의 왕'이라 불렸던 사람이야. 바둑, 장기, 체스에 마작, 화투에 햐쿠닌잇슈(百人一首, 100명의 가인(歌人)의 노래를 한 수씩 모은 것 – 옮긴이), 카탄, 백개먼까지. 뭐든 덤비라 이 말씀이야."

말을 하면 할수록 수상쩍다.

"하지만 남작, 장기를 '알고 있다'는 것과 '둘 수 있다'는 건 의미가 다른 것 같은데. 왕수비차(왕과 차를 동시에 위협하는 강력한 공격법 – 옮긴이)다!"

"음, 왕과 차 중에 하나를 먹으려 하다니, 욕심이 많구먼. 한 번 봐주지그래?"

"봐주는 것도 이미 네 번째야. 참고로 이 세계에서는 남작이 하는 짓을 '무르기'라고 하는데, 가장 부끄러운 짓 중 하나라고들 하지. 부끄러운 줄 알고 봐달라고 하는 거라면 이번 수를 물러줄 수도 있어."

"아니, 잠깐만. 그런 말을 들으면 귀족의 품위가 실추되지. 좋아, 가져가."

그 말에 사양하지 않고 차를 빼앗으니 남작이 말한다.

"참고로 내 차는 적에게 붙잡혔다고 해서 금방 배신하는 불충한 녀석이 아니야. 감옥에 넣어두는 건 좋지만 다시 전장에 내보내려 해도 자네 말은 듣지 않을걸."

"잡은 차를 쓰는 건 참아달라고 솔직하게 말한다면 고려해주지."

"잡은 차를 쓰는 건 참아줘."

"귀족이고 품위고 처음부터 없었군!"

시시껄렁한 대화를 주고받는 동안 승부는 났다.

승패는 말할 것도 없다.

남작의 왕이 장기판 위에서 할복을 하자마자 탁자 위에는 두 개의 작은 잔이 놓였다. 남작이 탐나불린 12년산을 따랐다.

"닥터 손에 죽기 전에 스스로 할복해버린 나의 왕을 위한 건배다."

"여덟 번이나 물러줬는데도 깔끔하게 져버린 남작을 위해 건배."

쨍, 경쾌한 소리와 함께 연회가 시작된다.

첫 잔을 시원하게 들이켜고 나서 남작이 넌지시 말을 꺼냈다.

"여전히 혼조병원은 바쁜가 보군."

"해가 바뀌었다고 해서 상황이 달라질 정도로 의료 현장의 문제는 간단하지 않으니까. 이런 가혹한 환경이 끝없이, 질리지도 않고 매년 되풀이되고 있어. 그래도 올해는 상근 의사가 한 명 늘었으니 나아질 거라고 볼 수 있지."

"새로 왔다는 의사가 예전에 말한 옛 친구인 건가?"

"맞아. 기막힌 우연이지. 똑똑한 친구인데, 학창 시절에는 날이 밝을 때까지 장기판을 붙들고 있곤 했어. 도쿄에 자리 잡는가 싶었는데 무슨 생각에서인지 이 시골 야전병원으로 돌아왔더라고."

호박색 액체를 입안에 넣으니 비강을 자극하는 풍부한 향에 취하는 듯하다. 아무리 호의적으로 생각하려 해도 2평짜리 허름한 방에는 어울리지 않는 명품이다. 도대체가 술에는 돈을 아끼지 않는 엉뚱한 빈털터리 화가이다.

"다쓰야는 괴짜들이 많기로 소문난 우리 학년 중에서 '의학부의 양심'이라고 불렸어. 오래된 소바집의 장남인데, 수재인 데다 성실하기까지 한 보기 드문 남자지."

남작이 잔을 기울인 채 갑자기 씩 웃었다.

"여자 문제로 얽힌 적 있지?"

"……장기 수를 내다보는 안목은 꽝이더니, 이런 일에

대해서는 통찰력이 보통이 아니네."

나는 혀를 내둘렀다.

"닥터에게도 그런 시절이 있었구먼."

"누가 들으면 정년퇴직하고 귀향한 사람 얘기인 줄 알겠어. 그래봐야 몇 년 전 이야기야. '장기부 삼각관계 사건'이라고 하면 의학부 동기들 사이에선 모르는 사람이 없지. 나쓰메 소세키에만 관심 있는 줄 알았던 의학부의 한 괴짜가 여자에게 마음이 있다고 다들 수군거렸으니까."

될 대로 되라는 식으로 이야기하고 잔을 비우자, 남작이 냉큼 다시 잔을 채운다.

"아름다운 여성분이셨나?"

"나와 다쓰야 정도밖에 드나들지 않는 단출한 장기부에 겁도 없이 얼굴을 내미는 매력적인 여자였어. 내가 그녀의 왕을 빼앗는 데 정신 팔려 있을 동안, 다쓰야는 그녀의 마음을 빼앗았지. 사실상 '삼각'도 아니었어."

내가 생각해도 이상할 정도로 감상에 잠겨서 옛 이야기를 쏟아냈다.

남작은 탁자 위의 담뱃대를 들어 성냥에 불을 붙였다. 영국산 살담배에서 감미로운 향이 피어오른다.

남작의 눈이 약간 가늘어지더니, 이쪽이 아닌 다른 어딘가를 응시하는 듯 깊이 있는 빛이 감돌았다. 아마 내 기세에 이끌려 베일에 싸인 본인의 과거를 회상하고 있는지도 모른다.

"뭐, 누구나 한 번쯤 겪는 청춘이지."

"바라건대 남작의 청춘 시절 이야기도 들어보고 싶군."

"내 청춘? 안 듣는 게 좋아. 성공과 영광으로 가득했던 눈부신 내 과거사를 들으면 질투하지 않고는 못 배길걸."

"그래? 그럼 안 듣는 걸로 하지."

"뭐야, 포기가 너무 빠른데?"

"자네가 그러잖아. 하고 싶은 이야기는 알아서 하고, 그렇지 않은 건 물어도 절대 이야기 안 하고."

"혜안을 가지셨네. 황송하군."

남작이 씩 웃고는 다시 건배를 한다.

마침 누군가 방문을 두드렸다. 그때가 밤 12시였기 때문에 깜짝 놀랐다. 하지만 남작은 차분하게 대꾸했다.

"어, 왔나? 들어와."

그러고는 오른팔을 불쑥 내밀어서 장지문을 열었다. 그곳에는 신경질적인 얼굴의 비쩍 마른 청년이 서 있었다. 청년이라고는 했지만 눈매에는 아직 어린 소년 특유의 불안정함이 엿보이는 햇병아리이다. 운동복 차림의 청년은 방구석에 무릎을 꿇고 앉았더니 가볍게 머리를 내밀듯이 인사했다.

"안녕하세요."

머리는 부스스하고 수염은 제멋대로 자라난 것이 마치 한 세대 전의 재수생을 연상시킨다. 당황해서 아무 말도 못하고 있는데 청년이 몹시 조심스럽게 덧붙였다.

"올해 시나노대학 농학부에 입학한 스즈카케 료타입다. 4월부터 온타케소에서 살게 돼서…… 잘 부탁드립다."

한 번 더 머리를 내밀듯이 꾸벅 인사했다.

그 말을 이어받아 남작이 입을 열었다.

"그렇게 됐어, 닥터. 닥터가 바빠서 인사할 기회가 없다 보니 스즈카케 군이 초조해하는 것 같더라고. 자네가 집에 들어오면 불러달라고 부탁 받았어. 방은 이 옆 '은행나무 방'이야."

그렇구나. 이제야 상황을 파악했다.

"새 이웃이 생겼네. 경사스러운 일이군."

"감사함다."

다시 목을 앞으로 빼며 인사하는 모습은 왠지 청승맞아 보이지만 외모나 과거에 구애받지 않는 것이 온타케소의 원칙이다.

"닥터 선생님 이야기는 남작 선생님에게 들었습다. 잘 부탁드림다."

"어찌 됐든 상관없지만 '닥터' 뒤에 '선생님'을 붙일 필요는 없고, '남작' 뒤에 '선생님'을 붙이는 건 더 이상하니까 관두시게."

"그렇슴까? 이상하심까?"

바로 앞에서 되물으니 딱히 뭐라 할 말이 없다. 나도 괴짜니 뭐니 지겹도록 손가락질 받아온 처지이다. 본인이 '자연스럽다'고 생각하는 것을 있지도 않은 상식을 내세워서 부자연스럽다고 고집부릴 만한 특별한 이유도 없다.

"뭐, 편한 대로 불러도 상관없어. 어차피 '선생님'이라는 건 바보를 부를 때 쓰는 말이잖아. '선생님, 선생님' 들을 때마다 '바보, 바보'로 들리니까 오히려 유쾌할 정도야. 어쨌든 지금 중요한 건 선생님과 바보의 뜻에 대해서 왈가왈부하는 것보다 새로운 친구와 맛 좋은 술을 주고받는 것이겠지."

"그래야 닥터지."

남작이 웃으며 스카치위스키 병을 들어 올린다.

"기뻐해야 할 일은 스즈카케 군이 신입생이긴 하지만 삼수를 경험했다는 거야."

얼굴을 찌푸리는 나를 보고 남작이 히죽 웃으며 스즈카케 군의 술잔에 찰찰 넘치게 스카치위스키를 따랐다.

"스무 살이야. 술 마실 수 있어."

"그렇군. 그것 참 낭보(朗報)일세."

건배를 외치며 술잔을 부딪치자 스즈카케 군은 스카치위스키를 단숨에 들이켰다.

"뭐야, 꽤 마셔본 모양인데? 이제 막 성인이 된 사람치고는 술 마시는 폼이 예사롭지 않은걸?"

"죄송합다. 재수하면서도 자주 마셨습다. 대놓고 마시진 않았지만요."

스즈카케 군이 얼굴을 북북 긁으면서 겸연쩍게 웃는다.

"재수하면서 부질없는 짓을 했네. 세상만사에는 순서라는 게 있어. 미성년자가 술을 마신다는 건, 나쓰메 소세키의 수많은 명작 중에서 『마음』부터 읽기 시작하는 것과 마찬가지로 우매한 일이야."

나의 말에 스즈카케 군은 흥미롭다는 듯 눈을 커다랗게 떴다.

"『마음』이라면 읽은 적 있슴다. 안 되는 거였슴까?"

"『마음』을 읽으면 안 된다는 뜻이 아냐. 『마음』만 읽으면 안 된다는 거야. 과정을 건너뛰고 결론만 읽은 젊은이

들이 모두 '감동했다'고들 하니 우스워. 『마음』에 담겨져 있는 건 감동이 아냐. 절망이지."

"그렇습까? 절망임까?"

"감동인지 절망인지를 말하기 전에, 그 '습까, 임까' 좀 안 쓰면 안 되나? 딱히 피해를 주는 건 아니지만 왠지 술 맛이 떨어지는 것 같아서 말이야."

"그렇습까? 안 되겠습까?"

온순한 표정을 짓는 청년에게 언성을 높이는 것도 어른스럽지 못하다. 한숨을 내뱉으며 말투를 가다듬었다.

"……아냐, 편한 대로 해."

남작은 이런 대화를 재미있다는 듯이 바라보고 있다.

"하루나 공주가 없으면 닥터는 기분이 안 좋아져. 스즈카케 군, 기억해두는 게 좋아."

"하루나 공주가 누구임까?"

"닥터의 부인."

"정말임까?"

스즈카케 군이 눈을 동그랗게 뜨고 내 얼굴을 쳐다본다.

편한 대로 하라고 했지만 역시 '습까, 임까'는 거슬려서 이야기가 귀에 잘 들어오지 않는다. 하지만 말투가 괴상한 것으로 치자면 나도 피차일반이니 함부로 뭐라 할 수도 없는 노릇이다. 물론 스즈카케 군 본인은 전혀 개의치 않는 눈치이다.

"닥터 선생님은 결혼하셨습까?"

"마치 내가 결혼했다는 게 믿기 힘든 기적이라도 되는 것 같은 언사군. 아내는 지금 다카토에 가 있어서 여기에 없어. 벚꽃이 질 때까지는 돌아오지 않을 거야."

이렇게 말하면서 가슴속의 적막감을 고급 스카치위스키로 흘려보낸다. 아내가 없는 술자리는 벚꽃 없는 꽃놀이처럼 무미하다.

또다시 한 잔을 들이켜는데 남작이 입을 연다.

"하루나 공주는 전 세계에 이름나 있는 사진가야. 천하제일의 벚꽃을 찍으러 갔지. 공주가 없을 때는 닥터의 심기가 아주 불편해지니까 조심해. 게다가 시간이 지날수록 공주가 다치진 않았을지 어디 아프진 않은지 걱정하느라 극도로 예민해져서 점점 참을성이 없어져."

"이번에는 목적지가 겨울의 설산이 아니라는 것만으로도 다행이야. 봄철의 다카토에서 조난당할 일은 없으니까 말이야."

"정말 그렇네." 남작은 웃으면서 잔을 가볍게 들어 올려 보였다. "그러면 새로운 친구의 방문과 하루나 공주의 무사 귀환을 위하여 건배할까?"

나와 남작이 스카치위스키로 가득 찬 술잔을 들어 올리자 스즈카케 군도 잔을 들었다.

건배! 누가 먼저랄 것 없이 외치면서 연회는 다시 시작되었다.

구리하라 팬클럽의 최고령자이신 도메카와 도요 씨의 병세가 좋지 않다.

원래 폐렴으로 입원했고, 항생제를 써서 상당히 호전되었지만 며칠 전에 식사를 다시 시작한 후로 또다시 때때로 열이 오르는 것이다.

"3일 전에는 언제나처럼 미소를 보여주셨는데⋯⋯."

한숨을 쉬며 청진해보니 양측 하폐야(下肺野)에서 확실히 잡음이 들린다.

"오전 중에는 괜찮으셨는데 오후부터 호흡 상태가 악화됐어요." 도자이가 말했다.

때는 마침 가랑비가 내리기 시작한 일요일.

도요카와 씨의 호흡 상태가 악화되었다고 도자이에게 호출을 받은 것은 오전 회진을 끝내고 오후는 느긋하게 보낼 수 있겠다고 퇴근길에 나서려던 참이었다.

"모처럼의 일요일인데 미안해요, 선생님."

"자네가 사과할 문제는 아니잖아. 환자 상태가 악화되면 보러 가는 게 주치의의 일이야. 휴일이라고 해서 병마도 같이 쉬어주지는 않으니까."

산소 투여량을 4리터로 늘리면서 애써 무심히 말했다.

침대 위 마른 체구의 할머니가 산소마스크 아래에서 거친 숨을 내쉬고 있는 모습이 애처롭다. 몸집이 작은 도요 씨에게는 S사이즈 마스크도 꽤 커서 얼굴의 반 이상이 묻혀 있다.

"도요 씨, 이제 안 되려나……."

우두커니 중얼거린 사람은 침대 옆에 앉아 있던 비슷한 체구의 노인이다. 도메카와 마고시치 씨, 도요 씨의 남편이다. 나이는 아흔다섯.

도요 씨와는 서로 '도요 씨', '마고 씨'라 부르는 금슬 좋은 부부이다. 병세가 호전되었을 때는 도요 씨를 휠체어에 태우고 그 휠체어를 마고 씨가 밀면서 느긋하게 병동을 산책하곤 했다.

간호사가 휠체어를 밀어드리겠다고 해도 마고 씨는 "내 손으로 직접 도요 씨에게 산을 보여주고 싶어서 말이야"라며 빙그레 웃음 지었다. 도요 씨는 도요 씨대로, 본인이 환자이면서 "마고 씨, 피곤하죠? 이제 바꿔요"라고 휠체어에서 말한다. 그런 노부부이다.

"도요 씨는 이제 힘드려나……."

하얗게 센 눈썹 아래 작은 눈동자가 나를 살피듯 가만히 올려다본다. 이럴 때 위안을 주는 말은 의미가 없다.

"방심할 수 없는 상태입니다. 추가 검사를 해서 신중하게 치료를 계속하겠습니다."

"그래요."

눈동자가 눈썹 아래로 숨었다. 덤덤한 모습은 언제나와 같다.

옆에 있던 도자이가 다정하게 말을 건넸다.

"마고 씨는 조금 쉬세요. 매일 이렇게 지내시다가 마고 씨 몸이 망가지면 큰일이에요."

"그래요……."

하얀 눈썹 아래에서 두어 차례 눈이 깜빡였다.

"하지만 도요 씨가 없는 집으로 돌아가도 딱히 할 일이 없어서……."

느릿느릿 소박한 중얼거림에 형언할 수 없는 깊은 마음이 담겨 있다.

나와 도자이 같은 애송이가 할 수 있는 말은 아무것도

없었다.

"어떻게든 도와드릴 수 없을까요?"

간호사 대기실에 돌아온 후 도자이가 걱정스러운 듯이 말했다. 나는 이제 막 촬영이 끝난 엑스레이 사진을 모니터에 띄우고 눈살을 찌푸렸다.

"몇 안 되는 팬클럽 회원이셔. 나도 어떻게든 해드리고 싶지만······."

"안 좋아요?"

"좋지 않아."

양쪽 하폐야에 사라졌던 침윤(浸潤) 음영이 보인다. 전형적인 오연성(誤嚥性) 폐렴 소견이다.

"가래 배양과 혈액 배양을 재검사해야겠어. 단, 원인균의 특정을 기다릴 여유가 없으니 오늘부터 항생제를 변경할 거야."

알겠다고 대답하는 도자이 쪽으로 난처한 표정의 신입 간호사가 달려왔다.

피부가 하얗고 마른, 왠지 미덥지 못한 모습의 간호사이다. 명찰에 적힌 '미카게 미유키'라는 이름은 처음 보니 4월에 막 합류한 신참일 것이다. 그녀의 더듬거리는 보고를 듣던 도자이가 얼굴을 찌푸렸다.

"무슨 일이야?"

"상태가 나빠진 환자가 또 있어요. 선생님 담당 환자는
아니지만 봐주셨으면 하는데…….."

"보는 건 괜찮지만 주치의는 어디 갔어?"

"연락이 안 돼요."

도자이가 내민 카르테를 보니 '시가 아이코, 25세, 여성'
아래 칸에 '재생불량성 빈혈'이라고 적혀 있다. 혈액내과
의 환자이다.

내가 미간을 찌푸린 동시에 도자이가 한숨을 내뱉으며
답했다.

"주치의는 신도 선생님이에요."

"또 다쓰야랑 연락이 안 되는 거야?"

미카게 씨에게 시선을 돌리자 쭈뼛쭈뼛하면서 말문을
연다.

"네, 네…… 휴일이나 평일 밤에 연락이 잘 안 되는 경우
가 많아요. 신도 선생님이 담당하시는 환자가 벌써 열 명
이 넘기 때문에 좀 문제가…….."

"다쓰야는 도가 지나칠 정도로 성실한 친구야. 병동에
담당 환자가 있는데도 연락이 안 되는 경우가 그렇게 빈번

할 거라고는 생각하기 힘든데……."

몹시 난처해하는 얼굴로 서 있는 미카게 씨를 대신해 도자이가 덧붙였다.

"생각하기 힘들다 해도 실제로 일어나고 있으니 어쩔 수가 없잖아요. 선생님 안목을 의심할 생각은 없지만, 처음 생각했던 것만큼 착실한 사람은 아닌가 봐요."

도자이가 독설을 내뱉다니, 생각보다 문제가 심각한 모양이다. 도자이는 작은 일을 부풀려서 말하는 타입의 사람이 아니다.

의외라는 생각밖에 들지 않는다.

다쓰야와 함께 일한 적은 없지만 확고한 뜻을 가진 사내라는 점은 분명하다. 학부 시절에도 수석을 유지하고, 마쓰모토 출신이면서도 공부를 위해 도쿄 전문 병원에 취직했을 정도이다. 무엇보다도 의료를 향한 그 녀석의 진지한 마음가짐을 나는 잘 알고 있다.

어딘가 찜찜하다.

"일단 그 환자를 진찰하지. 몇 호실이야?"

나의 물음에 미카게 간호사가 잔뜩 긴장한 표정으로 앞장섰다.

신도 다쓰야의 평판이 좋지 않다.

부임한 직후 싱숭생숭 들떠 있던 소문은 온데간데없이 사라지고 열흘 사이 여기저기에서 조금씩, 그러면서도 확실하게 불만이 들려오고 있다.

낮에는 회진에 잘 오지 않는다. 저녁에는 바로 퇴근해버린다. 밤에는 연락이 잘 안 된다. 태도는 친절하지만 명확하게 현장과 거리를 두는 듯한 행동이 간호사들의 불신을 부추기고 있는 것이다.

내과 병동인 남쪽 3병동에서만큼은 역시 다쓰야도 주의하는지 눈에 띄는 문제는 없지만, 비교적 접점이 적은 다른 병동에서는 노골적으로 평판이 나쁘다. 다른 병동의 주임이나 병동장이 나에게 직접 다쓰야의 문제 행동에 대해 불만을 토로할 정도이다.

처음에는 반신반의하며 방관하던 나도 이쯤 되니 더 이상 보고만 있을 수는 없게 되어 조만간 한마디하려고 기회를 엿보고 있었다. 그런데 온종일 뛰어다니는 신세이다 보니 얼굴을 마주칠 일조차 거의 없다. 겨우 일이 마무리 되어가는 밤이면 다쓰야가 병원에서 사라지는 상황이다.

이렇게 당혹스러운 채로 시간만 흘러 어느덧 벚꽃도 서서히 피기 시작하는 4월 하순이 찾아왔다.

"다쓰야, 대체 무슨 생각을 하는 거야!"

아침 7시 반, 지로의 목소리가 울러 퍼졌다.

이른 아침의 적막한 의국 안이 험악한 공기로 가득하다. 이제 막 출근한 나는 의국으로 들어서자마자 걸음을 멈추었다.

의국 한쪽에서 전자 카르테를 입력하고 있던 다쓰야에게 지로가 서슬이 시퍼렇게 따지고 있었다.

"이즈미 씨는 네 환자잖아."

"내 환자라는 건 잘 알고 있어."

"그 환자의 마지막 순간에 왜 주치의가 안 오는 거야?"

"이즈미 씨는 일흔아홉의 고령으로, 상태가 급변하더라도 연명 치료를 하지 않겠다는 방침이었어. 내가 간들 할 수 있는 일도 없고, 당직이었던 너한테 부탁했다고 해서 문제될 일이 생기진 않은 것 같은데?"

"그런 문제가 아니잖아. 너는 주치의가 아니냐고 묻는 거야."

"물론 주치의야. 그리고 주치의로서의 역할은 충분히 하고 있어."

앉은 자리에서 태연하게 대답하는 다쓰야의 모습에 지로도 당혹스러워하는 듯하다.

"그게 뭐야. 너답지 않잖아."

논리적이지 못한 지로의 탄식. 하지만 이번만큼은 전적으로 동감이다.

"환자에게 무슨 일이 생기면 달려가는 게 신도 다쓰야였잖아."

"스나야마는 변한 게 없네……."

혼잣말을 하는 듯한 중얼거림에는 내가 모르는 남자의 냉담함이 숨겨져 있다.

"늘 본인의 확고한 신념에 따라 움직이지. 하지만 너와는 다른 신념을 가지고 있는 사람도 있다는 걸 잊은 거 아냐? 스나야마."

"다쓰야……."

"나에게는 나만의 방식이 있어. 일을 대충할 생각은 없다고."

나는 의국 입구에 서 있어서 그 둘의 표정까지 또렷하게 보이지는 않았지만 적어도 지로가 넋이 나간 얼굴로 서 있다는 것은 알 수 있었다.

한동안의 침묵은 묘한 긴장감을 품고 있었다. 나는 그저 바라보고 있을 수밖에 없었다. 의국에 다른 사람이 없다는 것이 그나마 다행이었다.

이윽고 침묵을 깬 것은 지로의 나지막한 목소리였다.

"다쓰야, 네가 도쿄에서 일했던 곳이 도쿄대학 병원이었지……."

다소 당돌한 지로의 말이 의외로 효과가 있었다. 전자 카르테를 입력하려 하던 다쓰야가 멈칫했다. 잠시 후 천천히 몸을 돌려 거한을 올려다보았다.

"맞아. 도쿄대학이 뭐 어떻게 하기라도 했나?"

"뭐 어떻다는 게 아니라, 그저……."

"그렇다면 스나야마, 이제 나 좀 가만둬줄래?"

차가운 목소리가 가로막았다. 주춤하는 지로에 개의치 않고 감정 없는 목소리가 이어졌다.

"학생 때처럼 한가하던 내가 아니야. 일에 방해되니까 가만두라고 했어."

"뭐라고?"

잘 참던 지로도 언성을 높였다. 거의 멱살이라도 잡을 기세이다.

"구리하라 군, 안 말려도 돼요?"

갑자기 귓전에 목소리가 들려와서 나는 소스라치게 놀랐다. 뒤를 돌아보니 늙은 여우 선생님이 서 있었다.

"여전히 기척 없이 나타나시네요. 언제부터 거기 계셨던 거예요?"

"처음부터요." 악의 없는 미소로 답한다. "아침 7시부터 끝없이 같은 말만 되풀이하고 있어요. 논리적인 문제가 아닌 철학적인 문제라서 타협할 수 있을 것 같지 않지만요."

오른손에 찻잔을 들고 향긋한 엽차를 홀짝거린다.

역시 당해낼 수 없는 선생님이다.

시선을 돌리자 다쓰야가 자리에서 일어나고 있었다. 지로가 부르는 것을 무시하고 그대로 등을 돌린다. 자리를 뜨려는 순간 우리를 보고 놀란 것 같았지만 결국 한마디도 하지 않고 안쪽 문을 열고 나갔다.

내가 이마에 손을 얹은 것은 여느 때와 같이 편두통이 찾아오는 소리가 멀찌감치에서 들려왔기 때문이다.

갑자기 눈앞에 다른 찻잔이 쓱 나타났다.

"구리하라 군도 마실래요?"

기분 좋은 찻잎의 향 너머로 희미하게 쓴웃음을 짓는 늙은 여우 선생님이 보인다.

"엽차는 두통에 좋아요."

나는 조용히 찻잔을 받아 들었다.

혼조병원의 뒤쪽으로는 작은 강이 흐르고 있다.

옛날엔 강기슭에 반딧불이가 날아다니던 아름다운 강이었지만 지금은 호안(護岸) 공사가 진행되어 자연의 정취는 찾아볼 수 없게 되었다. 그래도 제방 위에 늘어서 있는 벚나무 가로수는 너끈히 장관을 이루어, 이미 여기저기 꽃이 피어나기 시작한 이 계절이 되면 거리 위에 연분홍빛 색채가 휘날려서 제법 아름답다.

그런 강가의 풀숲에 멍하게 서서 담배를 태우고 있는 사람이 신도 다쓰야이다. 해거름의 어스레한 어둠 속에서 담뱃불만 반짝이며 흔들리는 모습이 꼭 지난날의 반딧불이 같다. 그건 그런대로 운치 있어 보이니 아이러니하다.

"담배는 언제부터 입에 댄 거야?"

내가 말을 걸자 다쓰야가 조금 놀라서 돌아보더니 이내 쓴웃음을 지었다.

"구리하라, 오늘 아침에는 미안했어. 좀 피곤했나 봐."

솔직하게 사과하는 다쓰야의 모습은 예전과 특별히 달라지지 않았다. 잘 알고 있던 옛 벗의 모습이다.

나는 옆에 서서 하얀 가운 주머니에서 캔 커피를 꺼내 들었다.

"술도 담배도 안 하던 네가 언제부터 흡연가가 됐지? 기사라기가 눈감아주나 보네."

기사라기 치나쓰는 학창 시절 장기부에 들어온 매력적인 여성의 이름이다. 졸업과 동시에 신도 치나쓰로 성이 바뀌었다.

세븐스타를 손가락에 끼운 채 다쓰야가 씁쓰레하게 웃는다.

"이렇게 빨리 나를 찾을 줄은 몰랐어. 너도 한 대 피워볼래?"

"됐어. 좋은 술을 맛보라고 신께서 주신 미각을 이런 걸로 파괴하는 변태 같은 취미는 없어."

"여전히 가차 없네."

"참고로 내 아내도 담배 연기를 좋아하지 않아."

"좋은 부인을 둔 것 같더라. 도자이 주임에게 들었어. 세상에서 제일 맛있는 커피를 끓이는 부인이시라고."

"천하 명품이야. 머지않아 너도 그 맛을 보게 해주지."

담배 연기를 내뿜으며 다쓰야가 미소와 함께 끄덕였다.

시선을 돌려보니 북알프스 산맥으로 곧 해가 저물 참이다. 흥겨운 목소리가 들린 것은 젊은 여성 한 무리가 다리 위를 지나고 있기 때문이다. 주간 근무를 마친 간호사들일 것이다. 왠지 한가로운 풍경이다.

"말할 것도 없지만……." 나는 서서히 말문을 열었다.

"나는 아내의 커피를 자랑하려고 일부러 여기에 온 게 아니야. 아침에 있었던 일도 그렇지만, 조금 전에는 부장 선생님이 호출하셔서 다녀왔어. 새로 온 혈액내과의 좀 어떻게 해달라고 하시더군."

농담이 아니다. 바쁜 진찰 스케줄의 막간에 왕너구리 선생님의 호출을 받아 부장실에 갔더니, 큰 서류 더미를 손에 들고 흔들어 보이며 언짢은 목소리로 말씀하신 것이다. 왕너구리 선생님이 좀처럼 보이지 않는 모습이었다.

"이거 전부 클레임이야."

털썩, 탁자로 내던져진 서류들을 들여다보니, 병원의 여러 부서에서 날아든 클레임이다.

"구리 짱의 옛 친구는 일을 덜어주기는커녕 오히려 불려주고 있어……."

왕너구리 선생님이 불쑥 중얼거리듯 말했다.

평소처럼 배를 팡팡 두드리는 모습은 없다. 입가에는 희미하게 미소를 띠고 있지만 눈은 웃지 않고 있다. 농담이 통하지 않을 분위기이다.

환자를 위해서라면 만사를 제쳐두고 현장으로 달려가는 것이 왕너구리 선생님의 철학이다. 그러한 선생님 눈에 다쓰야의 소행이 어떻게 비칠지 상상만 해도 섬뜩하다.

"구리 짱, 어떻게 하는 게 좋을까?"

또 어려운 질문이다.

"가만히 둘 수는 없어. 하지만 나는 바쁘지. 물론 구리 짱도 바쁘겠지만, 나와 구리 짱을 비교해보면 누가 더 바쁠까?"

요컨대 나에게 어떻게든 해보라는 말씀이시다.

선택권이 없다. 몹시 난처한 이 의뢰를 가벼운 인사와 함께 수락하고, 도망치듯 부장실을 빠져나왔다.

다쓰야는 내 얼굴을 보고 뭔가를 알아차린 듯하다.

"나도 모르게 폐를 끼친 것 같군."

"밤에는 호출해도 안 온다, 휴일에는 연락이 안 된다고 클레임이 상당해. 덕분에 예전 평판에 비하면 병동에서 네 평가는 최악이야. 엄밀히 말하면 네 평가가 아무리 나쁘다 한들 나는 아무렇지 않지만, 여기저기에다 너는 믿을 수 있는 사람이라고 퍼뜨리고 다닌 내 체면도 걸려 있어. 방치하면 내 안목도 의심의 눈초리를 받는다고."

단순히 부장 선생님이 무서워서 그렇다는 사실은 이럴 때 굳이 입 밖에 내지 않는다.

"그 말은 다시 말해 내가 구리하라의 기대를 완전히 저버렸다는 거네."

"쉽게 말하면 그렇지."

나는 솔직하게 말하고 캔 커피를 기울였다. 고약한 맛이 입안에 퍼진다.

잠깐의 침묵이 흘렀다.

다쓰야는 다 피운 세븐스타를 휴대용 재떨이에 구겨 넣고 새 담배를 꺼내면서 갑자기 중얼거리듯이 물었다.

"구리하라, 주치의가 뭐라고 생각해?"

"선문답을 할 생각이면 절에라도 가보지그래. 이 동네에는 오래된 절이 많아."

"진지하게 하는 이야기야."

"주치의란 환자를 좀먹는 병마를 쫓아내는 존재야. 병을 치료하고, 고통이 있으면 없애고, 마음이 불안하면 거기에 귀를 기울이는 거지. 국어사전에 어떻게 적혀 있는지는 모르겠지만, 환자가 열이 나도 안 오고 환자의 마지막을 당직 의사에게 맡기는 건 주치의의 태도라고 할 수 없어."

"미쳤다고 생각되지 않아?"

나는 당황하며 돌아보았다. 다쓰야가 무슨 말을 하는 것인지 이해할 수 없었기 때문이다. 하지만 옛 친구는 담담하게 말을 이어나갔다.

"우리는 그저 의사라는 이유만으로 제대로 된 식사도,

수면도 보장 받지 못해. 구리하라, 어때? 미쳤다고 생각되지 않아?"

"지금에 와서 새삼스럽게 갓 졸업한 레지던트나 하는 말을 하고 있어. 불합리하다는 걸 충분히 알고도 우리는 의사가 된 거야. 그게 싫다면……."

말을 끝맺을 수는 없었다. 옛 친구의 눈가에 낯설고도 차가운 빛이 감돌았기 때문이다. 그것은 내가 알지 못하는 남자의 옆얼굴이었다.

내가 억지로 입을 뗀 것은 자욱이 끼어 있는 침울한 공기가 싫어서였는지도 모른다.

"적어도 너는 지로가 화낸 이유를 모를 만한 사람은 아니야. 설령 할 수 있는 일이 없다 해도, 주치의가 오는 것만으로도 환자와 가족들이 느끼는 안도감이 달라져."

"안도감이라……."

이번에는 어렴풋이 입언저리가 비뚤어졌다. 그것이 웃고 있는 표정이라는 것을 알아채기까지는 몇 초의 시간이 걸렸다.

"웃으라고 한 이야기는 아니야."

"구리하라, 그런 걸 위해서 쉬지도 않고 일할 수 있을 정도로 너희는 여유가 있는 거야?"

"그런 거?"

"환자의 안도감이네 뭐네 하는 실체도 없는 것까지 생각하면서 뛰어다닐 수 있을 정도로 여유가 있느냐는 말이야. 그거면 되는 거야?"

"되고 말고의 문제가 아니야. 불합리한 환경 속에서 할 수 있는 최선의 선택을 하는 것뿐이야. 밑도 끝도 없이 억지를 부릴 여유가 있다면…….'

"네 부인은 이해해?"

뜻밖의 말이었다.

당황하는 나의 침묵을 깨고 말을 이어간다.

"가족의 마음은 어떻게 되는 거야? 너는 혼자서 살아가는 게 아니잖아."

거침없는 목소리가, 거침이 없어서 그런지 묵직하게 가슴에 울렸다.

순간 매화나무 아래에서 손을 흔들던 아내의 모습이 가슴속을 스쳐갔다. 하지만 지금은 감상에 젖어 있을 때가 아니다.

"문제는 없어. 가혹한 일이라는 건 결혼 전부터 알고 있었던 사실이야."

"그런 상황 자체가 이상하다고 생각하지 않아?"

"기사라기가 그런 소리를 해?"

불쑥 따지듯이 물은 내 가슴속에 도리어 씁쓸한 기운이 퍼졌다.

내가 한때 연모했던 사람은, 지금은 눈앞에 서 있는 친구의 아내이다. 별 뜻이 없더라도 그 이름을 입에 올리면 괜스레 불편한 기분이 들 수밖에 없다. 하지만 한번 뱉은 말은 주워담을 수도 없다.

"내가 아는 한 기사라기는 총명한 여성이었어. 고지식한 너와 비교해도 의료에 대한 열정과 성의는 십이분 갖추고 있었지. 그런 기사라기가 너한테 그런 말을 한 거야?"

다쓰야는 아무 말이 없다.

"너희가 도쿄병원에서 어떤 식으로 일해왔는지 모르겠지만, 적어도 여기는 도쿄가 아니야. 여기에서는……."

갑자기, 그리고 노골적으로 다쓰야는 손목시계를 쳐다보았다.

"회진 시간이야."

그것은 곧 대화를 중단하겠다는 신호였다.

나의 험상궂은 시선을 뿌리치듯이 다쓰야가 냉정하게 몸을 돌린다. 풀숲을 밟으면서 멀어져가는 뒷모습을 보았을 때, 나는 무턱대고 크게 말했다.

"선한 양심이 우리의 유일하고 확실한 보상이야!"

고요한 하천에 어울리지 않는 목소리가 울려 퍼졌다.

다쓰야가 걸음을 멈추고 잠시 그대로 있다가 어깨 너머로 나를 돌아보았을 때, 그는 씁쓸한 미소를 짓고 있었다.

"시어도어 소렌센(Theodore Sorensen, 존 F. 케네디 전 미국 대통령의 핵심 참모로 연설문을 작성했다 - 옮긴이)이네. 그립군……."

"네가 좋아했던 말이었지." 나는 시선을 피하지 않았다. "케네디는 전쟁을 위해서 이 연설을 했지만 우리는 의업을 위해서 이 글귀를 쓰자고 자주 말하곤 했어. 100만 명을 죽이는 영웅이 아니라 한 명을 구하는 범인(凡人)이 되자고."

"기억하고 있어."

"기억하고 있다면, 내가 무슨 말을 하고 싶은지 잘 알 거야."

다쓰야는 아무 대꾸도 하지 않았다. 잠깐의 침묵이 흐른 후 다시 등을 돌렸고, 더 이상은 뒤를 돌아보지 않았다.

오랜만에 재회한 벗이 전혀 다른 사람이 되어 있을 때, 인간은 '시간의 흐름'이라는 정체를 알 수 없는 요물의 존재를 실감한다. 물론 실감한다고 한들 할 수 있는 일이 없으니 그저 쓸쓸히 캔 커피만 들이켤 뿐이다.

여느 때처럼 편두통 기미를 느껴서 가운 주머니에 손을 쑤셔 넣었지만, 며칠 전 두통약을 한 번에 먹어버렸다는 사실이 떠올라 더욱 침울해졌다.

느닷없이 자박자박 발소리가 들려와 나도 모르게 흠칫 놀라서 돌아보았다.

"어머, 웬일이에요?"

응급실 간호부장인 도무라 씨였다.

"선생님도 담배 피웠던가요?"

이렇게 말하며 필립모리스를 꺼내어 익숙한 손놀림으로 불을 붙였다. 이미 마흔에 가까운 나이일 텐데 그 거동에서 세련된 생기가 묻어난다.

나는 가슴속의 미적지근한 짜증을 그대로 토해내고야 만다.

"안 피워요. 그것보다 오늘 응급실은 담배를 태우러 나올 정도로 여유가 있나 봐요?"

"그건 그렇죠. 환자를 끌어당기는 구리하라 선생님이 현장에 없는 날이잖아요."

받아치는 속도는 현장에서 응급 조치를 할 때처럼 신속하고 적확하다. 반론할 수가 없다.

입을 열지 않는 나를 슬쩍 보더니 도무라 씨가 입에 담배를 문 채로 크게 심호흡을 했다. 그대로 강 건너편에 있는, 꽃이 피기 직전인 벚나무 가로수로 시선을 던지며 말했다.

"신도 선생님, 왠지 표정이 무척 어둡던데."

이미 해는 저물고 있어서 가로수의 그림자가 제방의 둑까지 길게 드리운다. 기온도 급격히 떨어지기 시작한 것 같다.

"……바라던 바예요. 생각을 좀 하게 해야지, 그렇지 않으면 저도 면목이 없어요."

"무슨 일이 있었는지는 묻지 않겠지만, 친구는 소중히 대하는 게 좋아요."

"두말할 나위가 없습니다. 그래서 더 기운 없이 여기에서 있는 거예요."

도무라 씨가 씁쓸하게 웃었다.

"……선생님들, 청춘이네."

"농담도 참."

가슴속에 떠오른 것은 다쓰야가 자리를 뜨면서 보였던 싸늘한 눈빛이다. 원래 그런 눈을 가진 남자가 아니었다. 적어도 의료에 대해 이야기할 때는 그 눈에 뜨거운 불꽃이 보였다.

석연치 않은 기분으로 빠르게 저물어가는 하늘을 올려 다보는 내 눈앞에, 갑자기 필립모리스가 나타났다. 도무라 씨가 찡긋 윙크를 했다.

"선생님, 이럴 때에는 일탈을 해보는 것도 괜찮아요."

잠깐 생각한 후에 "그럴까요"라고 답하며 나는 한 개비 를 받아 들었다.

그다지 맛있지도 않은 캔 커피를 기울이다가, 정리되지 않은 사고에 농락당한 채로 오래도록 연기를 내뿜으며 알 게 된 사실은 역시 담배는 몸에 해롭다는 것이었다.

기사라기 치나쓰라는 여성을 처음 만난 것은 의학부 3학년 여름이었다.

만남 그 자체는 그야말로 우연의 산물이었다.

역 앞에 있는 고서점에서 의학 서적과는 아무 관련도 없 는 문학 서적을 사들고, 시나노대학까지 가는 버스에 올라 타서 무심히 책에 빠져 있던 때의 일이다.

바로 앞에 앉아 있던 젊은 여성이 한동안 바스락거리며 가방을 뒤지더니, 결국 안정을 찾지 못하고 두리번두리번 주위를 둘러보기 시작했다. 거동이 수상하다. 나로서는 수상한 여성보다 나쓰메 소세키의 작품이 더 흥미롭기 때문에 한동안 고개를 숙인 채 책에만 집중하고 있었는데, 여성은 계속 어수선하다.

무슨 일인가 싶어 고개를 들었을 때 눈이 마주쳤다. 눈이 마주치자마자 그녀는 결심한 것처럼 입을 열었다.

"저, 죄송합니다. 돈 좀 빌려주시겠어요?"

야무지고 힘찬 목소리였다.

내가 아무 말 없이 그녀를 바라본 것은 당돌한 요구에 당황해서가 아니다. 그 생기발랄하게 반짝이는 밝은 눈동자에 경솔하게도 시선을 빼앗겼기 때문이었다.

버스에 타고 나서 지갑을 보았더니 1만 엔짜리 지폐밖에 없었다고 그녀는 난처한 듯이 설명했다. 그리고 의학부 2학년생인 기사라기 치나쓰라고 이름을 밝혔다. 늘씬한 몸을 스트라이프 롱셔츠에 청바지라는 심플한 복장으로 감싼 여성이다. 햇볕에 그을린 건강미 넘치는 피부와 아직 앳된 모습이 남아 있는 얼굴은 안에서부터 넘쳐나는 듯한 눈부신 활력으로 가득 차 있었다.

하긴, 1만 엔으로는 버스에 있는 동전 교환기를 이용할 수가 없다. 나는 190엔이 아까울 이유도 없으니 기꺼이 내주었다.

버스에서 내리자마자 "잔돈으로 바꿔올게요"라고 말하고는 학교 매점 쪽으로 뛰어가려 했지만, 나는 오후에 면역학 시험을 앞두고 있었기 때문에 한가로이 기다릴 수 없었다. "나중에 줘도 돼"라고 말하고는 등을 돌렸다. 이름도 소속도 밝히지 않고 냉큼 자리를 뜬 것을 생각하면, 처음 보았을 때 이미 들떠 있었던 것인지도 모른다.

이리하여 운명의 붉은 실은 한순간에 끊겨버렸다고 생각했는데, 그로부터 반년이 지난 의학부 4학년의 봄에 우리는 재회하게 되었다.

평일 점심시간, 오전 강의를 마치고 학교 밖으로 나섰을 때의 일이다. 혼잡한 학생식당에서는 나쓰메 소세키를 차분히 읽을 수가 없기 때문에 점심시간이 되면 가까운 식당으로 향하는 것이 일과였다. 책 몇 권을 손에 들고 늘 가던 길을 걷고 있는데 갑자기 "앗!" 하는 큰 목소리가 들려왔다. 돌아보니 거기에는 기사라기가 서 있었다.

"실례합니다. 190엔 빌려주신 분이죠?"

길 한복판에서 입을 열자마자 그녀가 뱉은 말이다. 그러고는 내가 가지고 있던 책 중에 나쓰메 소세키와 아쿠타가와 류노스케 사이에 끼어 있던 거대한 교과서, 『표준 외과학』을 보고 한 번 더 놀라워했다.

"의학부 선배님이셨어요?"

반년 전에 비해 머리카락이 약간 길었고 살짝 어른스러워지긴 했지만 탄력 있는 목소리에는 변함없는 활달함이 묻어났다.

"뭐, 그래."

어지간히 재미없게 대답하는 내게 개의치 않고, 기사라기는 청바지의 주머니에서 지갑을 끄집어냈다.

"저, 착각하고 있었어요. 버스에서는 나쓰메 소세키 책만 가지고 계셔서 인문학부 학생이신 줄 알았거든요."

지갑에서 꺼낸 190엔을 망설임 없는 동작으로 내 손에 쥐어주었다. 열의가 느껴지는 매끄러운 감촉에 나답지 않게 당혹스러워하는데 기사라기는 환하게 웃으며 덧붙였다.

"늦게 드려서 정말 죄송합니다. 그래도 저 계속 찾아다녔어요."

그 한마디가 문학 오타쿠 청년의 무방비한 마음을 한 번에 관통했다는 것은 더 말할 것도 없다.

이렇게 길거리에서 스쳐가는 모습을 보고도 알아챘을 정도이니 찾아다녔다는 말은 사실일 것이다. 게다가 늦게 갚게 된 이유는 내가 이름도 알려주지 않고 가버렸기 때문인데도, 본인의 잘못인 것처럼 몇 번이고 고개 숙여 사과하더니 쾌활한 목소리로 물었다.

"선배님은 벌써 점심 드셨어요?"

"아직……."

"그러면 이왕 이렇게 된 거 함께 드실래요?"

기사라기는 명랑한 목소리로 이렇게 말하며 눈앞의 가게를 가리켰다. 고개를 돌려보니 '카레집 메사이'라고 적힌 오래된 나무 간판이 눈에 들어왔다.

"일본에서 제일 맛있는 카레 가게예요."

'메사이'라는 이름은 들어본 적이 있었다.

조촐하고 아담한 카레집이지만 그 맛은 훌륭하여 점심때든 저녁때든 항상 학생들로 붐비는 가게라고 한다. 물론 조용한 곳을 찾기 위해 학생식당을 벗어난 내가 갈 만한 가게는 아니지만, 기사라기의 환한 미소 앞에서 신통찮은 문학청년의 철학 따위, 차(車)가 노려보고 있는 졸(卒)일 뿐이었다. 즉 아무런 힘도 쓰지 못했다.

기사라기를 따라 입구에 들어서니, 4인 탁자 세 개와 카운터 자리 네 개가 전부인 작은 가게이다. 주방에 있던 풍채 좋은 부인이 나오더니 미소와 함께 기사라기의 이름을 부르며 맞아주었다.

"단골인가 봐."

내 말에 기사라기는 조금 부끄럽다는 듯 대답했다.

"사흘에 한 번 정도는 와요."

"자주 오네. 친구랑 같이 오는 거야?"

약간은 떠보는 듯한 품위 없는 질문에도 기사라기는 괘념치 않는다.

"가끔 테니스부 후배들이랑 오지만, 대부분 혼자 와요."

"혼자?"

"같이 와줄 사람이 생기면 좋겠지만 저는 몹시 성급하고 덜렁대서, 사실 트러블 메이커예요. 오늘도 선배님을 안 만났다면 혼자 왔을 거예요."

하얀 치아를 내보이며 기사라기는 재미있다는 듯이 웃었다.

겉으로는 태연한 척했지만 내 맥박이 다소 빨라졌다는 것을 자백해두겠다.

기사라기는 의학부의 테니스부에서 활약하는 에이스 중 하나였다. 길쭉한 팔다리에서 쏘아 보내는 탄환과도 같은 서브는, 지나가는 길에 보았던 나를 감탄시키기에 충분했다. 다소 덜렁대는 면은 있지만 총명한 감성과 타고난 긍정적 마인드를 겸비하여 동아리의 분위기 메이커이기도 한, 정말이지 매력적인 여학생이었다.

그런 에이스를 상대로 제멋대로 가슴 설레며 들떠 있는 상태이니, 무모하다 못해 기이했던 건지도 모른다.

어찌 되었든 기사라기와 재회한 그날부터 나도, 강의나 실습이 끝나면 이따금씩 메사이를 찾게 되었다.

나를 보고 기쁜 듯한 표정을 짓는 후배에게 "그런 카레가 맘에 들어서 말이야"라고 뭐라도 아는 것처럼 말했지만, 카레가 목적이 아니었다는 것은 두말하면 잔소리이다.

이렇게 사심을 가득 담아 메사이를 드나들면서 기사라기와 대화를 나눌 기회를 쌓아가던 어느 날, "모처럼이니 장기부에 들어와"라고 밑도 끝도 없이 권유해보았다. 사소한 대화 중에 기사라기의 아버지가 장기를 좋아하신다는 것을 알게 되었기 때문이지만, 나중에 메사이의 여사장님에게 "그건 권유라기보다 거의 떼쓰는 것 같았어"라는 혹평을 받았다.

물론 지금에 와서 반성해본들 별수 없다. 고금을 막론하고 '사랑'이라는 요물은 인간의 행동 원리를 송두리째 바꿔버린다.

장기부는 그때부터 수많은 유령 부원들이 있었고 내가 혼자서 외통 장기를 두는 것이 활동의 거의 전부인, 의미를 알 수 없는 동아리였다. 일반적으로 생각하면 역효과를 낼 수밖에 없는 이 권유에, 호기심이 왕성한 그녀는 진심으로 솔직하게 흥미를 보인 것이다.

"어렸을 때 아빠가 말을 움직이는 법 정도는 가르쳐주셨어요."

"어, 제법이네. 장기를 좋아하는 사람치고 나쁜 사람은 없어."

"역시 그렇네요."

"역시?"

"테니스부 선배들도 말했어요. 구리하라는 특이하지만 나쁜 녀석은 아니라고."

"괜찮다면 그 선배 이름을 가르쳐주겠나? 꼭 오해를 풀고 싶군."

경쾌하다고는 할 수 없는 이 대화의 결과, 그녀는 테니스부 활동이 끝나면 가끔 장기부 부실에 얼굴을 비치게 되었다.

부실이라고는 해도 학교 학생식당 로비에 있는 오래된 소파에 '장기부'라고 적힌 간판을 일방적으로 내걸어둔 장소이다.

그런 곳에도 그녀는 언제나 변함없이 환한 빛을 내뿜으

며 나타났고, 곧잘 나와 마주 앉아 진지하게 수를 주고받
게 되었다. 평소에 늘 나 혼자서 나쓰메 소세키 책을 읽거
나 외통 장기를 둘 뿐이었던 이 공간에 여성의 밝은 목소
리가 울려 퍼지게 되었으니 지나다니던 의학부생들 모두
감탄했을 것이 분명하다. 유일하게 제대로 된 부원으로서
3일에 한 번씩 모습을 드러냈던 신도 다쓰야와 그녀가 만
난 것도 이때였다.

그 이후의 이야기는 완전한 삼류 드라마이니 굳이 자세
히 말할 필요도 없다.

문학 오타쿠 청년은 아름다운 후배와 장기판을 사이에
두고 있다는 사실에 마냥 기뻐하며 거기에 만족해버린 모
양이다. 그가 장기판 위에서 제자리걸음을 하고 있는 동안
수려한 지성과 용모를 겸비한 옛 친구가 가뿐하게 그녀를
채 갔다는 이야기이다.

이 사건은 지로가 말한 '장기부 삼각관계 사건'이라는
이름으로 위아래 두 학년에 걸쳐 유명세를 탔다. 하지만
사실을 말하자면 삼각관계라고 불릴 정도의 일은 전혀 일
어나지 않았다. 신의 축복을 받은 커플 옆에서 신통치 않
은 문학청년이 짝사랑을 했을 뿐이라는 것이 문학청년의
유일한 항변이었다.

때는 한여름의 밤하늘 아래.

여름방학이 끝나가는 한산한 학생 기숙사 뜰 앞에 붉은 빛깔의 협죽도가 흐드러지게 피어 있던 것을 기억한다.

"구리하라 씨가 웬일이에요?"

카운터 맞은편에서 들려오는 목소리에 나는 추억의 밑바닥에서 현실로 돌아왔다. 선술집 규베에의 마스터가 웃으며 나를 내려다보고 있다.

"구리하라 씨가 담배를 피우다니, 별일이네요."

필립모리스 딱 한 개비를 세 시간도 더 전에 피웠을 뿐인데 역시 요리사는 다르다. 정말 정확한 지적이다. 나는 히로키의 '준마이긴조'를 마시고 가볍게 어깨를 으쓱했다.

"무척이나 곰곰이 생각에 잠겨 계시던데, 무슨 고민이라도 있어요?"

"별일 아니에요."

"보아하니 하루나 씨도 안 계신 것 같고."

"정답. 다카토의 벚꽃이 질 때까지 못 봐요."

적당히 둘러대는 대답에도 마스터는 특별히 기분 나빠 하지 않는 듯하다.

나는 잔을 기울이면서 가게 안을 둘러보았다. 시간은 밤

10시 무렵, 오늘 밤은 평일인데도 제법 손님이 있다.

규베에는 시가지의 골목길에 있어서 입구가 잘 눈에 띄지 않는, 일본주를 파는 선술집이다. 최근에는 술과 음식 맛이 좋기로 소문이 나서 손님이 늘었을지도 모른다.

길고 좁다란 가게 안에는 젊은 커플이나 중년 남성, 노부인 등 대여섯 명의 손님이 저마다 시간을 보내고 있다. 카운터 구석에서 혼자 책을 읽고 있는 여성은 자주 보는 단골손님인데, 다른 사람들은 그렇지도 않은 것 같다.

"요즘은 규베에도 인기가 많네요. 평일에도 손님이 많을 때가 있고."

횟감을 손질하면서 마스터가 씁쓸하게 웃는다.

"운이에요. 오늘은 이렇지만 어떨 때는 한 명도 없을 때가 있어요."

"한 명도?"

"네. 한 명도요."

마스터의 두꺼운 근육질 팔이 섬세한 움직임으로 가다랑어를 내려놓는다. 속상한 일도 아무렇지 않게 대답하는 도량은 역시 대단하다.

"그래도 뭐, 요즘엔 스나야마 씨도 자주 와주세요."

별 대단치도 않은 이름이 튀어나왔다.

"어여쁜 여자친구와 둘이서 오세요. 그분은 항상 고슌만 드시는데, 워낙 많이 드셔주시니 제가 요리하는 보람이 있어요."

"그 녀석에게 고슌은 아깝지. 물을 타서 배로 불려도 모를걸요? 꼭 그렇게 해보세요."

나는 잔에 가득 찬 백약지장(백 가지 약 중에 으뜸이라는 뜻으로, 술을 달리 이르는 말-옮긴이)에 진심으로 탄복하며 악담을 했다.

마스터가 또 웃는다.

"살벌하네요. 하루나 씨가 없을 때의 구리하라 씨는 기운이 없어서 영 안 되겠어요."

그렇게 말한 후 마스터는 두꺼운 팔을 움직여서 잔을 하나 꺼내 술을 따랐다.

"하루나 씨를 대신하기에는 역부족이겠지만, 오늘은 같이 한잔하시죠."

"역부족이라니 별 말씀을. 이런 호걸께서 같이 마셔주신다면 속세의 근심 걱정이 모조리 싹 달아나겠는걸요? 하물며……."

거기까지 말하고 마스터가 들고 있는 잔을 보았다.

"'시나노쓰루(信濃鶴)'의 새 술까지 있다면 더할 나위 없겠죠."

"역시 눈이 정확하시네요. 구리하라 씨가 좋아하시는 술이라서 구해왔지요."

마스터는 새로운 술잔에 넘치도록 따르고 내 눈앞에 내밀었다. '시나노쓰루'는 그 이름대로 신슈에서 난 술로, 고마가네에서 생산된다. 작은 양조장이지만 일품 중에 일품을 빚어낸다. 출하 수도 많지 않은 이 명품주를 일부러 구해준 마스터의 마음 씀씀이에 감복할 따름이다.

그럼 건배! 마스터가 잔을 들자 나도 그에 응하여 단숨에 들이켠다. 훌륭한 맛이다.

마스터가 희미한 미소를 띠면서 갑자기 "어서 오세요"라고 말한다. 손님이 왔기 때문이다. 무심결에 돌아보니 손님은 마른 체구를 가진 초로의 남성이다.

"엇!" 하고 상대가 중얼거림과 동시에 나는 눈을 동그랗게 떴다.

"구리하라 군이군요."

빙긋 웃으며 말을 건넨 사람은 늙은 여우 선생님이었다.

"신기한 곳에서 만나네요, 구리하라 군."

늙은 여우 선생님이 내 바로 옆자리에 앉으면서 말했다.

언제나 그렇듯 안색은 좋지 않지만 눈동자의 빛은 맑고 따뜻하다. 구깃구깃한 흰 가운을 입은 모습밖에 본 적이 없었는데 사복을 입은 모습도 나름대로 동네 잡화상 주인 같은 묘한 매력이 있다.

"선생님, 그건 제가 하고 싶은 말이에요. 이 가게에 드나든 지는 오래됐는데 선생님을 여기서 뵙는 건 처음이잖습니까."

"내가 여기에 오는 건 1년에 한두 번뿐이니까요. 마스터도 기억 못 하실걸요?"

늙은 여우 선생님이 흘끗 쳐다보니 마스터가 횟감을 손질하면서 눈썹 하나 까딱 않고 대답한다.

"나이토 씨가 전에 오셨던 게 가을 가다랑어 철이니까 7개월 만이네요. 기다리다 지쳤습니다."

"마스터에게는 못 당하겠네요."

기쁜 듯이 늙은 여우 선생님이 마른 어깨를 들썩였다. 참고로 나이토 가모이치가 늙은 여우 선생님의 본명이다.

"이제야 퇴근하시나요?"

"아뇨, 오랜만에 일이 없어서요. 병원 밖으로 나온 건 나흘 만이에요."

농담을 하는 것이 아니다. 여전히 며칠씩 병원에 묵으면서 일하고 있는 것이다.

"모처럼 집에 가는 날인데 요 며칠은 아내가 없어서요. 그럴 때는 여기에 들르곤 해요."

이렇게 말하며 "스기노모리 한 잔, 미지근하게 해주세요"라고 다정하게 주문한다. 기소 지역의 술로, 역사 깊은 명주 중 하나이다. 신슈에는 좋은 술이 많다.

술잔을 받아 한 모금 마시더니 행복한 듯이 눈을 가늘게 뜨고 크게 숨을 내쉬었다.

"그나저나 구리하라 군, 또 어딘가 우울한 표정을 하고 있네요."

"그렇지 않습니다."

"맞잖아요. 신도 선생님 일이죠?"

아무것도 보지 않는 듯한 얼굴을 하고 있지만 역시 선생님의 눈은 정확하다.

"오랜만에 재회한 옛 친구가 완전히 변해 있으니, 무척 당혹스럽습니다."

"변해 있던가요?"

"다쓰야가 멍청한 구석이 있긴 했지만 저 정도로 멍청해졌으리라고는 생각도 못 했어요. 따끔하게 한 소리 해주고 싶었는데 어찌나 빨리 도망가던지."

늙은 여우 선생님은 재미있다는 듯 웃으면서 스기노모리를 물처럼 들이켜고는 한 잔 더 주문했다.

"뭐, 너무 깊게 생각하면 안 돼요. 그에게는 그만의 철학이 있을지도 모르죠."

"선생님은 역시 아량이 넓으시네요. 저도 좀 본받고 싶습니다."

술기운 탓인지 내가 생각해도 내 말에 독기가 느껴진다. 그에 비해 늙은 여우 선생님은 독도 약도 느껴지지 않는 그야말로 평온한 모습이다.

"그에게는 구리하라 군이나 스나야마 선생 같은 좋은 친구들이 있어요. 혼자가 아니라는 것은 정말 중요하죠."

"저처럼 불평불만이 많은 괴짜와 스나야마처럼 시커멓고 덩치만 큰 사내가 친구라니, 다쓰야도 생각보다 박복하네요."

내 말에 선생님은 소리 내어 웃었다.

"친구라는 건, 자칫하면 그런 수상한 사람들이 모이기 마련이에요. 나만 해도 커다란 배를 두드리면서 웃고 다니는, 속을 알 수 없는 사람이 제일 친한 친구니까요."

의외의 이름이 등장했다. 부장 선생님, 즉 왕너구리 선생님이다.

"부장 선생님은 선생님의 한 학년 선배시죠?"

"친구라고 하면 실례일지도 모르지만, 학창 시절부터 알고 지냈고 30년 가까이 같이 일하고 있으니 친구나 마찬가지죠. 마스터, 스기노모리 한 잔 더 추가요."

내가 한 잔을 마시는 동안 석 잔이 사라졌다.

아무리 마셔도 선생님의 얼굴색은 평소와 다름없이 창백하다.

"하지만 30년이라는 세월은 어마어마하죠. 제가 태어나기 전부터 지금까지 일해오신 거잖아요."

"듣고 보니 그렇네요……."

마치 지금 깨달았다는 듯 눈을 가늘게 떴다.

그 상태로 "그렇군"이라고 중얼거리며 세 번째 잔을 가볍게 들이켜는 옆모습은 옛날 어딘가의 병풍에서 보았던 신선의 모습이다. 그 신선이 무엇인가 감회에 잠긴 듯 비운 잔을 가만히 들여다본다.

"선생님과 부장 선생님 두 분이서 혼조병원을 계속 지탱해오신 거죠?"

"그 친구와는 중요한 약속을 했어요. 그래서 그만둘 수가 없답니다."

"약속요?"

호기심을 자극하는 단어에 나는 가만히 선생님을 바라보았다. 늙은 여우 선생님은 술을 새로 채운 잔을 눈언저리까지 들어 올렸다.

"이 고장에 누구나 언제든지 진찰 받을 수 있는 병원을 만들자, 그 친구의 입버릇이었어요. 거기에 힘을 다 바치자고 학창 시절에 약속했지요. 본인이 기억하고 있을지는 모르겠지만요."

재미있다는 듯 어깨를 들썩이며 웃는다. 어디까지가 농담인지는 잘 모르겠지만, 왕너구리 선생님의 파격적인 행동은 어제오늘의 일이 아닌 모양이다. 그에 응하는 늙은 여우 선생님도 늙은 여우 선생님이지만, 두 요괴의 기행이 눈에 띄는 것은 지금도 여전하다.

내가 기막혀 하자 늙은 여우 선생님은 갑자기 눈을 가늘게 뜨더니 조용히 말을 이어갔다.

"부장 선생님은 어렸을 때 어머님을 떠나보냈어요."

술을 그렇게 마셔도 얼굴이 조금도 붉어지지 않고 오히려 점점 더 창백해져가는 늙은 여우 선생님은 어딘가 먼 곳을 응시하는 듯한 눈으로 말을 계속했다.

"부장 선생님이 중학생일 때 너무나도 갑작스럽게 어머님이 쓰러지셨어요. 바로 달려온 구급차 안의 심전도로 심근경색 진단을 받았지만, 가까운 병원에는 순환기내과 전문의가 없었지요. 응급 카테터 검사를 할 수 있는 시나노 대학 병원까지 편도 50킬로미터를 달리던 중에 돌아가셨다고 해요. 가는 길에 병원이 세 군데나 있었지만 순환기내과 전문의는 아무데도 없었죠. 의사가 없으니 손을 쓸 수가 없는 건 당연했어요."

앙상한 손이 천천히 술잔을 들어 올려 입가로 가져간다.

나는 반대로 손에 들고 있던 잔을 탁자 위에 도로 내려놓았다.

"그런 일이……."

"옛날에 술자리에서 들었어요. 그런 불행한 일이 다시는 일어나지 않게 하고 싶다고 했죠."

"마스터, 고등어 절임 하나 주세요."

뼈와 가죽뿐인 홀쭉한 손가락을 세우고 말했다. 이상을 실현하기 위해 달려온 왕너구리 선생님과 그를 지탱해온 늙은 여우 선생님의 모습이, 문득 묘한 감정과 함께 가슴속에 그려졌다. 거의 무의식적으로 말이 흘러나왔다.

"선생님들께서는 혼조병원이라는 마차를 지탱하는 두 바퀴예요. 어느 한쪽이 없으면 마차는 나아가지 않죠. 마차가 멈추면 이 마을의 의료가 멈출 겁니다."

"과찬이네요. 나에게는 그런 큰 마차를 지탱할 힘이 없어요. 그것보다도……." 늙은 여우 선생님이 잠시 눈을 가늘게 뜬다. "예를 들자면, 부장 선생님은 맛있는 술을 빚어내는 명장. 나는 그저 그 술에 취한 손님……."

즐거운 듯 후훗 하고 작게 웃는다.

"명장과 손님요?"

"그 사람 손에서는 끊임없이 '이상적 의료'라는 이름의 긴조가 빚어지고 있어요. 나는 그 술이 마음에 들어 그저 계속 마실 뿐인 주정뱅이. 때때로 숙취가 오기도 하고, 질려서 그만 마시고 싶어지기도 하고. 그런 일은 노상 있죠."

나는 바로 이해하고는 웃었다.

"그래도 한동안 안 마시면 다시 마시고 싶어져요. 맛 좋은 술이란 그런 걸까요?"

"정답. 좀처럼 끊을 수가 없다니까요."

그렇게 말하고 술잔을 가볍게 들어 올리며 미소 지었다.

"어찌 됐든 험난한 세상을 살아가면서 친구라는 존재는 정말 감사한 것이지요. 구리하라 군도 친구를 너무 다그치지는 말아요."

그 말에는 햇살과도 같은 따스함이 담겨 있었다.

"선생님, 기분이 좋아졌습니다. 오늘은 조금 더 저와 함께해주십시오."

나는 불쑥 늙은 여우 선생님의 주의를 환기시켰다.

"기막힌 우연이네요. 나도 같은 말을 하고 싶었습니다."

잔잔하게 미소 지으며 끄덕였다.

한 잔 더, 라고 말하며 고개를 드니 마스터가 순박하게
웃고 있었다.

"올해 첫 히로키가 들어와서요."

이렇게 말하며 연두색 병을 카운터 위에 올려놓는다.

"벌써 그런 시기가 됐나요? 병원 안에만 있다 보면 계절
감각이 무뎌져버려요."

늙은 여우 선생님은 기쁘다는 듯 고개를 크게 끄덕였다.

나는 마스터가 따라준 새로운 술잔을 천천히 들어 올렸
다. 늙은 여우 선생님과 모처럼 술잔을 주고받을 기회를
얻었다. 다쓰야의 멍청함에 애를 태우느라 맛좋은 술에 씁
쓸함이 더해진다 해도 별수 없다. 그 녀석과는 조만간 어
딘가에서 장기라도 한 판 두다 보면 몰랐던 속사정도 알게
될 것이다.

정신을 차리고 보니 늙은 여우 선생님이 아주 맛있게 올
해 첫 히로키를 음미하며 입맛을 다시고 있다. 나도 재빨
리 술잔을 들어 선생님을 따라 단숨에 들이켰다.

"신도 선생님, 이러시면 곤란해요."

가녀린 목소리가 남쪽 3병동의 간호사 대기실에 울려 퍼졌다.

4월도 어느덧 마지막을 바라보는 어느 평일 저녁의 일이었다.

주간 업무의 피로로 녹초가 되어 거의 몽롱한 상태로 창밖을 내다보고 있던 나는 고개만 돌려서 흘끗 바라보았다. 병동 구석에 다쓰야와 미카게 간호사의 모습이 보인다.

카르테를 입력하던 손을 멈춘 다쓰야와, 창백한 얼굴로 서 있는 미카게 씨 사이에는 예사롭지 않은 긴장감이 감돈다. 이리 말해도 사실 다쓰야 앞의 미카게 씨는 거의 뱀에게 잡아먹히기 직전의 개구리이다.

"딱히 자네가 곤란해질 일은 없어. 내일 해도 되는 일은 내일 하면 돼."

"하지만 시가 씨 가족분들이 굉장히 불안해하세요. 상태에 대해 선생님께 여쭤보고 싶다고⋯⋯."

미카게 씨가 말하는 동안에도 다쓰야는 이미 귀찮다는 듯 눈살을 찌푸리고 있다. 다쓰야가 한 번씩 시계를 쳐다보지만 아직 오후 6시 반이다.

"병명은 재생불량성 빈혈이야. 수혈을 계속해도 빈혈 진행이 멈추지 않는 이상은 면역항생제 치료가 필요해. 쉽게 설명할 수 있는 내용이 아니란 말이야. 설명은 내일 아침 9시에 한다고 아까도 이야기했잖아."

"그래도 가족들은 조금이라도 설명을 듣고 싶다고 지금도 기다리고 계세요. 그러니까⋯⋯."

말하면서도 그 목소리가 점점 작아진다. 보고만 있어도 답답하다.

마침내 보다 못해 끼어든 사람이 가까이 있던 미즈나시 씨이다.

"선생님, 가족을 상대로 한 IC(Informed Consent, 환자에게 치료 정보를 제공하고 향후 치료법에 대해 사전 동의를 받는 것 – 옮긴이) 또한 선생님의 중요한 업무라고 생각하는데요. 잠깐만 시간을 내서 설명해주시면 되잖아요."

"나도 바빠. 오늘은 무리야."

다쓰야의 쌀쌀한 대구에 미즈나시 씨가 짙은 갈색의 머리카락을 흔들며 목소리를 높였다.

"신도 선생님, 매일 어떡하실 생각인 거예요? 저녁이 되면 바로 돌아가버리고, 밤에는 연락이 안 되는 일도 빈번해요. 게다가 잠깐의 IC 시간조차 없다고 하시면 저희 간호사들도 힘들다고요."

"뭔가 문제가 생겼을 경우를 대비한 지시는 이미 했잖아. 트러블은 발생하지 않았어."

"트러블이 발생해버리면 이미 늦어요."

미즈나시 씨의 긴장된 목소리가 병동 내에 울려 퍼졌다.

그리고 숨 막힐 듯한 침묵이 찾아왔다. 다른 간호사들도 저마다 맡은 일을 하고 있는 듯하지만 다들 다쓰야와 미즈나시 씨 쪽으로 신경을 집중하고 있다. 대기실 안의 험악한 침묵이 점점 짙어지고 있다는 게 피부로 느껴진다.

나는 가벼운 두통을 느끼며 이마를 눌렀다.

미즈나시 씨의 태도는 확실히 호되다. 도자이였다면 이렇게 말하진 않았을 것이다. 하지만 가장 큰 문제는 다쓰야의 냉담한 대응이다. 무슨 생각인지는 모르겠지만 이대로는 간호사들도 이해하지 못할 테고 클레임도 눈덩이처럼 불어날 것이 분명하다. '의학부의 양심'이라는 직함은 유감스럽지만 반납해야겠다.

공연히 천장을 올려다보지만 형광등은 속도 모르고 빛나기만 할 뿐, 묘안이 적혀 있는 것도 아니다. 도자이가 있다면 어떻게든 상황을 수습했을지도 모르지만 하필 이럴 때 주임 회의인지 뭔지 때문에 병동에 없다.

잠시 생각에 잠겨 있는데 갑자기 흐느끼는 소리가 들려

왔다.

"하지만 신도 선생님……. 시가 씨, 아직 젊은데 재생불량성 빈혈이라는 어려운 병명을 듣고…… 몹시 우울해하셔서……." 미카게 씨가 닭똥 같은 눈물을 뚝뚝 흘리고 있다. "선생님이 힘드신 건 알아요. 하지만…… 잠깐 이야기해주는 것도 힘드신가요?"

"잠깐으로 끝날 이야기라면 지금이라도 할 수 있어. 하지만 어중간한 설명으로는 환자와 가족의 오해와 불안만 더 커질 뿐이야."

"그래도 환자분은……."

"적당히 좀 하지." 더욱 차가워진 목소리가 울렸다. "치료는 예정대로 할 거야. 설명도 내일 해. 알았으면 환자와 가족에게 그렇게 전하라고."

말이 채 끝나기도 전에 미카게 씨는 울음을 터뜨리고 말았다.

우는 사람도 우는 사람이지만, 다쓰야도 다쓰야이다.

다시 찾아든 침묵 속에서 미카게 씨가 훌쩍이는 소리만이 들려왔다. 미즈나시 씨가 천천히 미카게 씨의 어깨를 감싸면서 다쓰야를 쏘아보고 있지만 정작 다쓰야는 전자 카르테 앞에서 분주히 손을 움직일 뿐이다. 간호사들도 곧

혹한 분위기 속에서 분노를 주고받으며 혈액내과의의 등을 노려보고 있다.

복도 쪽으로 힐끗 눈을 돌렸지만 아직 도자이는 돌아올 기미가 보이지 않는다. 도자이가 없다면 도자이가 아닌 누군가가 나서서 이 사태를 수습해야 한다.

나는 다시 이마에 손을 얹고 탄식했다. 그리고 완전히 식어버린 커피 잔을 들고 천천히 자리에서 일어섰다.

카르테 입력을 마치고 일어나려고 하던 다쓰야가 그대로 움직임을 멈추었다. 눈앞에 내가 서 있었기 때문이다.

나를 올려다보고는 아니나 다를까 조금 당황하는 기색을 내비쳤다.

"……구리하라, 용건이라도 있어?"

"용건이라고 할 만한 건 없어."

"뭔가 하고 싶은 말이 있다는 건 알겠지만 오늘은 시간이 없어."

"그런 것 같군. 그래도 옛 친구와 이야기할 잠깐의 시간은 낼 수 있지?"

내가 살짝 미간을 찌푸렸다. 그 모습을 올려다보던 다쓰야도 눈을 찡그렸다.

"오늘은 힘들어."

"그래? 유감이군."

이렇게 말하며 나는 천천히, 컵을 들고 있던 오른팔을 앞으로 내밀었다.

"앗!"

미즈나시 씨와 미카게 씨가 외마디 소리를 질렀다. 내가 오른손에 든 커피 잔을 다쓰야의 머리 위에서 뱅그르르 뒤집었기 때문이다.

다음 순간 중력에 따라 쏟아진 검은 액체가 다쓰야의 머리카락을 적시고 그대로 얼굴을 따라 흘러내린다. 대기실 안에 있던 모든 스태프의 어안이 벙벙해진 가운데 뚝뚝, 다쓰야의 턱에서 떨어져 내리는 커피 소리만이 이상할 정도로 큰 소리를 내고 있었다.

그 뒤를 따라 농후한 커피 향이 퍼지는 가운데 나는 조용히 입을 열었다.

"대뇌피질에 작용해서 정신 기능과 지각 기능을 자극한 결과, 졸음과 피로감을 없애고 사고력 및 집중력을 높이는 효과가 있다."

"……카페인의 효능에 대해 설명해달라고 한 기억은 없는데……."

커피를 뒤집어쓴 다쓰야가 담담한 목소리로 말했다.

내려다보니 검은 액체를 뒤집어쓴 채 다쓰야는 똑바로 나를 쳐다보고 있다. 나 역시 차분히 응수했다.

"미안. 네가 워낙 잠꼬대 같은 소리를 해대기에 깨워주려고 했지."

나는 컵 안에 남아 있던 약간의 커피를 천천히 목으로 넘겼다.

"효능은 실감했나?"

옛 친구의 눈이 가만히 나를 응시하고 있다. 그 눈에 흔들림은 없다.

다쓰야는 이럴 때 흥분해서 달려들며 평정을 잃는 사내가 아니다. 무엇을 해야 하는지 혼자 가만히 생각하는 남자이다.

물론 나는 동요하지 않는다. 동요할 이유가 없다.

사람에게는 저마다의 철학이라는 것이 있다. 그 철학을 노 삼아 다사다난한 세상이라는 큰 바다를 저어 나가는 것이 인생이다.

인생이라는 것이 애초부터 부조리로 만들어진 이상, 혼신의 힘을 다해 노를 저어도 앞으로 나아가지 못할 때가 있다. 앞으로 나아가지 못할 때 타인의 배를 몰아붙이면서 돌진하는 것은 금수(禽獸)의 길이다. 우리는 인간인 이상, 서로를 배려해서 노를 쉬어주어야 하는 때도 있는 것이다.

다쓰야가 무엇을 향해 자신의 노를 젓고 있는지는 전혀 모르겠지만, 적어도 노를 저을 때 상대에게 길을 열어달라고 외치는 것은 필요한 의무이다. 그 부분을 간과하고 있다는 점이 그의 교만함이다.

고로 그는 양자택일할 수밖에 없다.

"간호사들에게 사정을 설명하고 돌아갈지, 환자에게 얼굴을 비친 후에 돌아갈지, 선택해."

쥐 죽은 듯 조용해진 병동에 내 목소리가 마치 다른 사람의 목소리인 것처럼 낭랑하게 울려 퍼졌다.

간호사들은 모두 잠자코 상황을 지켜보고 있다. 미카게 씨만은 조금 전까지 울었다는 사실을 잊은 것처럼 놀라서 입을 다물지 못하고 있다.

다쓰야는 한동안 침묵을 지킨 후 조용히 입을 열었다.

"어차피 둘 다 시간이 걸리는 일이라면 환자 쪽을 우선하기로 하지."

이렇게 말하고 일어섰다.

"미즈나시 씨, 미안하지만 타월과 갈아입을 가운을 가져다줘."

미즈나시 씨가 곧장 안쪽 휴게실로 달려간다. 그 뒷모습을 바라보면서 다쓰야가 다시 말을 이어갔다.

"구리하라는 변한 게 없네. 너의 돌발 행동은 언제나 예측을 뛰어넘어."

"괴짜 취급에는 이제 익숙해졌어. 새삼스럽게 놀랄 것도 없지."

"그런 모습도 여전해. 왠지 옛날이 그리워지는군. 갑자기 그때가 떠올랐어."

"흘려들을 수 없는 말이군. 마치 지금까지 잊고 있었다는 뜻으로 들리는데?"

다쓰야는 눈을 크게 떴다.

나는 일부러 덤덤하게 말했다.

"나는 한 번도 잊은 적이 없어. 물론 다쓰야 너와의 우정도 말이지."

고요해진 병동 안에서 내 목소리가 사라졌을 때, 다쓰야는 희미하게 쓴웃음을 지었다.

"지긋지긋한 녀석이군. 하지만 한 가지는 분명하게 말해둘게." 다쓰야는 젖은 넥타이를 풀면서 조용히 말했다. "세탁비는 네가 내."

나는 과장스럽게 고개를 끄덕였다.

"도대체 무슨 생각이었던 거예요?"

입을 열자마자 그렇게 말한 사람은 주임 회의에서 돌아온 도자이였다. 미즈나시 씨에게 상황을 들은 도자이가 곧장 나에게 따지러 온 것이다.

이미 저녁 8시가 넘은 시간이었다.

"병동에서 동료 머리에 커피를 붓다니, 제정신인 사람이 할 짓은 아니잖아요. 아무리 구리하라 선생님이 괴짜라고 해도 도가 지나쳤어요."

이번만큼은 반론의 여지가 없다. 하지만 이미 끝난 일을 가지고 변명해본들 소용이 없다.

"도자이가 있었다면 이렇게까지는 안 됐을 거야. 신입 간호사와 다쓰야가 들이박는 걸 보고도 못 본 체할 수는 없잖아."

"그래서 했다는 행동이 신도 선생님 이상으로 엉망이잖아요. 매번 원만하게 수습해왔던 내 노력이 물거품이 됐다고요."

이렇게 말하는 도자이의 미간이 험상궂다.

그러고 보니 다른 병동에 다쓰야의 악평이 자자한 것에 비해 남쪽 3병동에서 눈에 띄는 트러블이 없었던 이유는, 다쓰야가 신경을 썼다기보다 도자이가 요령 있게 잘 처리

했기 때문이었다. 이 유능한 주임의 수완을 간과하고 있었다니, 경솔했다.

"그래서 신도 선생님은 어떻게 했어요?"

"IC가 끝나고 바로 퇴근해버렸어. 한 시간이 넘도록 길게 설명했어. 30분 정도는 나도 대기실에서 기다리고 있었는데, 계속 들러붙어 있을 수는 없어서 회진하러 갔지. 마침 그사이에 회의실에서 나온 다쓰야는 곧장 집으로 갔나봐. 말을 걸 수 있는 짬조차 없었어."

"신도 선생님, 화를 잘 참으셨네."

"내 성의가 통한 거지. 넥타이와 와이셔츠의 세탁비를 내주면 용서하겠대."

"정말요?"

"그랬으면 좋겠어."

짐짓 큰소리치는 내 옆에서 도자이는 한 번 더 깊은 한숨을 내뱉었다.

"신도 선생님도 입장이라는 게 있잖아요. 간호사들 앞에서 그런 취급을 당하면 해결될 일도 안 되겠어요."

"맞는 말이지만 간호사들도 입장이 있고, 무엇보다 그녀석의 친구인 나에게도 입장이라는 게 있지."

"무슨 말인지 전혀 모르겠는데……."

도자이가 이마에 손을 얹으며 어깨를 축 늘어뜨리자 미카게 씨가 가만히 이쪽으로 왔다. 내 앞에 서서 평소와 마찬가지로 주뼛주뼛하며 고개를 꾸벅 숙여 인사했다.

"선생님, 감사합니다."

"딱히 감사 인사를 들을 정도의 일은 하지 않았어. 오히려 의사로서 하면 안 되는 행동을 한 덕분에 도자이에게 혼나고 있던 참이었지."

"미운 소리 좀 하지 마요."

기가 막히다는 표정으로 중얼거리는 도자이 옆에서 미카게 씨가 열심히 말한다.

"그, 그래도 선생님 덕분에 신도 선생님이 설명해주시니 환자분들도 기뻐하셔서……. 여러 일들이 잘 해결됐어요."

기본적으로는 아무것도 해결되지 않았지만, 조금 전까지 울고 있던 간호사가 기쁜 표정을 짓고 있다는 것은 우선 다행스러운 일일 것이다.

"그리고 저, 신도 선생님을 오해하고 있었어요."

"오해?"

"선생님의 IC, 무척 정중하고 친절해서 알아듣기 쉬웠고, 환자분들 질문 하나하나에 답해주시는데, 옆에서 보면서 왠지 가슴이 따뜻해졌어요." 얼굴에 홍조를 띤 신입 간호사가 숨김없는 눈으로 내쳐 말한다. "너무하다고 생각했는데, 그런 설명을 해줄 수 있는 선생님이 나쁜 사람일 리 없어요. 저, 신도 선생님을 이해하기 위해 더 노력할 거예요."

말을 마치더니 한 번 더 고개 숙여 인사하고는 뛰쳐나가 버렸다.

"저건 어떻게 된 일이야?"

"신입 간호사들에게는 흔한 일이에요. 신경 안 쓰셔도 돼요."

어깨를 으쓱 추어올리며 도자이가 말한다.

"고립무원인 다쓰야에게 한 명 정도 아군이 생기는 건 좋은 일이지만……."

"아군이 생겼다고 해서 문제가 해결되진 않아요. 연락이 안 되는 주치의는 곤란하니까요."

"……여전히 냉정하고 정확한 통찰이네."

갑자기 편두통이 악화될 조짐이 보여서 관자놀이를 손가락으로 눌렀다.

그런 나를 보고 도자이는 아무렇지 않은 듯 웃는다.

"그렇다고 해서 선생님 혼자 고민할 일도 아니에요. 동료에게 커피를 들이붓는 의사가 있는 병원이잖아요. 신도 선생님 같은 사람이 있어도 어떻게든 돌아갈 거예요."

"긍정적인 건지 부정적인 건지 알 수가 없는 의견이구
먼. 이 병동이 어떻게든 굴러가고 있는 건 도자이가 그만
큼 애써준 덕분인 거잖아. 다른 병동은 상황이 다를 거야."

"그렇게 평가해주다니, 애쓴 보람이 있네."

조용히 웃는 도자이가 묘하게 어른스러워 보인다.

"뭐, 적어도 남쪽 3병동 일은 걱정 안 해도 되니까."

"고마운 일이야. 감사의 뜻으로 구리하라 팬클럽에 가입
하게 해주지."

"어머, 모르는 소리 하시네요. 팬클럽 회원 넘버원은 나
예요."

도자이가 태연하게 웃으면서 말했다.

살짝 동요하는 나에게 도자이는 "몰랐어요?"라고 미소
지을 따름이다. 완벽하게 한 방 먹었다.

"그러니까 정말 고맙다면 고기를 사주는 게 더 기뻐요.
모처럼이니 미즈나시랑 미카게도 같이."

"고기 값 꽤 나오겠네."

다시 가볍게 이마를 눌렀다.

예전에 한번 도자이와 미즈나시 씨 둘을 고깃집에 데려
간 적이 있었는데, 두 여성은 고급 갈비를 4인분이나 먹어

서 내 지갑을 울렸다.

"원하는 만큼 먹게 해줄 테니 기대해도 좋아."

일단은 최대한 호기롭게 말하고 일어섰다.

이미 야간등만 켜져 있는 복도로 나섰을 때, 창밖이 밝다는 것을 알아채고 걸음을 멈추었다.

한없이 푸르른 달빛 아래, 제방을 따라 늘어서 있는 벚나무 가로수가 의외로 또렷하게 보인다. 며칠 전까지 조금씩 꽃망울을 터뜨리던 벚꽃이 어느새 제법 많이 피어 마치 눈 같은 여린 색채를 달 아래에 드러내고 있다.

갑자기 사나운 바람이 불어와 나무들이 요동치는 듯싶더니 새하얀 꽃잎들이 소리도 없이 강의 수면 위로 흩어져 날렸다.

애타게 기다렸던 아내가 돌아온 것은 그로부터 며칠 후였다.

제2장

벚꽃 피는 거리에서

초봄의 신슈 거리가 유달리 활기를 띠고 있다.

평소에는 사람의 왕래가 드문 마쓰모토역 앞에서부터 대로까지, 지금은 각양각색의 사람들로 북적이고 있다.

거대한 배낭을 멘 등산가처럼 보이는 젊은이들, 낚시 도구를 한 손에 들고 지나가는 가족, 키가 큰 서양인 커플도 눈에 띄었다. 최근에는 이런 시골 도시에도 외국인 여행자가 늘었다.

5월 연휴가 시작된 것이다.

4월에는 아직 겨울의 흔적이 남아 차가운 바람이 불어 댔던 신슈도 이 무렵이 되면 확실히 기온이 올라간다. 밤에는 아직 쌀쌀하지만, 쾌청한 낮에는 따뜻한 기운이 넘쳐서 거리의 활기와 맞물려 눈길이 닿는 곳 여기저기에 봄이 보인다.

이러한 봄 풍경의 대로에서 남쪽으로 꺾어 내려오는 골목길 끝에 후카시 신사가 있다.

주택가에 파묻히듯이 위치한 작은 신전이 있는 신사이지만 역사가 깊다. 무엇보다도 뒤쪽에 있는 진수(鎭守)의 숲(사당 경내에 있는, 고장의 수호신을 모신 숲-옮긴이)이 갑자기 집들 사이에서 모습을 드러낼 때는 불현듯 별세계의 입구를 마주하는 것 같은 묘한 감동을 준다.

사계절 철철이 사람들이 오가는 대로와는 대조적으로 이곳만은 계절과 상관없이 언제 찾아와도 고즈넉한 경내에 청정한 공기가 가득하다.

"와……."

납작한 돌이 깔려 있는 길목에 접어들자, 나의 아내 하루는 감탄의 숨을 내쉬었다. 배례전 한쪽에 꽃을 활짝 피운 커다란 벚나무를 발견한 것이다. 신전에 연분홍빛 그림자를 드리우는 벚나무 몇 그루는 지금이 한창때이다.

벚나무 종류는 에도히간이다.

왕벚나무에 비해 조금 더 짙은 빛깔의 당당한 꽃잎이, 기다려 마지않던 봄을 구가하듯 선명하게 피어 있다.

아내는 잠시 그 자리에 서서 올려다보더니 이윽고 무언가에 이끌리듯 경내 쪽으로 뛰어갔다. 짙은 연둣빛 원피스가 벚나무 아래에서 가볍게 나부낀다. 들뜬 발걸음으로 납작돌을 지나고 신사 입구의 기둥 문을 지나 가구라덴(신에게 제사 지낼 때 올리는 음악을 연주하기 위해 지은 건물 ─ 옮긴이) 옆까지 가서 멈춰 선 후 크게 심호흡을 했다. 그러고는 나를 돌아보고 크게 손을 흔든다.

"이치 씨, 꽃이 활짝 피었어요!"

상쾌한 목소리가 고요한 경내에 울려 퍼졌다.

아내는 숲의 사람이다.

이 느낌은 다른 사람에게는 전하기 어렵다.

집에 있을 때는 단정하고 차분하게 일상을 보내지만, 한번 자연 속으로 뛰어들면 나무들 사이에 스며들어서 스스로도 생동감이 넘치는 신비로운 빛을 발한다. 놀라운 것은 나무들도 역시 그녀에 맞추어 활기를 더해가는 듯이 보인다는 것이다. 오래된 매화나무는 하늘을 향해 무럭무럭 가지를 뻗고, 서향나무의 꽃은 홀연히 그윽한 향을 내뿜는다. 그중에서도 벚나무 아래에 있는 아내는 마치 제집을 찾은 꽃의 정령 같다. 걸음을 멈추고 바라보고 싶어질 정도로 생기 있게 빛나서 아름답다.

나는 일부러 천천히 돌바닥을 걸으며 아내의 뒤를 따라갔다.

"며칠 전까지만 해도 이 정도는 아니었는데, 금세 모든 꽃봉오리가 꽃을 피웠네. 하루가 돌아와서 벚꽃들도 기뻐하나 봐."

나의 말에 아담한 체구의 아내는 기쁜 듯이 끄덕였다.

배례전 쪽으로 방향을 틀어 두 번 절하고 두 번 손뼉을 친 다음, 다시 한 번 절한 후 아내, 벚꽃, 하늘을 차례차례 바라보았다.

구름 한 점 없는 쾌청한 하늘이다.

아내가 오랜 촬영 여행에서 돌아온 것은 바로 오늘 아침이었다.

황금연휴라고는 하지만 아침 7시도 되기 전의 마쓰모토 역 앞은 역시나 조용했고, 마쓰모토에 도착한 이다선(飯田線) 보통열차의 첫차에서 내린 사람은 아내 혼자였다.

본인의 몸집만큼이나 커다란 배낭과 함께 열차에서 내린 아내는, 개찰구 앞에서 따분한 표정으로 우두커니 서 있는 나를 보고 힘껏 손을 흔들었다. 그 길로 온타케소에 돌아와서 짐을 푼 후 후카시 신사로 향한 것이다.

아내는 출장을 마치고 돌아오면 이곳을 찾아 인사를 올

린다. 언제나 거르지 않는 습관이다.

"다카토는 어땠어?"

"훌륭한 벚꽃이었어요. 고히간의 색이 옅어졌다고 하는 사람도 있지만 그래도 정말 근사해요. 사진 찍는 걸 잊어버릴 정도예요. 역시 천하제일이더군요."

싱긋 웃으며 말한다.

"언젠가 이치 씨와 함께 갈 수 있으면 좋겠어요."

"그러게. 하지만 내년의 다카토보다 올해의 온타케산이 먼저야. 여름이 오면 무슨 일이 있어도 꼭 가자. 물론 로프웨이로."

아내의 환한 미소가 번지자 그에 응답하듯 나무 위에서 할미새 몇 마리가 날아올랐다.

"오늘은 병원 안 가봐도 괜찮아요?"

"아직 호출은 없네. 고약한 심보의 병마도, 하루가 돌아오는 날만큼은 배려해주고 있는 건지도 몰라."

아내는 다시 미소 지었다.

"그것보다 여행담을 듣고 싶은데. 하루라면 2주 내내 다카토에만 박혀 있지는 않았겠지?"

"네. 세나이지에도 다녀왔어요."

"세나이지?"

"이나지와 기소지 중간쯤에 있는 작은 산간마을이에요. 구로부네자쿠라라는, 유례가 없을 정도로 멋진 수양 벚나무가 있어요. 최근에는 좀처럼 갈 기회가 없었는데 이번에 한번 가보고 싶어져서……."

생기 있게 이야기하는 아내의 얼굴을 보는 것만으로도 나는 완전한 행복을 느낀다.

"하지만 걱정스러운 건 기소지를 물들이는 왕벚나무예요. 몇 년 전까지는 정말 아름다운 벚나무 가로수가 몇 킬로미터나 이어져 있었는데, 지금은 빗자루병이 퍼져서 모양새가 많이 달라졌어요. 앞으로 몇 년 후면 다 말라버릴지도 몰라요……."

예쁜 모양의 눈썹을 찡그리면서 벚나무의 병세를 자기 일인 것처럼 속상해한다. 빗자루병인지 뭔지가 어떤 병인지는 모르겠지만 나무가 말라가는 것은 유감스러운 일이고, 무엇보다도 아내가 슬퍼 한다는 사실이 안타깝다. 사람의 병이라면 고금무쌍의 힘을 발휘하는 나지만, 벚나무의 병은 내 소관이 아니다. 어찌할 도리가 없다.

참배를 마치고 돌아가려던 차에 마침 기둥 문을 지나 경내에 들어서는 초로의 부부가 눈에 들어왔다.

낡은 감색 재킷을 걸친 여윈 남성과, 쪽빛 마쓰모토 명

주(마쓰모토시를 중심으로 만들어지는 향토적인 명주 – 옮긴이)
로 만든 단아한 기모노를 입은 부인이다.

내가 걸음을 멈춤과 동시에 맞은편 남성과 눈이 딱 마주
쳤다.

"부부장 선생님?"

나의 목소리에 상대도 미소를 지었다. 늙은 여우 선생님
이다.

"이야, 요즘엔 신기하게도 병원 밖에서 이렇게 보네요."

"기뻐할 일입니다. 내내 병원에서 만나는 것보다야 훨씬
건전한 일이지요."

그렇네요, 라며 끄덕이는 선생님에게 아내가 정중히 고
개 숙여 인사했다.

"구리하라 하루나입니다. 항상 남편이 신세를 지고 있습
니다."

"아, 당신이 세상에서 가장 맛있는 커피를 끓여준다는
구리하라 군의 자랑스러운 부인이시군요. 말씀 많이 들었
습니다. 만나서 영광이에요."

온화한 음성에 아내는 볼을 붉히며 한 번 더 고개를 숙
였다.

"사랑스러운 부인이시네요." 차분한 목소리로 옆에 있

던 부인이 말했다. "처음 뵙겠습니다. 나이토의 안사람인 치요입니다."

쪽빛으로 물든 마쓰모토 명주가 잘 어울린다. 늙은 여우 선생님의 부인이라면 쉰은 넘기셨을 터인데 누긋한 몸가짐 속에서도 의연한 분위기가 느껴진다. 키는 늙은 여우 선생님과 비슷하지만 기품 있게 서 있는 모습 때문인지 미끈히 커 보일 정도이다.

아름답게 나이 들어간다는 것은 이런 걸 두고 하는 말일 터이다. 옛날 주구지(中宮寺)의 미륵보살상에게서 느껴지던 공기와 비슷하다고 말하면 다소 과장일지도 모르겠다.

나는 미륵님을 향해 인사했다.

"부부장 선생님께는 의사가 된 이래 매번 도움만 받고 있습니다. 언젠가 은혜를 갚아야겠다고 생각하면서도 전혀 그러지 못하고 있긴 합니다만……."

"남편에게 항상 구리하라 선생님 이야기를 듣고 있답니다. 선생님이 있어주시니 본인도 계속 일할 수 있다고요. 감사하고 있어요."

"그건 제가 드릴 말씀입니다. 아마 선생님은 매일같이 밤을 새우느라 피곤하신 탓에 주어를 착각하신 게 분명합니다."

나의 말에 부인은 가느다란 눈썹을 약간 올리고는 활짝 웃었다.

"들었던 대로 구리하라 선생님은 정말 유쾌한 분이시 네요."

첫 대면에서 '괴짜'가 아니라 '유쾌한 분'이라는 말을 듣는 경우는 좀처럼 없다. 역시 사람을 보는 눈이 있는 사람은 다르다.

나는 시선을 늙은 여우 선생님에게로 돌리면서 말했다.

"오늘은 두 분이 함께 산책 나오셨나요?"

"병동이 조용한 것 같아서요. 해가 바뀐 후로는 낮 시간에 병원 밖을 거닐 수 있는 날이 하루도 없었으니까요. 소중한 날이지요. 간만의 휴일이 마침 벚꽃 철이라니 감사한 일이죠. 그렇지, 치요?"

그렇게 말한 늙은 여우 선생님은 동반자를 돌아보았다. 치요 부인이 끄덕이며 미소로 화답하는 일련의 동작이 따스하다. 오랜 시간 함께하면서 쌓인, 흔들림 없는 호흡이었다.

기분 탓인지 언제나 창백하던 늙은 여우 선생님의 얼굴까지 혈색이 좋아진 것 같다. 사람에게 활력을 불어넣어주는 것은 결국 사람이라는 존재이다.

"쉴 수 있을 때 푹 쉬어주세요. 요즘 들어 부쩍 더 야위신 것 같아요. 여기서 더 야위면 의사 일을 하시기 전에 환자가 되실 수도 있습니다."

내 말에 대답한 것은 옆에 있던 부인이었다.

"구리하라 선생님이야말로 바쁘시겠지만 일은 적당히 하셔야 해요. 우리 남편처럼 오래 묵은 사람이라면 몰라도, 선생님처럼 젊은 분이 이런 어여쁜 부인을 방치했다가는 벌 받아요."

"방치라니 당치도 않습니다!"

미륵님에게 '벌 받는다'는 소리를 들으니 동요할 수밖에 없다.

다급하게 손을 내젓는 내 옆에서 아내가 수줍어하며 입을 열었다.

"나이토 선생님이 열심히 일하실 수 있는 건, 사모님 같은 훌륭한 분이 계시기 때문이군요."

"사모님이라고 딱딱하게 부르지 않아도 돼요. 그냥 치요라고 불러주세요, 하루 씨."

치요 부인은 살짝 장난스러운 눈빛을 아내에게 보내며 말했다.

"의사란 병원에 불려 가는 순간 다른 것들은 전부 잊어버리는 사람들이니, 약간은 세게 말하는 게 좋아요."

"이보게, 치요. 구리하라 군 부부를 난처하게 만들면
안 돼."

"알고 있어요. 워낙 느낌이 좋은 부부라 그런지 장난기
가 발동해버렸어요."

점잖은 얼굴로 그렇게 말하더니 소매로 입을 가리고 작
게 웃었다.

"봄기운에 취한 건지도 모르겠네요."

그저 자상할 뿐만 아니라 곧은 심지가 엿보인다. 오랜
세월 늙은 여우 선생님을 지탱해준 확실한 자부심이 거기
에 있다. 평소에는 눈가에 깊이 있는 빛을 담고 있는 늙은
여우 선생님도, 미륵님의 손바닥 위에서는 그저 마음 좋은
할아버지이다.

"구리하라 군, 오늘은 우리 모두 편안한 하루를 보냈으
면 좋겠네요."

늙은 여우 선생님의 말이 끝나자마자 갑자기 내 주머니
속의 휴대폰이 요란하게 울렸다. 발신 번호를 보니 당연히
혼조병원이다. 전화를 받자, 당뇨병 환자의 혈당치가 오늘
아침에 500을 넘었다고 한다. 이 수치라면 혼수상태나 아
시도시스(혈액의 산과 염기의 평형이 깨져 산성이 된 상태 – 옮긴

이)의 위험이 있기 때문에 상태를 살피러 가야 한다.

"고생이 많네요, 구리하라 군."

"늘 있는 일입니다."

내 말이 채 끝나기도 전에 이번에는 늙은 여우 선생님 주머니에서 휴대폰이 울리기 시작했다.

"이런, 나도 오네요."

가느다란 눈을 더 가늘게 뜨면서 귀염성 있게 웃는다.

"구리하라 군, 이왕 이렇게 됐으니 우리 같이 병원에 갈까요?"

"영광입니다."

인사한 후 돌아보자 걱정스러워하는 듯한 아내와 눈이 마주쳤다.

오후에는 마쓰모토성의 벚꽃이라도 보러 가자고 계획했던 참이었다. 늘 그렇지만 휴일은 전화 한 통으로 깨져버린다.

마음속에 내려앉는 암울을 아내의 상쾌한 목소리가 날려주었다.

"이치 씨, 힘내요."

주먹을 꼭 쥔 아내를 보니 이내 가슴속에 맑은 바람이 불어온다.

"아무렴, 걱정 마."

무턱대고 큰 소리로 답한 후 걷기 시작했다.

올려다보니 하늘은 온통 하염없이 쾌청하고, 찬란하게 빛나는 봄 햇살이 기분 좋다. 이 따스함을 뿌리치고 냉난방이 완비된 우중충한 병원 안으로 들어가야 하다니, 어처구니없다 못해 차라리 유쾌하다.

후카시 신사의 기둥 문을 나서자 민가 저편에 하얀 병원 건물이 보인다. 365일 빨간 간판이 오늘도 유유히 우뚝 솟아 있다.

일반 성인의 정상 공복 시 혈당은 100 미만이다. 수시 혈당도 200이 상한이다. 그런데 500이라니, 심상치가 않다. 환자는 40세 남성으로, 당뇨병이 악화되어 약 1주일 전에 교육 입원을 한 상태였다.

"선생님, 아무것도 안 먹었어요."

병실에 들어서자마자 아이다 씨가 침대 위에서 무턱대고 가슴을 젖히며 말했다. 의식 레벨에는 문제가 없는 듯하다. 일단은 속으로 가만히 가슴을 쓸어내린다.

"아이다 씨, 점심 식사 전 혈당치가 520이라는 연락을 받았습니다."

"하지만 저는 아무것도 먹지 않았어요. 선생님이 말씀해 주신 대로 나오는 식사 외에는 안 먹었어요."

어딘가 언짢아하는 얼굴이다. 약간 작은 키에 둥근 얼굴형의 아이다 씨는 그런 언짢은 표정을 지어도 왠지 귀여워 보이는 구석이 있다. 기세가 꺾여서는 안 된다.

아이다 씨의 혈당치는 입원한 후 처음 2~3일은 문제없이 컨트롤되었으나 최근 며칠 사이에 급격히 다시 치솟기 시작한 것이다. 경과를 살펴보면 제한 식사가 힘들어서 몰래 다른 것을 먹었다고 생각할 수밖에 없다. 하지만 이를 증명하기가 좀처럼 쉽지 않다.

당뇨병에서 가장 어려운 점은, 정말 위험한 상태에 이르기까지 자각 증상이 없다는 것이다. 그렇기 때문에 교육 입원, 즉 건강할 때 입원해서 관리하는 것이 중요하다.

"아무것도 안 드셨어요?"

"안 먹었어요."

둥그런 어깨를 젖히며 똑똑하게 대답한다.

"최근에는 당뇨병 관련 혈액 검사가 상당히 진보해서 말이죠." 우선 청진기로 가슴 쪽 소리를 들으면서 말을 이어간다. "식사 마커라는 항목을 검사하면 무엇을 얼마나 먹었는지 바로 알 수 있어요."

무심한 나의 말에 아이다 씨의 뺨이 실룩거린다.

"빵, 케이크, 주먹밥, 뭘 먹었는지 종류까지 알 수 있습니다. 거짓말을 해도 금방 들통나요."

힐끗 쳐다보자 완전히 동요하고 있는 아이다 씨와 눈이 마주쳤다.

"……저, 정말인가요?"

"거짓말입니다."

싸늘하게 대답했다.

아이다 씨가 꿀꺽하고 잠자코 있다가 뭔가 대꾸하려 했지만 이내 풀이 죽어 고개를 숙였다.

"……죄송합니다."

"치료하고 싶어 하셨으니까 입원하게 해드린 거예요. 다음에 또 이러시면 치료 포기로 간주해서 강제 퇴원시키겠습니다."

강한 어조로 말을 하고 나는 병실을 뒤로했다. 원래는 이 정도도 많이 봐준 것이다. 부장 선생님이었으면 환자를 3층 창문에서 밖으로 내던져서 정형외과로 보내버렸을지도 모른다.

복도로 나서자 옆이 도메카와 도요 씨의 병실이라는 것을 깨달았다.

조심스레 안을 들여다보니 햇살이 잘 드는 창가의 침대에서 도요 씨가 큰 산소마스크를 쓰고 잠들어 있다. 그 옆에 오도카니 앉아서 도요 씨를 가만히 바라보고 있는 사람은 두말할 것 없이 남편인 마고 씨이다.

마고 씨는 이따금 뭔가가 생각났다는 듯이 고개를 움직이다가 창밖의 하늘을 올려다보기도 하고, 저 아래쪽에 만발해 있는 벚나무 가로수를 내려다보았다가, 다시 도요 씨에게로 시선을 돌린다. 그 느릿느릿한 동작을 하루 내내 반복한다.

"조금 쉬시라고 말씀드려도 늘 저러고 계세요." 복도를 지나던 도자이가 말했다. "도요 씨가 없는 집에 돌아가도 쓸쓸해서 못 계시겠대요. 가슴 아픈 이야기인데도 마고 씨가 너무 아무렇지 않게 말씀하시니, 뭐라 드릴 말씀이 없어요."

나는 그저 말없이 끄덕였다.

도메카와 부부는 올해로 결혼한 지 70년이 되었다고 한다. 태어난 지 70년이 된 것이 아니다. 부부가 된 지 70년이다. 그 오랜 세월은 이미 우리가 상상할 수 있는 범위를 넘어섰다.

그 길로 간호사 대기실까지 돌아오다가 반대쪽 복도에

서 빠르게 걸어오는 흰 가운의 사내와 마주쳤다. 놀랍게도 다쓰야이다.

흰 가운 아래의 청바지와 와이셔츠 차림만 보아도 호출을 받아 튀어왔다는 것을 바로 알 수 있다.

"연휴에 병원에 나오다니, 놀랄 만한 변화네. 다쓰야가 웬일이야?"

비아냥거리는 투로 넌지시 떠보자 씁쓸하게 웃으며 대답한다.

"변변찮은 사람 취급 그만해줄래? 안 오면 안 온다고 설교하고 오면 왔다고 한 소리 하니, 내가 설 자리가 없군."

"그런 걸 보통 자업자득이라고 하지. 중증 환자가 있는 건가?"

"그 재생불량성 빈혈 환자야. 이제야 시클로스포린이 듣기 시작해서 빈혈도 좋아지고 있는데, 어젯밤부터 미열이 있어."

"그렇군. 어젯밤에 미카게 씨가 너와 연락이 안 된다고 한탄하던 게 그것 때문이었나?"

"걱정할 것 없어. 발열 시의 오더는 항생제까지 전부 지시했어. 그 외에 딱히 할 수 있는 일도 없고."

차분하게 말하는 옛 친구의 얼굴에는 혈액내과의로서

확고한 자신감이 보인다.

"하여튼 똑똑한 신도 선생이야. 분명히 모든 상황을 대비해서 손을 써뒀겠지."

빈정대면서 대꾸하는 게 고작이다.

다쓰야는 쓴웃음을 지으면서, 때맞춰 간호사 대기실로 돌아온 미카게 씨를 불러 세워 상세한 지시 사항을 전하기 시작했다. 필사적으로 메모하는 미카게 씨의 모습은 여간 기특한 게 아니다. 이윽고 지시를 다 받은 미카게 씨는 약제를 가지러 뛰어갔다.

"다쓰야, 오늘은 하루 종일 병원에 있을 생각이야?"

"그럴 리가. 지시 사항을 다 전달하면 퇴근할 거야."

"여전히 바쁜 것 같네. 그런데 아직 오전 11시야."

의미심장한 나의 말에 다쓰야가 떠나려던 발걸음을 멈추었다.

나는 검지와 중지를 붙여서 탁자 위에 갖다 댔다.

"의국에 장기판이 있어. 한 판 어때?"

다쓰야의 눈이 휘둥그레졌다.

"그렇게까지 놀랄 일은 아닌데."

"그 가을 이후, 더 이상 너와 대국하는 일은 없을 거라고 생각했는데……."

"그 정도로 도량이 좁은 사람이 아니라고 말했을 텐데."

대수롭지 않은 다쓰야의 염려를 나는 일소에 부쳤다.

"물론 내가 무서워서 도망가겠다는 뜻이라면 포기할 수밖에 없고."

"그렇게까지 말한다면 거절할 수 없지. 어차피 한 시간이면 승부는 날 테니, 6년 만에 다시 한 번 붙어볼까?"

"말재주만 늘었네. 의료에 대한 마음가짐처럼 장기 솜씨도 무뎌지지 않았기를 바라지."

침착하게 말하며 자리에서 일어섰다.

"30분 후가 기대되는군."

30분 후.

"구리하라, 뭘 기대했던 거야?"

의국에는 다쓰야의 서늘한 목소리가 울려 퍼졌다. 온화한, 그러나 날카로운 미소를 짓고 있다.

찬란한 봄 햇살이 쏟아져 들어오는 의국에도 휴일 낮에는 사람이 없다. 소파에 마주 앉은 나와 다쓰야가 서로 노려보고 있을 뿐이다.

둘 사이에 놓인 작은 장기판 위에는 정연한 진형을 갖춘 다쓰야의 말과, 완패 직전의 양상을 보이는 내 말이 대치

하고 있다.

"가차 없는 사내일세. 진찰할 때도 이 정도로 열의를 보인다면 아무 걱정 없겠군."

"일일이 물고 늘어지지 말아줄래? '아무튼 인간 세상은 살기 어렵다.' 이렇게 말한 건 나쓰메 소세키 선생님이잖아. 불편하고 불합리한 건 산더미처럼 있는 법이야."

쯧, 혀를 차고 나는 팔짱을 꼈다.

반격하기 위해 분투했지만 이미 참담한 상황이다. 왕의 퇴각로에도 나를 배반한 상(象)이 기다리고 있다. 몇 초간의 침묵 후 나는 목소리만은 당당하게 말했다.

"졌어."

"6년 만인데 싱겁군. 좀 더 끈덕지게 버텨도 괜찮은데 말이야."

"흠, 오랜만의 '공성계(아군이 열세일 때, 방어하지 않는 것처럼 꾸며 적을 혼란에 빠뜨리는 전략–옮긴이)'였는데, 역시 이길 수 없다는 것만큼은 변함이 없네. 새로운 계략이 필요한 것 같아."

시계를 보니 장기를 두기 시작한 지 한 시간이 채 되지 않았다. 한 번 더 가볍게 혀를 차고 고개를 들다가 다쓰야의 진지한 눈과 마주쳤다.

"왜?"

"……아무것도 안 물어보네, 구리하라."

"차의 행방에 대해서?"

"도쿄에서 무슨 일이 있었는지 말이야."

말을 정리하려고 장기판 위로 뻗은 손을 멈추고 나는 친구를 바라보았다. 가만히 응시하는 다쓰야의 눈이 나를 살피는 듯하다.

"물어봤으면 좋겠나?"

"그러려고 장기 두자고 한 줄 알았어."

"……그럴 생각이 전혀 없었다고 한다면 거짓말이지."

다시 장기판 위의 말을 정리하면서 말했다.

"하지만 잘 생각해보니, 말하고 싶어 하지 않는 너에게 묻기보다 기사라기에게 직접 전화를 거는 게 빠르겠다는 생각이 들었어."

아무렇지 않은 척하며 던진 폭탄에 다쓰야는 동요했다.

"휴대폰에는 번호도 남아 있고, 기사라기와는 2년이나 장기를 같이 둔, 아주 친한 선후배 사이야. 오랜만에 전화하면 기뻐할걸?"

"구리하라……."

"하지만 지금은 일이 워낙 바빠서 전화 걸 틈이 없어. 안

타깝게도 말이지."

마지막 장기짝을 상자에 넣은 후 나는 고개를 들었다.

다쓰야는 묵묵히 내 얼굴을 바라보고 있다. 생각, 머뭇거림, 당혹, 그러한 것들이 뒤섞인 눈빛이다.

크게 심호흡을 하고서 "하지만"이라고 나는 덧붙였다.

"네가 이야기하고 싶어지면 언제든 이야기해줘. 그 정도의 시간은 내줄 수 있어."

싸구려 장기판을 반으로 접고 그 위에 장기짝을 담은 상자를 딸그락, 올려놓은 후 일어섰다.

장기란 신기하게도, 장기판 위의 국면은 전혀 기억나지 않지만 장기를 둘 때의 풍경만큼은 기억 속에 짙게 남아 있다.

지금도 선명하게 기억하고 있는 것이, 다쓰야가 '의학부의 양심'이라는 별명을 확실히 굳히게 된 5학년 여름에 두었던 한 판이었다.

때는 8월 중순. 마침 여름방학이 한창인 때였다.

평소라면 많은 학생들이 오가는 대학 주변은 완전히 한산해져서 평일 낮도 조용한 공기에 둘러싸여 있다. 다른 지역에서 입학한 학생이 많은 시나노대학은 이때가 되면 대부분의 학생들이 고향으로 돌아가버리기 때문이다.

한편 그런 시기에 내가 여느 때와 마찬가지로 나쓰메 소세키며 이즈미 교카(泉鏡花, 일본 근대 환상문학의 선구자-옮긴이)의 책을 한 손에 들고 조용한 캠퍼스를 거닐었던 이유는, 굳이 고향으로 돌아가는 것이 그저 귀찮았기 때문이었다. 나의 본가는 신슈 마쓰모토에서 가려면 꼬박 하루가 걸리는 먼 곳에 있었던 것이다.

거의 매일 아침 9시에 사람이 없는 학생식당 로비에 가서 내키는 대로 '장기부' 간판을 걸고 묵묵히 외통 장기를 두는 내 모습은 상당히 괴상했던 듯, 이 무렵에는 의학부의 여름 풍물시(風物詩)가 되어 있었다.

한여름 땡볕 아래의 신슈는 정말이지 질려버릴 정도로 무더운데, 그늘로 한 발짝만 들어서면 급격히 기온이 떨어져서 수월하게 지낼 수 있다. 손님용 소파가 있을 뿐인 널찍한 식당 앞 로비는 탁상 선풍기 하나로도 충분히 상쾌한 공간이 되는 것이다.

오전 중에 열 판의 외통 장기를 두고, 그사이에 캔 커피를 마시면서 헌책방에서 산 이즈미 교카의 『봄의 한낮』을 두 번 읽으면 오후가 된다. 그때쯤이면 부모님 가게 일을 마친 다쓰야가 얼굴을 내밀고 둘이 앉아 한 판 두는 것이 일과였다.

"완연한 여름이네. 협죽도가 피었어."

장기짝을 움직이며 다쓰야가 온화한 말투로 말한다.

그 말에 이끌려 현관 옆의 울타리를 내다보니, 오후 3시라고는 하지만 나도 모르게 눈이 찡그려질 정도로 시리다. 어둑어둑한 플로어에서 내다보니 쾌청한 바깥은 눈부시게 빛나고, 그 선명한 빛을 받고 있는 울타리 옆에 산뜻한 진홍빛의 꽃이 피어 있다.

"손질을 하지도 않는데 매년 저렇게 근사하게 꽃이 피어. 의학부 7대 불가사의 중 하나지."

"7대 불가사의라면 하나 들어본 적 있어. 매일 혼자서 하염없이 외통 장기를 두는 구리하라가 아직도 나를 한 번도 못 이겼다는 것 또한 불가사의 중 하나라더군."

"대단히 천박한 견해야. 손자병법을 모르나? '백전백승 비선지선자야(百戰百勝 非善之善者也, 백 번 싸워 백 번 이기는 것이 최선이 아니다 - 옮긴이)' 즉 싸우지 않고 이기는 것이 최선이다."

"그래."

다쓰야는 건성으로 대꾸하면서도 장기를 두는 손만큼은

가차 없다. 그 긴 손가락이 내 진영에 자신의 상을 놓았다.

"구리하라, 올해는 언제 집에 가?"

"글쎄, 아직 안 정해졌어. 모처럼 학교가 조용해서 지내기 편해진 시기야. 굳이 긴 여행을 참아가며 숨 막히게 더운 시코쿠에 갈 필요는 없지."

"하지만 집에 안 가면 가족들도 서운해하시지 않아? 효도는 할 수 있을 때 해야 돼. 부모님이 언제까지나 살아 계시진 않아."

다쓰야의 말에서 무게가 느껴진다. 다쓰야의 아버지가 돌아가신 것은 의학부에 입학한 직후였다. 병명은 췌장암이었고 발견했을 때는 이미 상당히 진행된 상태였다.

이제는 어머니와 둘이 살고 있는 그의 마음속에는 때때로 말로 다 할 수 없는 슬픔이 복받칠 때가 있는 것 같았다. 이러한 친구의 번뇌에 바칠 말이 없기에 나는 그저 힘차게 장기짝을 움직일 뿐이다.

"'의학부의 양심'이 말하니까 더욱 설득력이 있네. 명심해둘게."

"그건 뭐야?"

"다들 너를 그렇게 불러. 살벌한 의학부에 남겨진 마지막 양심이라고."

"뜻밖의 이야기군."

"그렇지 않아. 네가 해결한 강의실 난방 기구 설치 건 말이야. 학년을 막론하고 모두가 너의 쾌거에 갈채를 보내고 있다고."

다쓰야는 "대단한 일도 아니야"라며 마지못해 웃었다.

시나노대학은 오랜 역사를 가진 대학으로, 강의실도 그만큼 낡았다. 가장 큰 문제는 난방 기구의 고장이었다. 한겨울에는 낮에도 영하를 밑도는 날씨가 이어지는 신슈에서, 난방 기구가 고장난 강의실에 가득 찬 냉기는 흡사 지옥과도 같다. 강의 중에 내뱉는 하얀 입김을 상상해보면 상황이 얼마나 심각한지 가늠할 수 있을 것이다.

이런 가혹한 환경을 개선해달라고 학생회가 오랫동안 대학 사무국에 요구했지만 경비 문제로 좀처럼 해결되지 못했다. 결국 '간이 난로 설치'라는, 언 발에 오줌 누기 식 조치가 취해졌던 것이다.

이러한 상황을 바꿔놓은 인물이 다쓰야이다.

스스로 각 교실의 교수와 사무국 간부에게 면담을 요청하여 거침없는 변설로 기부금을 모으면서 서서히 형세를 바꿔나갔다. 처음에는 현실과 동떨어진 학생 운동처럼 비쳐 교수진도 상대해주지 않는 분위기였는데, 다쓰야의 성실한 성격과 조곤조곤한 말투가 왕년의 활동과는 명백히 다른 인상을 주었던 듯하다.

약 반년에 걸친 꾸준한 활동은 이윽고 결실을 보았고, 마침내 올여름 주요 강의실에 새로운 난방 설치 공사가 시작되었다. 여름방학이 끝날 무렵에는 모든 공사가 마무리될 것이다.

다쓰야는 긴 손가락으로 왕을 옮기면서 미소 지었다.

"나는 얼어붙은 손으로 필기를 하는 게 잘못됐다고 생각했을 뿐이야. 신슈에서 태어난 나는 그렇다 쳐도 따뜻한 지역에서 온 학생들에게는 너무 가혹한 환경이었으니까."

"확실히 시코쿠에서 여기로 왔을 때는 경탄했어. 서쪽에서는 3월에 졌던 벚꽃이 여기에서는 5월에 피더라고. 한 해에 두 번이나 벚꽃을 볼 수 있다고 좋아했던 것도 잠시, 한겨울에는 주방에 놔둔 된장국이 얼어 있었어. 그때는 도망가야 하나 진심으로 고민했다니까."

다쓰야는 이내 쓴웃음을 지으며 말했다.

"그리고 이건 나만의 공이 아니야. 교수실에 인사하러 갈 때는 너도 항상 함께해주었잖아."

"나는 구경삼아 갔을 뿐이야. 팔짱 끼고 지켜보는 것 외에는 한 게 없어."

"그렇지도 않아."

장기판 위에 흠 잡을 곳이 없는 거비차(초반에 차를 정위치나 그 주변의 오른쪽에 배치해서 싸워나가는 공격법-옮긴이) 전술을 구사하더니 다쓰야가 고개를 들었다.

"생리학 교실에서는 대활약을 해주었지. 최대의 난관이었던 그 교수님을 꼼짝 못하게 했으니, 구리하라의 솜씨는 보통이 아니었어. '의학부의 양심'이라는 간판은 너에게 넘길게."

그렇게 말하고는 유쾌하게 소리 내어 웃었다.

제3생리학 교수는 시나노대학에 허다한 괴짜 교수들 중에서도 유난히 더 특이하기로 유명한 인물이었다. 우리가 담판을 지으러 갔을 때도 완전히 사람을 깔보듯이 웃기만 할 뿐 전혀 상대해주지 않았다.

그 교수 왈 "지금까지 다른 학생들 모두 그런 환경에서 공부해왔다"라나.

새로운 의견에 대해 과거의 인내를 예로 들어 반론하는 것은 사고가 굳어버린 노인들이나 하는 짓이다. 그런 사람들과는 토론도 협상도 성립되지 않는다.

낙심한 채 집으로 향하는 옛 친구를 보고 나는 한동안 곰곰이 생각한 뒤 마침내 한 계획을 생각해냈다. 집에 가는 길에 생리학 교실의 난방 장치와 연결된 가스 배관을 모조리 잠가버리고 간 것이다.

때는 한겨울인 12월. 어느샌가 모든 난방이 멈춰버린 교실 안에는 곧 혹한이 들이닥쳤다. 머잖아 한 의국 직원이 원인을 알아내서 가스 배관은 열렸지만, 불려 간 내가 엄청나게 야단맞았다는 사실은 말할 필요도 없다. 그러나 그때부터 생리학 교수가 다소 부드러워진 것 또한 사실이었다.

선배들이 견뎌왔을 추위를 교수가 직접 참아내기는 힘들었던 모양이다.

"네 행동은 언제나 예측 불가야. 별 관심 없는 줄 알았더니 느닷없이 그런 위험한 다리를 혼자 건너질 않나."

시원하게 뻗은 손이 적진에서 고립되어 있던 나의 상(象)을 가볍게 빼앗아간다.

쯧, 혀를 차면서 말했다.

"시어도어 소렌센의 명언을 좌우명으로 삼고 있는 너에게 나도 조금은 감화되었는지도 모르지."

'선한 양심이 우리의 유일하고 확실한 보상이다.'

난방 기구 설치 협상이 난항을 겪어 학생회도 다들 문제를 포기하고 있을 때, 다쓰야가 이 명언을 입에 올렸다. 친구의 고충을 들어주던 다쓰야가 스스로 협상 담당을 자처하고 나선 것이다. 그런 활동과는 선을 긋고 언제나 방관자로서 지켜보기만 하던 나도 놀라 그를 말렸는데, 그때 그가 대답 대신 한 말이 바로 이 명언이었다.

"살벌한 세상 속에서 그런 이상을 실천하고 있는 사내가 있다는 사실에 무척 놀랐어. 방관자로 있기에 너는 지나치게 올곧은 인간이야."

"아버지가 좋아하시던 말이야. 어릴 때부터 자주 들려주셨지. 뭐, 그런 옛날이야기보다⋯⋯." 다쓰야의 팔이 쓱 움직였다. "실력이 영 아닌데? 기념해야 할 500번째 대국치고는 시시하네."

이번에는 차를 빼앗겨버렸다. 나의 진영은 붕괴 일로를 걷고 있다. 나는 팔짱을 끼고 잠시 장기판을 노려보았다.

"선배!"

갑자기 밝은 목소리가 날아들어 우리는 순간적으로 고개를 들었다.

현관에서 햇볕에 그을린 환한 여성의 미소가 보였다. 말할 것도 없이 세 번째 부원인 기사라기 치나쓰이다. 테니스 시합을 마친 직후일 것이다. 어깨까지 자란 검은 머리칼은 정수리 부근에 높이 묶여 있다.

"역시 여기에 있었군요."

쇼트 팬츠 아래로 시원하게 뻗은 다리를 아낌없이 드러내고 있는 모습이 바깥의 햇살보다도 눈부시다. 스스로 빛을 내뿜는 듯한 이 아름다운 후배 앞에서는 활짝 핀 협죽도도 한낱 조연일 뿐이다.

나는 들뜬 마음을 조금도 내색하지 않고 당당하게 대답했다.

"기사라기, 테니스부는 괜찮아? 가을 동의체(東醫體) 특훈 기간이잖아."

동의체는 '동일본 의과학생 종합 체육대회'의 줄임말이다. 상당히 거창한 명칭이지만, 말하자면 동일본 지역에 있는 의과대학들 운동부의 대회라는 뜻이다.

"오늘은 일찍 끝났어요. 장기부에 가야 한다고 말하고 나왔어요."

생기 있는 그 목소리만으로도 어두컴컴했던 식당 안이 밝아지는 느낌이다.

이마에 손을 얹는 내 옆에서 다쓰야가 쓴웃음을 지으며 나의 심정을 대변해주었다.

"기사라기, 너무 장기부, 장기부 하지 마. 테니스부 부장이 구리하라를 원망하거든. 테니스부 에이스를 그런 음침한 곳에 끌어들이지 말라고 말이지."

"괜찮아요. 그런 말을 듣는 것치고 구리하라 선배는 선배들 사이에서도 꽤 신뢰 받고 있어요."

"그건 무슨 소리야……."

"처음부터 저를 장기부에 끌어들인 건 구리하라 선배잖아요. 1년 내내 열심히 다닌 성실한 부원을 내쫓을 생각이에요?"

그 말에 나는 오히려 당황했다.

듣고 보니 그렇다. 내가 메사이에서 억지에 가까운 권유를 한 지 어느덧 1년이 지났다. 1년 동안 기사라기는 다쓰야보다 더 자주 부실에 얼굴을 내밀었으니, 귀중한 정규부원임은 의심할 여지가 없다.

옆까지 다가온 기사라기가 어깨 너머에서 장기판을 들여다보듯 고개를 내밀었다. 묶여 있는 검은 머리카락이 살랑이자 장기부에는 어울리지 않는 라벤더 향기가 퍼졌다.

"여전히 신도 선배 진형은 견고하네요. 구리하라 선배는 어떻게 된 거예요?"

"공부가 부족한 부원이네. 이건 누가 봐도 미노 포진(주로 몰이비차 전법에서 이용되는 방어진 – 옮긴이)이잖아."

"미노 포진이라는 게 이런 거였나요?"

"무너진 후의 미노 포진이야."

팔짱을 끼고 당당하게 말하자 기사라기는 어이없다는 표정이다. 그 옆에 있던 다쓰야가 천연덕스러운 표정으로 끼어들었다.

　"기사라기, 무시하지 마. 이래 보여도 이건 구리하라 특유의 '공성계'라는 전술이야."

　"공성계?"

　"어디서든 공격할 수 있는 빈틈투성이 진형이거든. 어디부터 쳐야 할지, 공격하는 쪽을 당황하게 하는 거지."

　"왠지 엄청나네요."

　둘이서 나를 바보로 만들고 있다는 생각밖에 들지 않지만, 아무래도 상관없다.

　"공성계란 일찍이 촉나라의 제갈량도 썼던 비책 중의 비책이지. 자유자재로 구사하려면 상당한 경험이 필요해."

　나는 유유히 말하고는 "졌어"라고 덧붙였다.

　"정말인가? 아직 둘 수 있는 수가 꽤 있을 텐데."

　"499패에 1패가 더해진들 나는 아무렇지도 않아. 그보다는 유망한 후배가 모처럼 테니스부를 제쳐두고 와주었으니, 상대를 해줘야 하지 않겠어?"

　"그렇군. 그게 도리겠네."

　다쓰야가 웃으며 자리에서 일어난다.

그 자리에 냉큼 기사라기가 앉았다.

"기사라기, 접장기(잘 두는 쪽이 장기짝을 떼고 두는 일 – 옮긴이)는 어떻게 할래? 차든 포든 원하는 걸 떼주지."

"아뇨, 오늘은 접장기 없이 가보죠, 구리하라 선배."

진지한 얼굴로 그렇게 말하니 오히려 내가 움츠러든다.

기사라기는 아버지에게 조금 배웠을 뿐이라고 말했지만 어째서인지 실력이 상당하다. 요즘 들어서는 경솔하게 접장기로 갔다가 치열한 접전이 벌어지는 경우도 드물지 않았다.

"기세를 너무 올려주면 안 되겠는데?"

"어머, 선배. 진심으로 하시면 안 돼요."

"무슨 소리야. 전쟁에 진심이고 거짓이고 있을쏘냐. 시작한다."

"구리하라 선배, 잘 부탁드립니다."

밝은 목소리가 널찍한 플로어에 울려 퍼진다. 그 기분 좋은 목소리에 귀를 기울이면서 천천히 장기짝을 드는 잠깐의 순간이 나로서는 더없이 행복한 시간이었다.

6년 만의 대국을 패배로 장식한 내가, 남아 있던 병동 업무를 간신히 끝낸 것은 해 질 무렵이다.

늘 그렇듯 마쓰모토성을 지나 집으로 가는 길. 황금연휴의 성곽은 무수한 관광객들로 북적이고 있다. 찰칵찰칵, 가벼운 소리가 들려온다. 저녁놀을 받아 빛나는 검은 성을 휴대폰 카메라로 너나할 것 없이 찍고 있기 때문이다. 하지만 정말 아름다운 풍경은 뒤쪽에서 볼 수 있다는 것을 아는 사람은 많지 않다.

나는 담벼락 끝에서 발을 멈추고는 성을 등지고 저 너머의 북알프스를 바라보았다.

조넨다케의 왼쪽 어깨에 희미하게 야리가타케의 위용이 보인다. 5월의 이 시기가 되면 저 창의 끝으로 해가 저물어가는 시간이 있다. 오가는 관광객들 틈에서 여기저기에 삼각대를 설치하고 성의 반대 방향으로 카메라를 향하게 하는 사람들이 있는 것은 그 때문이다. 물론 눈여겨보지 않으면 잘 보이지도 않을뿐더러, 너무 오래 쳐다봐도 눈이 부셔서 시큰해지니 조심해야 한다.

이마에 손을 대서 햇빛을 가리고 눈을 가늘게 뜨니, 뉘엿뉘엿 지는 석양 아래로 깎아지른 듯한 창끝의 모습이 어슴푸레하게 보였다.

온타케소에 돌아와 벚꽃방의 장지문을 열자마자 나는

눈이 휘둥그레졌다. 평소와 다름없을 다다미방에 기모노를 입은 여인이 서 있었기 때문이다.

먹색의 기모노를 두른 아담한 체구의 아래쪽은 붉은빛으로 물들어 있어, 마치 노을 속에 떠 있는 불의 정령처럼 환상적이다. 나도 모르게 방을 잘못 찾아온 줄 알고 당황했지만 그렇지 않았다. 뒤돌아 나를 바라본 사람은 틀림없이 나의 아내였다.

"이치 씨, 잘 다녀왔어요?"

한 폭의 미인도처럼 어깨 너머로 나를 돌아본 아내가, 놀란 내 표정에 볼을 붉혔다.

"하루, 어떻게 된 일이야?"

"미안해요."

"사과는 무슨, 잘 어울려."

나도 모르게 튀어나온 말에 다시 아내의 얼굴이 발그레해진다. 이내 발언저리에 둔 작은 상자와 물건들을 정리하면서 아내가 답했다.

"오늘은 치요 씨와 함께 하루를 보냈는데, 정말 즐거웠어요."

아내가 말하기를 오늘 아침께 후카시 신사에서 헤어진 후 치요 부인과 둘이서 거리를 산책했다고 한다. 벚꽃이 피어 있는 마쓰모토성 공원을 거닐다가 나카마치의 소품 가게에 들른 후 함께 점심 식사까지 했다고 말했다.

"처음 만난 날 그렇게나 가까워지다니. 하루는 역시 보기 드문 성격의 소유자야."

"아니에요, 치요 씨가 워낙 다정하게 여러 이야기를 해주시니 나도 모르게 그만 신이 나서……. 기모노에 대해서도 많이 가르쳐주셨어요."

이렇게 말하며 하루는 기모노의 오비를 풀려 했다.

"모처럼 입었는데 급하게 정리할 건 없지 않아? 좋은 천이네."

"어머니의 유품이에요. 도쿄에서 올 때, 계속 보관해주셨던 숙모님께 받았어요. 왠지 손을 대기가 아까워서 안 입고 있었는데 오늘 치요 씨에게 그런 이야기를 했더니, 기모노는 입어주어야 더 오래간다고 하셔서……."

오동나무로 된 상자를 정리하면서 아내는 수줍은 듯 미소 지었다.

나의 아내는 고고한 사람이다.

어릴 때 부모님을 여의고 먼 친척집에서 자랐다. 아내도 부모님의 얼굴을 거의 기억하지 못하고, 단편적인 추억만이 남아 있을 뿐이다. 그중에서도 이 오시마 명주(가고시마

현 오시마에서 나는, 붓으로 살짝 스친 것 같은 무늬가 많이 있게 짠 명주 – 옮긴이)로 만든 기모노를 입고 있던 어머니의 모습은 어렴풋이 기억하고 있다고 한다.

하루의 부모님이 어떻게 돌아가셨는지 나는 잘 알지 못한다. 어머니가 병으로 돌아가신 직후 아버지가 교통사고로 돌아가셨다고 들었지만 더 자세히는 이야기하지 않았다. 하지 않는 이야기는 묻지 않는다는 것이 내 신조이긴 하지만, 조금 걱정스러울 때도 있다.

"하루, 도쿄로 돌아가고 싶어?"

태연한 척하는 나의 물음에 아내는 이상하다는 듯한 표정을 지었다. 그러고는 잔잔한 미소를 띠며 말했다.

"나에게 돌아갈 곳이란 이치 씨가 있는 이 온타케소뿐이에요. 도쿄에는 내가 있을 곳이 없어요."

"그렇게 말하면 숙부님과 숙모님께 죄송스럽잖아."

"두 분 모두 좋은 분들이지만, 혈연이라는 이유로 언제까지고 의지할 수는 없어요. 확실히 자립하는 것이야말로 가장 큰 보답이에요."

역시나 스스로에게 엄격한 아내이다.

이러한 철학은 훌륭하다면 훌륭하지만, 마냥 칭찬할 수만은 없다. 사람에게 기대는 것 또한 인간이 가진 커다란 미덕 중 하나이다.

"너무 고집 부리지 않아도 돼. 뭐든 혼자 감당하려는 게 하루의 유일한 단점이야. 당신 혼자서 살아가고 있는 게 아니잖아."

아내는 조금 놀란 눈빛으로 나를 바라보더니 이윽고 기쁜 듯이 끄덕였다.

"그러고 보니 이치 씨, 치요 씨가 다음에 꼭 둘이서 집에 놀러 오라고 말씀해주셨어요. 함께 갈 수 있는 날이 있을까요?"

"선생님 댁에 말이야?"

"치요 씨는 당신도 보고 싶으시대요. 아침에 이야기를 나눴을 때 정말 즐거우셨다면서."

역시 인연이란 언제든 갑작스럽고도 신기하게 찾아온다. "알겠어"라고 대답하는데 갑자기 귀에 익은 커다란 목소리가 들려왔다.

"닥터, 웬일이야? 방에 있는 거야?"

말할 필요도 없이 남작이다.

"남작, 문 열려 있어."

이렇게 말하자 드르륵 장지문이 열리며 담뱃대를 문 화가가 얼굴을 들이밀었다. 순간 눈앞의 아내를 보더니 눈이 휘둥그레진다.

"와, 깜짝 놀랐어! 하루나 공주가 진짜로 공주님이 되셨네."

"남작님 말솜씨는 여전하시네요."

"거짓말은 못하는 체질이라서 말이야. 이런, 공주님께 반해서 용건을 잊어버렸네."

"어차피 시간 있으면 한잔하자는 말이었겠지."

"정답이야."

씩 웃는 남작은 늘 한결같다.

그 바로 뒤에는 홀쭉한 체구의 스즈카케 군이 서 있다.

"야쿠스기 군과도 저녁 연회를 함께할까 해서 말이지."

"야쿠스기 군이라는 이름은 또 뭐야?"

"스즈카케 군 세미나 연구 과제래. 가본 적도 직접 본 적도 없는 야쿠스기(야쿠섬 해발 500미터 이상의 산지에 자생하는 삼나무 - 옮긴이)에 대해서 알아오라는 말을 듣고 대단히 곤혹스러워하고 있어. 마침 잘됐네. 이제 막 귀환한 하루나 공주에게는 아직 인사 못 했지?"

"네, 안녕하세요?"

별 생각 없이 말하는 스즈카케 군이 재수생 같은 풍모를 방 안에 들이밀더니 아내를 보자마자 얼굴을 붉혔다.

재빠르게 눈치챈 남작이 히죽 웃으면서 끼어든다.

"야쿠스기 군, 얼굴은 왜 붉히는 거야?"

"아, 아니에요, 딱히⋯⋯."

"그러고 보니 공주님 미모에 놀란 거구먼."

허둥대는 스즈카케 군을 보고 남작은 진심으로 즐거워하는 듯하다.

"아무래도 술에서는 앞서 있지만 여자 쪽으로는 뒤처져 있는 모양이네. 야 이거, 야쿠섬의 삼나무를 연구하기 전에 먼저 해야 할 과제가 있을 것 같은데?"

"남작, 해도 지기 전부터 그렇게 품위 없는 이야기는 하는 게 아냐."

"미안, 미안. 요즘 들어 부쩍 한산했던 온타케소가 오랜만에 북적이니 기분이 좋아져서 말이야."

하하하, 남작의 웃음소리가 메아리친다.

아내가 금세 환하게 웃으며 말했다.

"그러면 식사 준비를 할게요."

"하루가 준비할 것 없어. 여독도 풀리지 않았을 테니 좀 쉬어."

"아니에요, 모처럼인걸요. 왠지 솜씨를 발휘하고 싶어졌어요."

소매를 걷어 오른손으로 주먹을 쥐어 보인다. 아내는 남작의 웃음소리를 좋아한다.

남작은 남작대로 양손을 들고 쾌재를 부른다. 이 두 사람은 신기하게도 장단이 잘 맞는다.

"그, 그러면, 저도 돕겠습다."

"오, 야쿠스기 군, 센스 있구먼. 그런 센스는 아주 중요해. 그러면 나와 닥터는 술을 준비하지."

"남작, '준비'와 '과음'은 뜻이 달라. 항상 혼동하던데 괜찮은 건가?"

"괜찮고말고."

기세만큼은 완벽한, 심히 염려스러운 대답이다.

"닥터, 이참에 하는 말인데, 술 준비하면서 한 판 어떤가? 지난번 원수를 갚고 싶거든."

역시 처음부터 마실 생각이다.

"그야 상관없지만……."

원수 갚기가 쉽지는 않을걸, 이라고 말하려던 차에 남작이 먼저 입을 열었다.

"물론, 닥터는 차와 상을 빼고 시작하는 거지. 그 후에 당당한 결전이다!"

'당당'의 의미에 대해서 말하기보다는 접장기로 이기는

게 빠르겠다고 나는 판단했다.

　의학부 5학년 가을.

　그때가 학창 시절, 나와 다쓰야가 겨룬 마지막 대국이었다. 520번째 대국에서 유일하게 승리를 기록한 판이기도 하다.

　9월이라고는 하지만 아직 여름 기운이 농후하게 남아 있는 계절이다.

　2개월 동안의 여름방학도 이제 끝나가는 무렵이지만 아직도 낮에는 햇살이 뜨거워서 때로는 '염천(炎天)'이라고 해도 될 정도이다. 그래도 해가 기울기 시작하면 갑자기 기온이 떨어져 지내기 수월해지니 장기부로서는 편하다. 학생식당에도 하나둘씩 고향에서 돌아온 학생들이 드나들게 되었다.

　평상시처럼 다쓰야와 마주 앉아 말을 움직이면서 나는 유유히 목소리를 높였다.

　"다쓰야, 오늘은 영 신통치 않군."

　장기판 위에서 내 말은 철벽같은 포진을 유지하고 있는 것에 비해 다쓰야는 아직 진을 갖추지 못했다. 평소와는 정반대인, 정말이지 흔히 볼 수 없는 광경이다. 평소라면 냉정한 얼굴로 가차 없이 공격해오는 다쓰야인데, 이날은 그 기세를 전혀 찾아볼 수 없었다.

"여름의 마지막 추억을 만들어주겠다는 시답잖은 생각을 하고 있는 건 아니겠지?"

빼앗은 차를 손에 쥐고 장난치면서 말했다.

"이번에야말로 너의 연승 가도를 끊을 수 있을 것 같군. 이런 경사로운 날에 기사라기가 없다니 안타까워."

다쓰야는 계속 고개를 숙인 채 장기판을 바라보고 있다. 머지않아 그 자세 그대로, 중얼거리듯 입을 열었다.

"……구리하라, 너에게 해야 할 말이 있어."

"패배의 핑계라면 안 들을 거야."

여전히 가볍게 입을 놀리는 나를 향해 다쓰야가 고개를 들었다. 망설임 없는 침착한 눈빛이다. 그 눈동자의 깊이에서 나를 염려하는 듯한 묘한 그늘이 보였다.

갑자기 엄습해오는 소름에 나는 미소를 거두었고, 그와 동시에 다쓰야가 말했다.

"치나쓰…… 아니, 기사라기 이야기야."

치나쓰라는 익숙하지 않은 단어가 귓전을 때렸다.

그 순간 나는 많은 것을 직감했다. 직감은 했지만 입에 올리지는 않았다. 내가 입에 올리지 않은 그 말들을 다쓰야가 뱉어냈다.

사귀기 시작했다고.

여느 때보다 무척이나 차가운 저녁노을이라는 생각이 들었다.

"굳이 사람들에게 광고하고 다닐 만한 일은 아니지만 너에게만큼은 제대로 이야기해야 할 것 같아서……."

"……딱히 보고해달라고 한 적은 없는데……."

"치나쓰는……." 다쓰야는 순간 말을 멈추더니 바로 입을 열었다. "치나쓰는 줄곧 구리하라를 동경해왔으니까."

장기판 위로 일몰 직전의 저녁놀이 쏟아져 들어왔다.

내가 쌓아올린 수려한 방어진이, 선명한 주홍빛에 물들어 장기판 위에 울퉁불퉁한 그림자를 드리우고 있었다.

"나도 너희를 응원할 생각이었어. 그런데……."

"장군."

내 손이 조용히 말을 움직였다. 내가 생각해도 군더더기 없는 한 수라고 감탄한다. 다쓰야가 살짝 당황하는 기색을 내비치더니 바로 왕을 다른 쪽으로 도피시킨다.

"하지만 1년간 너는 치나쓰와 그저 장기만 둘 뿐이었어."

"장군."

'장기만 둘 뿐'이라는 말에 놀랐다. 기사라기와의 대국이 더없이 즐거워서 그 이상의 무언가를 해보려고 하지도 않았던 나의 모자람이, 느닷없이 눈앞에 모습을 드러냈다.

다쓰야가 조용히 왕을 옮긴 후 고개를 들었다.

"구리하라, 나는 치나쓰를 좋아해."

결연한 목소리였다.

"그리고 너는 내 친구야. 그러니까 알려야 한다고 생각했어."

정말이지 숨 막힐 것처럼 훈훈한 멘트네, 라고 웃으면서 말하려 했지만 목에 걸려 나오지 않았다. 차를 꽉 쥐고 있던 내 손이 한 번, 살짝 떨리는 것이 보였다.

얼마 동안의 침묵이 흘렀는지는 분명하지 않다. 그저 나는 감정 없는 목소리로 대답했다.

"축하할 일이지 않나?"

"구리하라……."

다쓰야가 어깨의 긴장을 푸는 것이 느껴졌다.

"너라면 축하해줄 거라고 믿었……."

"네 얘기가 아니야."

나는 꽉 쥐고 있던 차를 천천히 다쓰야의 왕 옆에 내려놓았다.

"내가 처음으로 너에게 이긴 걸 축하하는 거야."

장군, 이라고 말하며 혼신의 한 수를 두었다. 그와 장기를 둔 5년을 통틀어 아마도 최고의 수였을 것이다. 그야말로 결정적인 한 수였다.

"정말 경사로운 일이야."

가을의 해는 빨리 저문다. 어느새 인기척이 사라진 로비 한쪽에 밤의 그림자가 있었다.

"이렇게 형편없는 장기를 두는 남자에게 기사라기를 맡길 수 있을지, 어쩐지 불안하네."

"구리하라……."

"하지만 경사스러운 건 경사스러운 거지……."

가까스로 이 말을 할 수 있었다.

뭐가 맞고 뭐가 틀렸는지 따위 알 길이 없다. 하지만 나는 지금 이 순간 내 눈앞에 있는 올곧은 남자를 축하해야겠다고 진심으로 생각했다.

아름다운 후배를 앞에 두고, 나에게 호감을 가지고 있었다는 것을 전혀 눈치채지 못한 채 1년 가까이 그저 장기 상대로만 만족했던 나에 비하면, 이 지나치게 반듯하면서도 성실한 벗이야말로 기사라기에게 어울리는 상대이지 않은가. 그런 감동마저 느꼈다.

시야 귀퉁이에서 다쓰야가 말없이 천천히 고개를 숙이

는 모습이 눈에 들어왔다.

"장기부는 해산이네."

나는 나지막이 말했다.

해가 뉘엿거리면서도 쉬이 지지 않는 창밖으로 시선을 던진 채.

"방학이 끝나면 졸업 시험이 시작돼. 우리도 언제까지나 놀고만 있을 수는 없지. 기사라기도 유령 회원을 상대로는 대국을 못 할 테고."

다시 장기판 위로 시선을 돌리자 흠잡을 구석 없이 완벽한 승리가 거기에 있었다. 그럼에도 아무런 희열도 감동도 느끼지 못했다.

아직 무언가를 말하려 하는 다쓰야를 내보내고 의학부 기숙사에 돌아온 것은 해가 완전히 저문 한밤중이었다.

현관을 들어서자 고향에서 돌아온 몇몇 학생들이 1층 식당에서 술자리를 벌이고 있었다. 다들 웃통을 벗어젖힌 채로 맥주를 마시는 풍경은 여느 때와 다름이 없고, 거기에 괴짜 구리하라가 가담하지 않는 것도 평소와 다름없지만, 이날만큼은 나도 잠자코 그 자리에 섞여 별반 맛있지도 않은 캔 맥주를 손에 들었다.

"이치토, 웬일이야?"

넉살 좋게 말을 건넨 사람은 동기 중에서 가장 시커멓고 커다란, 기괴한 풍모의 거한이었다. 그의 이름은 스나야마 지로. 기숙사의 옆방이라는 단순한 우연을 이유로 나를 친한 친구라고 거리낌 없이 말하고 다니는 기인이었다.

"왠지 표정이 어두운데? 무슨 일 있어?"

"어둡고 말고 할 것도 없어. 이게 원래 내 얼굴이야."

한 쪼가리의 정나미도 없이 대답하고 캔 맥주를 단숨에 들이켰다. 허기진 배에 맥주가 스며드니 갑자기 세상이 빙글빙글 돌기 시작한다.

"스나야마, 오늘은 아침까지 같이 마셔줘."

내 말에 시커먼 거한이 살짝 놀란 듯한 표정을 짓더니 이내 빙긋 웃었다.

"좋아. 얼마든지 함께하지. 다만 한 가지 조건이 있어."

새 캔 맥주를 나에게 건네면서 말했다.

"스나야마라는 어색한 호칭은 별로야. 지로라고 불러줘, 이치토."

얼굴 가득한 시커먼 미소에 순간 묘한 감정이 복받친다. 나는 바로 캔 맥주를 들고 큰 소리로 외쳤다.

"건배다, 스나야마!"

두 번째 캔도 단번에 들이켠 후 기숙사의 안뜰을 바라보왔다. 한창때가 지난 협죽도가 은은한 달빛을 받으며 밤바람에 천천히 흔들리고 있었다.

의국 소파에서 왕너구리 선생님과 늙은 여우 선생님이 장기를 두고 있다.

한밤중에 의국으로 돌아온 나는 그런 보기 드문 광경을 목격하고 걸음을 멈추었다.

낡은 장기판을 사이에 두고 훤칠한 풍채의 왕너구리 선생님과 비쩍 마른 늙은 여우 선생님이 마주 보고 있는 모습은 꽤나 기이한 풍경이다. 마치 염라대왕과 사신이 저승의 업무에 대해서 논의하고 있는 듯하다.

"여, 구리 짱! 항상 수고가 많아."

호쾌한 웃음소리와 함께 왕너구리 선생님이 한 손을 번쩍 든다. 흘끗, 장기판을 보고 또 한 번 당황했다.

"하사미 장기(상대방의 장기짝을 양쪽에서 끼워 따먹는 놀이 ─ 옮긴이)입니까?"

"하사미 장기야."

장기판 위에는 열여덟 개의 장기짝이 뒤엉킨 채 서로 노려보고 있다.

"책상 위에 장기판이 있는 게 눈에 들어와서요. 부장 선생님과 한 판 둬보자는 말이 나왔어요."

"나이토, 오랜만이지? 학창 시절부터 엄청 뒀으니까, 대강 500판 정도는 되겠지?"

"무슨 말씀 하시는 거예요? 선생님과 장기를 둔 적은 한 번도 없잖아요."

너구리의 호탕한 웃음소리에 늙은 여우가 차분한 미소로 답한다.

여우와 너구리의 서로 속이기 장난은 매번 그렇지만 무엇을 위한 것인지 전혀 알 수가 없다. 하지만 진지하게 관여하면 피곤해질 뿐이니 적당한 선에서 화제를 바꾸었다.

"부부장 선생님, 일전에는 집사람이 신세를 졌습니다. 하루 내내 사모님이 함께 보내주셨다고 들었습니다."

"아니에요. 치요야말로 즐거웠다며 고맙다고 하던데요."

앙상한 손가락으로 졸을 움직이면서 말했다.

"우리는 아이가 없으니까요. 나도 치요도 하루나 씨를 보면 마치 딸을 보는 것 같은 기분이 들어요. 다음에는 꼭 둘이 함께 집에 놀러 와요."

"그저 기쁠 따름입니다. 그러려면 일단은 서로 집에 들어가야 할 텐데 말이죠……."

내 말에 늙은 여우 선생님이 쓸쓸하게 웃는다.

"그렇네요. 집에 못 가는 상황에서는 초대하기도, 그 초대를 받기도 어려운 일이군요."

"내과의가 한 명 충원되긴 했지만 환자는 그 이상으로 늘었습니다."

"그 충원됐다는 내과의가 요즘에는 꽤 늦게까지 열심히 일하는 것 같던데." 왕너구리 선생님이 끼어들었다. "한밤중에도 병원에서 종종 볼 때가 있어."

"젊은 여성인데 재생불량성 빈혈인 환자가 있습니다. 전문 영역 치료까지 다른 사람에게 맡길 정도로 멍청하진 않으니 바쁘게 돌아다니는 거겠죠."

나의 말에 왕너구리 선생님은 씩, 늙은 여우 선생님은 빙긋, 동시에 미소 짓는다. 왠지 섬뜩하다.

"왜 그러시죠?"

"아니야. 어쩌고저쩌고해도 구리 짱은 신 짱을 걱정하고 있구나, 하는 생각이 들어서."

"걱정하는 게 당연합니다. 그 녀석이 일을 어떻게 하는지에 따라서 우리 업무량도 달라지니까요. 그나저나 뭡니까? 그 신 짱이라는 호칭은."

내 항의에 아랑곳 않고 늙은 여우 선생님이 입을 연다.

"구리하라 군 덕분에 신도 선생도 조금은 달라진 것이

다시 만난 친구 **187**

아닐까요?"

"과대평가하셨어요. 저는 특별히 한 게 없습니다."

"머리에 커피를 들이부어놓고 한 게 없다니, 엄청난 배짱이네요." 싱글벙글 웃으면서 정곡을 찌른다. "뭐, 너무 쓴소리를 하는 것도 깊이 생각해볼 일이에요. 신도 선생은 제시간에 출근해서 제시간에 퇴근하죠. 잘못된 행동을 하고 있는 건 아니니까요. 그리고 그가 우수한 내과의라는 것도 사실이에요."

생각지 못한 응답이 돌아왔다.

늙은 여우 선생님 눈에 비치는 다쓰야의 모습은, 내가 보고 있는 모습과는 제법 다른 듯하다.

"뭐야, 나이토. 신 짱을 상당히 높게 평가하고 있잖아?"

"딱히 그런 건 아니지만……. 이봐요, 선생님. 이거 방심하셨네. 하나 가져갑니다."

늙은 여우 선생님의 손이 사뿐히 움직이더니 왕너구리 선생님의 졸을 장기판 위에서 없앴다.

왕너구리와 늙은 여우의 하사미 장기에 정신이 팔려서는 안 된다.

병동 복도를 걸으며 회진을 시작한다.

심장 기능 상실, 심장 기능 상실, 폐렴, 폐렴, 폐렴, 요로 감염, 심장 기능 상실, 신부전, 폐렴……. 나의 환자들은 모두 80세 이상이다. 그러한 고령사회의 축소판 속을 돌아다니다가 도메카와 도요 씨의 병실 앞에서 걸음을 멈추었다. 병실 안에서 쉰 목소리의 희미한 노랫소리가 들려왔기 때문이다.

"기소의 나ー아ー아ー 나카노리 씨는ー."

그리우면서도 애절한 그 선율은 바로 민요「기소부시(木曾節)」의 한 구절이다.

결코 큰 목소리는 아니다. 하지만 거기에는 묘하게도 심금을 울리는 깊은 감동이 있다.

조심스레 병실에 발을 들여놓자 곁에 있는 마고시치 씨가 도요 씨 침대 옆에, 언제나처럼 오도카니 앉아 하얀 눈썹 아래로 눈을 내리뜬 채 천천히 작은 몸을 앞뒤로 흔들고 있다. 마고시치 씨가 노래를 부르고 있는 것이다.

"기소의 온타케, 난차라호이, 여름에도 추워, 요이요이 요이……."

정말 아흔다섯 노인의 목소리가 맞나 싶을 정도로 구수한 맛이 있는 울림이다.

절묘한 가락과 그 추임새. 끊어지는 듯하다가 이어지는

목소리. 오래된 절의 큰 종처럼 은은하게 울려 퍼지는 억양에는 한 세기를 살아온 노인의 인생 그 자체가 스며들어 있다.

나는 입구 한쪽에 멈춰 선 채로 귀를 기울였다. 평소에는 가래 섞인 기침을 숨차도록 반복하던 다른 환자들까지도 귀 기울여 듣고 있는 듯했다.

1절을 다 불렀을 때 도요 씨가 작게 기침을 했고, 마고 시치 노인이 가만히 눈을 들었다. 그와 동시에 나를 보고는 살짝 고개를 끄덕였다.

"선생님이시군요. 미안합니다. 도요 씨가 노래를 좋아해서……."

"괜찮습니다. 저도 모르게 듣고 있었습니다. 마고 씨가 노래 부르실 때는 다른 환자들도 평온해지는 것 같아요."

"집에 있을 때부터 자주 불러주곤 했어요."

갑자기 노인의 앙상한 어깨가 작게 흔들렸다. 웃고 있는 것이다.

"「기소부시」는 도요 씨가 제일 좋아하는 노래예요. 작년엔 기소지의 벚꽃을 보면서 같이 불렀는데, 올해는 혼자가 되어버렸네."

후유, 작은 한숨을 내쉬었다.

"이제는 같이 부를 수 없겠지요."

담담한 그 말의 저 깊이에는 애수가 잠겨 있었다.

내가 무어라고 답하기도 전에 "자, 그럼"이라고 말하며 마고 씨가 일어섰다.

"항상 늦게까지 고마워요, 선생님. 내일 또 올게요. 잘 부탁해요."

이렇게 말하고 마고 씨는 종종걸음으로 병실을 나섰다.

침대 위의 도요 씨는 산소마스크 아래에서 희미한 숨소리를 내며 잠들어 있다. 산소 상태는 나쁘지 않지만 가래의 양이 많고, 엑스레이 사진을 보아도 결코 호전되었다고는 할 수 없다. 언제까지 버틸 수 있을지 솔직히 불안한 상태이다.

여기에는 저마다 흘려보낸 시간들이 있다.

그저 꺼져가는 생명과 함께 이 시간의 흐름을 공유하는 것 외에는 내가 할 수 있는 일이 없다.

내과의에게는 무기가 없다.

외과 의사나 부인과 의사처럼, 위기의 순간에 그 상황을 타개할 수 있는 메스가 있는 것도 아니다. 있는 것이라고는 그저 병실을 찾아가는 두 다리뿐이다. 그 두 다리를 서로 번갈아 내디디면서 더딘 걸음을 계속하는 것이 내과의이다.

서른 명의 회진을 끝내고 의국에 돌아온 것은 밤 9시를 넘긴 무렵이었다. 역시나 왕녀구리 선생님과 늙은 여우 선생님의 모습은 없고, 즐비하게 늘어선 전자 카르테 단말기가 어슴푸레한 빛을 내뿜고 있을 뿐이다.

그 한쪽 구석에서 익숙한 거구의 외과의를 발견하고 나는 발을 멈추었다.

나도 모르게 안도의 한숨이 흘러나왔다. 이런 밤에는 이 시커멓고 커다란 등을 보면 왠지 마음이 놓인다. 물론 겉으로는 내색하지 않는다.

"이치토, 피곤해 보이네."

의국에 당당하고도 우렁찬 목소리가 울려 퍼졌다.

"그야 말할 것도 없지. 피곤해."

허탈하게 대답하고 소파에 앉자, 벌떡 일어난 지로가 탕비실로 들어가 커피를 준비하기 시작했다.

"고령의 환자가 제법 많다고 들었어. 요코가 말하더라고. 구리하라 선생님도 꽤나 힘드실 거라고 말이야."

"관찰력이 뛰어난 연인이 있어서 다행이네. 지로 너도 조금은 본받았으면 좋겠군."

"뭐라고? 그러면 나도 너를 볼 때마다 얌전한 표정으로

'구리하라 선생님, 괜찮으세요?'라고 해볼까?"

"한 번이라도 그런 소리 하면 위내시경으로 네 머리를 깨부수고 망가진 카메라 값까지 청구할 거야."

하하하, 넉살 좋게 웃으면서 탕비실에서 나온 지로가 내 앞에 커피 한 잔을 내려놓았다. 아무리 바빠도, 어떠한 역경이 있어도 이 남자가 약한 소리를 하는 모습은 본 적이 없다. 그 점만큼은 내가 지로보다 한 수 아래이다.

마음속으로 탄식하면서 커피를 한 모금 마시자 모골이 송연해지는 무시무시한 맛이 입안을 가득 채웠다.

"……여전히 스나야마 블렌드는 건재한 것 같군."

말문이 막혀 중얼거리니 지로는 제멋대로 착각하고는 기뻐하며 웃고 있다.

지로의 이 특제 커피가 혼조병원의 명물인 '스나야마 블렌드'이다. 만드는 방법은 지극히 간단하다. 어디에나 있는 커피 잔을 하나 꺼내서, 거기에 믿을 수 없을 정도로 많은 양의 커피 분말과 어머어마한 양의 설탕을 처넣은 후 뜨거운 물을 부으면 완성이다. 한 잔 마시면 3일 밤낮의 피로가 싹 가시는 극약이지만, 드물게는 얼마 없는 건강까지도 같이 날려버릴 수 있으니 각별히 주의해야 한다.

독약을 맛있게도 마시는 지로에 질겁하면서 나는 소파

에 몸을 기댔다.

"외과도 꽤 바빠 보이던데. 오늘도 응급이야?"

"조금 전 응급실에 감돈헤르니아(탈장) 환자가 들어왔어. 아마 수술하게 될 거야."

"연일 긴급 수술이라니, 나는 손들어야겠군."

"외과만 그런 게 아냐. 순환기 쪽에도 최근 매일 한밤중에 심카테 환자가 들어오는 모양이야. 어디든 상황이 녹록지 않아."

심카테란 '심장 카테터 검사'의 줄임말로서, 이 경우에는 주로 심근경색 환자의 막힌 혈관을 넓혀주는 조치를 뜻한다.

"AMI는 일분일초를 다투는 질환이니까. 망설이고 있을 틈조차 아까우니 어떻게든 선수를 쳐서 콜할 수밖에 없어. 호출을 받는 순환기내과 쪽은 많이 힘들겠지만……."

"불렀어?"

갑자기 들려오는 목소리에 돌아보니 때마침 이야기 속 주인공이 서 있었다. 순환기내과의 자약 선생님이다. 항상 태연자약해서 자약 선생님이라고 부른다. 심질환 전문가이다.

"구리하라 선생, 스나야마 선생, 오랜만이네."

깊이 있는 중저음을 울리면서 가만히 소파에 앉았다. 지로가 큰 목소리로 "수고 많으십니다"라고 말하면서 탕비실로 들어갔다. 자약 선생님에게도 스나야마 블렌드를 바칠 생각이라면 적당한 타이밍에 말려야 한다.

자약 선생님으로 말할 것 같으면, 매일같이 긴급 카테를 한다고 하지만 겉으로 보이는 태연한 태도에 한 치의 흔들림도 없다.

"같은 병동에 있으면서 오랜만이라는 것도 이상하지만 확실히 오랜만이네요, 선생님. 괜찮으세요?"

"환자 상태 말인가?"

"선생님 상태요."

"문제없어."

이것이 바로 자약 선생님의 입버릇이다.

"하지만 오랜만에 만난 의사끼리의 대화가 환자 상태보다 서로의 상태를 걱정하는 내용이라니 기분이 묘하군."

"동감입니다."

자약 선생님은 유유히 손목시계를 본다. 내가 슬쩍 물어보았다.

"아직 응급 환자가 남아 있나요?"

"앞으로 20분 후면 흉통 환자가 구급차에 실려 올 거야.

상황에 따라서는 카테를 해야겠지."

"……가혹하네요."

"20년 전이나 지금이나 마찬가지야. 문제없어."

침묵으로 답하고 있는데 탕비실에서 커피 잔을 든 지로가 나왔다.

"선생님, 고생 많으십니다. 커피 한 잔 드세요."

"고마워. 잘 마실게."

흔쾌히 받아 든 자약 선생님을 보고 나는 황급히 제지하려 했지만 그런 나를 약간 의아하다는 듯이 바라보며 자약 선생님이 말했다.

"문제없어. 나는 입이 까다롭지 않은 사람이야."

나는 잠자코 있었고, 선생님은 한 모금 마셨다. 그 순간 선생님은 얼어붙었다. 족히 3초는 지난 후 천천히 입에서 잔을 떼더니, 이번에는 잔이 뚫어져라 쳐다보았다.

간신히 자제하는 목소리로 말했다.

"……문제 있어."

마침내 지로에게로 시선을 돌렸다.

"스나야마 선생, 이게 뭔가?"

"이거 말씀이세요? 그냥 커피예요."

이렇게 답하면서 지로가 아무렇지 않게 들이켜는 모습

을 보고 자약 선생은 마치 무섭다는 듯 어깨를 희미하게 떨었다. 그때 창밖에서 구급차 사이렌 소리가 들려왔다. 선생님은 마침 잘됐다는 듯이 자리에서 일어섰다.

"환자가 온 것 같군. 실례할게."

태연자약 선생님은 허둥지둥 의국을 나갔다. 보기 드문 모습이다.

"선생님, 괜찮으신 걸까? 왠지 안색이 안 좋으시던데, 많이 피곤하신가 봐."

"안색이 안 좋은 게 피로 때문은 아닐 거야."

"그럼 뭐 때문이야?"

"……글쎄."

나는 반론할 기력을 잃어 입을 다물었다.

지로의 무신경 앞에서는 거의 바닥난 내 기력도, 자약 선생님의 나무랄 데 없는 침착함도 아무런 소용이 없는 것 같다.

다시 소파에 앉은 지로가 생각났다는 듯 입을 열었다.

"그러고 보니 말이야, 요코에게 들었어. 병동 커피 사건. 결국 일을 저질렀더군, 이치토."

"착각하는 것 같아서 말해두지만 나는 실수로 커피를 쏟았고, 우연히 그 아래에 다쓰야가 있었을 뿐이야."

"뭐야, 그랬던 거였어?"

농담이 통하지 않는 남자이다.

"하지만 다쓰야도 조금은 정신 차린 것 같던데? 병원에 안 온다고 온통 클레임뿐이었는데 요즘에는 이 시간까지도 병동에서 보일 때가 있어."

"중증 환자가 있어. 재생불량성 빈혈인데, 골수이식까지 검토하는 상황이니 소화기내과의로서는 딱히 할 수 있는 게 없지."

"그건 그렇네."

머리를 벅벅 긁으면서 지로가 중얼거렸다. 녹초가 된 나는 가볍게 어깨를 움츠리고 천장을 올려다보았다. 지로가 아무렇지 않게 그대로 말을 이어갔다.

"클레임이 많긴 하지만 다쓰야도 힘들 거야. 적어도 치나쓰가 같이 있다면 어떻게든 될 텐데……. 치나쓰가 완전히 딴사람이 됐다는 이야기가 있어서 말이야."

순간 무슨 뜻인지 이해가 되지 않았다. 천장을 올려다본 상태로 몇 초 동안 가만히 있다가, 천천히 고개를 돌려 지로를 바라보았다.

지로는 바로 자신의 실언을 깨닫고 손으로 입을 막았지만, 그 모습이 오히려 내가 잘못 들은 것이 아니라는 걸 증명해주고 있었다.

"지로, 무슨 소리야?"

나는 얼굴을 들고 조용히, 가능한 한 조용히 물었다.

"기사라기가 딴사람이 됐다니?"

"아니, 그게……."

"다쓰야와 기사라기 사이에 무슨 일이 있다는 건 짐작하고 있었어. 네 녀석이 뭔가를 알고 있다는 것도 눈치채고 있었지. 하지만 지금 그 말은 흘려들을 수가 없어."

천천히 소파에서 몸을 일으킨다.

거한은 당황한 기색을 감추지 못하고 눈을 두리번거렸지만, 내가 평소와는 다른 험악한 눈으로 쏘아보자 포기했다는 듯 깊은 한숨을 내뱉었다.

"딱히 숨기고 있었던 것은 아니야. 나도 대학 의국에 갔을 때 우연히 들었을 뿐이라 자세한 건 잘 몰라."

민망하다는 듯 머리를 긁고 나서 입을 열었다.

"도쿄대학에서 시나노대학 외과로 온 녀석에게 들었어. 치나쓰는 소아과의잖아? 물불 안 가리고 엄청나게 일하는 모양이야. ICU인지 뭔지에 어린아이가 입원하면 며칠이고 병원에 묵으면서 집에도 아예 안 간대. 의사로서는 훌륭할지도 모르겠지만 그 상태를 남편이 견딜 수 있겠느냐는 이야기였어……. 남편이 아내를 두고 신슈로 도망간 기분도 알겠다고 말이지."

지로의 말이 귀에 들어오지 않는다. 무언가 이상한 기호처럼 내 머리 위를 스쳐 지나간다.

"……기사라기는 다쓰야와 함께 돌아온 게 아니었어?"

"지금도 도쿄병원 소아과에 있다나 봐."

눈앞이 새까매지는 기분이다. 필사적으로 머릿속을 정리하려 해도 기사라기의 햇볕에 그을린 미소가 스쳐 지나갈 뿐이다.

"대학에 있는 동기 녀석들은 다들 알고 있는 이야기야. 아무것도 모르는 건 의국에 오지 않는 너 정도라고."

멍해져 있는데 지로의 병원 내 PHS가 울려 퍼졌다.

"바로 갈게."

대답하는 지로의 목소리가, 물 밑에서 듣는 것처럼 멀리서 흐릿하게 귓전을 때렸다.

"얼굴이 심각하네요."

익숙한 목소리가 들려와서 나는 고개를 들고 위쪽을 쳐다보았다. 말할 것도 없이 도자이였다.

"전에도 내가 말했을 텐데. 심각한 건 얼굴이 아니라 피로라고."

네네, 라고 대답하면서 평상시와 같은 능숙한 손놀림으로 서류를 정리한다.

전자 카르테 위에는 무수히 많은 입원 환자들의 이름이 늘어서 있다. 의국에서 한동안 얼이 나가 있다가 정신 차릴 요량으로 병동 간호사 대기실로 나갔지만, 머릿속은 조금도 정리되지 않은 채 부질없이 시간만 흘러가고 있다.

"다쓰야는 아직 있어?"

"아까 백혈병 환자 병실에 있었으니까 이제 곧 돌아올 거예요."

그렇군, 이라고 대답하고 나는 천천히 일어났다.

"다쓰야가 돌아오면 연락 줘. 그 녀석에게 물어보고 싶은 게 있어."

도자이가 무언가 알아챘다는 듯 말없이 고개를 끄덕여 보였다.

그대로 간호사 대기실을 등지고 복도로 나갔는데, 때마침 엘리베이터의 문이 열리면서 병동으로 들어온 사람과 마주쳤다.

어린아이를 데리고 온 초로의 여성이다. 한밤중의 병원이라는 낯선 공간에서 조금 망설이는 듯 멈춰 서더니 나를 보고 정중히 인사했다.

내가 무심코 발을 멈춘 것은, 그 얼굴을 어디에선가 본 적이 있는 듯한 느낌을 받았기 때문이다. 여성이 조심스럽게 말을 꺼냈다.

"실례지만, 신도 다쓰야가 여기에 있나요?"

나는 거의 무의식적으로 고개를 끄덕였다.

"신도 세쓰입니다."

발밑에 떨어진 뭔가를 주우려는 건가 싶을 정도로 깊이 허리 숙여 인사한 여성은 도자이의 물음에 정중하게 덧붙였다.

"신도 다쓰야의 엄마입니다. 이런 시간에 죄송합니다."

그제야 이해했다. 다쓰야의 어머니와는 학창 시절 몇 차례 만난 적이 있다. 하지만 그때에 비해 더 하얗게 센 머리칼에 바로 알아채지 못했던 것이다.

귀중한 손님의 출현에 당혹스러워하면서도 도자이는 말했다.

"지금 잠시 회진하러 나갔는데, 곧 돌아올 거예요."

"늦은 시간에 실례가 많습니다. 이 아이가 한사코 아빠를 보고 싶다고 떼를 써서……."

다쓰야의 어머니가 자신의 오른손을 붙잡고 있는 여자아이를 따스한 눈빛으로 바라보았다.

"나쓰나, 인사드려야지?"

여자아이는 할머니의 다리를 꼭 붙들고 서서 나를 빤히 올려다본다. 퉁퉁 붓고 새빨개진 눈은 울어서 그리 된 것일 테지만, 지금은 오히려 호기심이 생긴 듯 눈물은 보이지 않는다. 겁이 없는 성격인 것 같다.

할머니가 재촉하자 소녀는 고개를 살짝 까딱하며 "나쓰나예요"라고 말했다. 나도 황급히 내 이름을 말하자 소녀는 큰 눈을 동그랗게 뜨고 말했다.

"구리하라라면 알아요. 아빠 친구."

의외로 힘이 들어간 답변이다.

"잘 알고 있구나. 아빠 친구 구리하라야. 잘 부탁해."

웅크려 앉아서 경직된 표정으로 말하자 소녀는 되레 놀란 듯이 할머니 치마 뒤로 숨었다.

"겁을 주면 어떡해요." 도자이가 말한다.

마침 그 타이밍에 복도 저쪽에서 걸어오는 다쓰야가 보였다. 그와 동시에 소녀가 "아빠!"라고 외치며 뛰어나갔다.

"나쓰나, 왜 여기에 있어?"

놀라면서, 달려온 소녀를 안아 올리는 다쓰야의 모습은

그야말로 아버지 그 자체이다. 그대로 아이를 안고 걸어오더니 어머니의 모습을 보고 다시 한 번 놀란다.

"어머니까지……."

"나쓰나가 꼭 너를 보고 싶다고 보채서 말이야." 부드러운 쓴웃음을 지으면서 말을 이었다. "요즘 매일 귀가가 늦으니까 나쓰나도 많이 참았던 것 같아. 오늘은 꼭 봐야겠다면서 말을 안 듣더라고."

다쓰야는 천천히 딸을 내려놓으려 했지만 딸은 딸대로 찰싹 달라붙어서 떨어지지 않는다.

"어허, 나쓰나. 버릇없이 굴면 안 된다고 말했지?"

"버릇없지 않아."

의외로 강한 목소리로 대답했다. 소녀는 아빠의 목에 꼭 달라붙은 채로 칭얼거리면서 떨어지지 않는다.

"나쓰나…… 버릇없지 않단 말이야……."

아빠를 더 꼭 끌어안는 딸의 목소리는 거의 울먹이고 있었다.

"나쓰나, 아빠는 아직 일이 안 끝났어. 그러니까……."

"걱정할 거 없어. 아빠 일이라면 마침 방금 끝났어."

갑자기 끼어든 것은 나였다. 느닷없는 침입자의 등장에 다쓰야와 어머니와 도자이가 돌아본다. 소녀도 울어서 부은 얼굴을 내 쪽으로 향했다.

"다쓰야, 너는 아빠잖아. 허튼소리 할 시간이 있으면 딸 옆에 있어주지그래."

"구리하라, 하지만……."

"일이라는 게 뭐야? 의사라는 게 뭐야? 더 소중한 것이 있잖아."

"평소 했던 말이랑은 정반대야, 구리하라."

"정반대든 똑바로든 상관없어. 적어도 야간 병동 업무라면 내가 대신해줄 수 있지만 딸 옆에 있어주는 건 너밖에 못하는 일이야."

뒤죽박죽 논법에 도자이가 어안이 벙벙해져 있다.

다쓰야는 난처한 듯한 표정이지만, 그래도 쓴웃음을 지은 후 어머니 쪽으로 시선을 돌렸다.

"어머니, 성가시게 해서 죄송해요. 아직 시간이 조금 더 걸리니까 먼저 가 계세요. 나쓰나는 제가 데려갈게요."

아들의 말에 어머니는 조금 걱정스러운 표정을 지었다.

"구리하라와 할 이야기도 있어요. 이왕 데리고 와주셨는데 제 마음대로 해서 죄송해요."

온화한 말투로, 그러나 단호하게 말하는 아들의 모습에 어머니도 더 이상 반론하려 하지 않았다.

밤하늘에 달이 떠 있다.

한없이 눈부신 빛을 발하는 상현달이다. 봄철에는 달무리가 많지만, 오늘 밤은 유독 구름 한 점 없이 선명한 달빛이 골목길로 쏟아진다.

터벅터벅 걷는 내 바로 앞에서 딸을 등에 업은 다쓰야가 걷고 있다. 이렇게 어둑한 곳에서 보면 어딘가 수상한 유괴범처럼 보이기도 하지만 틀림없는 부녀지간이다. 딸인 나쓰나는 병동에서 기다리다 지친 끝에 곤히 잠들어버렸고 지금은 아빠의 등 위에서 쌔근거리며 자고 있다.

묵묵히 걷는 나를 다쓰야가 어깨 너머로 돌아보았다.

"어두운 표정이네, 구리하라."

"누구 때문이라고 생각해?"

무뚝뚝한 내 반응에도 다쓰야는 씁쓸히 웃을 뿐이다.

나와테 거리를 벗어났을 무렵, 어둠 속에 우두커니 서 있는 마쓰모토성이 저 앞에 보인다. 국보의 명성(名城)조차 지금은 조명도 없이, 오로지 달빛을 받으며 숙연히 그 자리에 서 있다. 다쓰야는 담벼락 앞까지 와서 옆에 있는 벤치에 앉았다.

이마에는 땀방울이 조금 맺혀 있다.

"세 살이 되니까 제법 무거워져서 업어주기도 힘들어."

그런 중얼거림이 새어나왔다.

나는 바로 옆에 있는 자판기에서 캔 커피 두 개를 뽑아왔다. 하나를 다쓰야에게 건네자 그는 쓴웃음을 지으며 말했다.

"이제 좀 봐주지그래."

"뭘?"

"커피는 마시는 거야. 붓는 게 아니야."

"상당히 뒤끝 있는 남자네."

투덜거리면서 그 옆에 앉았다. 우리는 잠에 취한 딸을 사이에 두고 달밤의 마쓰모토성을 올려다보았다.

성벽을 둘러싼 강의 수면 위로 엷고 푸르스름하게 비치는 성이 때때로 일렁인다. 수면을 움직이게 하는 작은 형체는 거북이 머리인 걸까. 파문을 그리듯 천천히 성벽 중앙으로 헤엄쳐 가더니 이윽고 수면 아래로 그 모습을 감추었다.

어느덧 겨울의 잔영도 사라져서 오늘 밤은 이렇게 있어도 그다지 춥지 않다. 나는 달빛 아래의 성을 올려다보면서 크게 한숨을 내쉬었다.

이미 시간은 10시를 넘었다.

다쓰야가 병동 업무를 마친 것은 9시 반 무렵이었고 나쓰나는 완전히 안심한 것인지 간호사 대기실의 간이침대에서 새근새근 곤히 잠들어 있었다. 다쓰야는 나쓰나를 능숙한 동작으로 등에 업고 셋이서 퇴근길에 나선 것이었다.

"여러 가지로 묻고 싶은 게 있어."

"……그렇겠지."

간신히 말을 꺼낸 나에게 다쓰야는 희미한 목소리로 답할 뿐이다. 한동안의 침묵이 흐른 후 나는 다시 말을 이었다.

"기사라기가 이상해졌다는 말을 들었어. 사실이야?"

"사실이야."

머리 위에 펼쳐진 만발한 벚나무에서, 갑자기 벚꽃잎이 너푼너푼 흩날렸다. 바람에 춤을 추는 듯한 꽃잎이 달빛을 받아 푸르게 빛나니 언뜻 반딧불이가 날아다니는 것처럼 보인다.

넋을 잃은 듯 바라보면서 다쓰야가 말했다.

"너에게만큼은 말해야 했어. 하지만 그럴 수 없었던 게 나의 나약함이야."

나는 아무 말도 하지 않았다. 그런 것은 대수로운 문제가 아니다.

"……듣기 불편할 거야."

"지금에 와서 기분 좋은 이야기를 들을 생각은 없어."

얼마간의 침묵 후, 검은 옷을 두른 성을 바라보면서 다쓰야는 천천히 입을 뗐다.

"나와 치나쓰가 근무하던 곳은 도쿄 제일선의 병원이었어. 혈액내과도 소아과도, 고도의 전문 의료를 유지하고 있어서 일본 전국의 난치병 환자들이 찾아오는 병원이지. 업무 강도는 세지만 보람은 있었어. 바쁘지만 행복하다고 느끼던 하루하루였고, 3년째에 나쓰나가 태어났어. 지금 생각하면 그때가 가장 행복한 때였을지도 몰라."

"나한테 편지를 보냈던 때이지."

다쓰야가 천천히 끄덕였다.

작은 생명을 보듬어 안은 기사라기와 다쓰야의 사진은 지금도 나의 서랍 안에 있다. 무한대의 빛과 가능성으로 가득 찼던 한 가족이 작은 사진 한 장 속에서 최고의 미소를 보이고 있었다.

"치나쓰도 나쓰나가 태어나고 나서 1년은 육아휴직을 받았지만 그 후에는 최전선으로 돌아가서 다시 일하기 시작했지……."

그런데 말이야, 라고 말한 후 다쓰야는 갑자기 미간을 찌푸렸다.

"내가 알지 못하던 사이에 어느샌가 치나쓰는 조금씩 궁지에 몰리고 있었어."

갑자기 저 멀리에서 와아 하고 작은 탄성이 들렸다.

성곽 어딘가에 젊은이들 무리가 꽃구경을 하러 온 모양이다. 바람에 실려 높낮이를 가지고 들려오는 탄성이, 왠지 멀리서 들려오는 축제 음악 같다.

"육아휴직이라고 쉽게 말했지만, 의료 세계는 하루가 다르게 진보해. 1년 만에 돌아가 보니 본인의 지식은 일찍이 과거의 유물이 되어 있었던 거지. 그렇다고 해서 신입인 것도 아니니까 상당한 압박을 느꼈을 거야. 그렇지 않아도 가혹한 노동 환경은 치나쓰에게 엄청난 중압감을 가져다줬을지도 몰라. 불안, 초조, 안달, 이런 감정들이 치나쓰의 마음을 빠르게 좀먹어갔던 거야. 아마 스스로는 그 가슴속 그늘을 깨닫지 못했던 게 아닐까 싶어. 그러니 누구에게도 그런 모습을 보이지 않았고, 나도 알지 못했지. 그러던 어느 날, 현장에 복귀하고 계속 담당해왔던 백혈병 아이가 화학요법 중일 때였어. 치나쓰의 몸 상태가 안 좋아져서 딱 하루 쉰 적이 있는데……."

갑자기 다쓰야는 말을 끊었다.

바람도 없는데 연분홍빛 꽃잎 하나가 사르르 눈앞을 날

아오르는가 싶더니 휙 하고 강한 바람이 불어와 무수히 많은 꽃잎이 흩날린다.

성벽 수면에 비치던 성이 사라지고 어느새 벚꽃 색깔의 잔물결이 되어 있다.

"하루 쉰 다음 날의 일이야. 몸이 완전히 회복되지 않은 상태로 병실에 간 치나쓰에게 아이의 부모가 말했어. '환자를 위해서 목숨을 걸고 일하는 게 의사의 본분 아니냐'고. 딱 하루 쉬었을 뿐인 치나쓰를 향해 가족은 심한 말을 퍼부었어. 당신한테 주치의 자격은 없으니 교체해달라고."

급격히 기온이 떨어진 듯한 한기를 느껴서 캔 커피를 꽉 쥐었다.

"가족은 주치의 교체를 병원에 신청했고, 치나쓰가 진료팀에서 빠지기로 결정난 건 그날 밤에 열린 진료 회의 때였어. 꼬박 1년 동안 하루도 쉬지 않고 필사적으로 치료해왔던 소년의 진료에서 너무나도 쉽게 제외돼버린 거야. 그날 저녁 병동에서 마주친 치나쓰는 여태껏 본 적이 없을 정도로 창백하고 핏기 없는 얼굴을 하고 있었어. 괜찮으냐고 물은 나에게, 넋이 나간 것처럼 기계적인 미소를 보일 뿐이었지……."

시선을 떨군 후 말을 이어갔다.

"그때부터야, 치나쓰가 이상해진 게. 매일 병원에 머무르면서 집에는 거의 오지 않게 되었어. 항상 병원 안을 뛰어다니고, 마치 뭔가에 쫓기듯이 심신을 소모하면서 일하게 된 거야."

깊은 탄식이 새어나왔다. 짙게 깔린 침묵을 뿌리치듯 나는 물었다.

"그게 언제였어?"

"딱 1년 전. 나쓰나가 막 두 돌이 됐을 때였어."

1년…….

속으로 중얼거렸다. 무거운 무언가가 짓누르는 듯하다.

"집에 오는 건 주 2회 정도. 갈아입을 옷을 가지러 한밤중에 들르는 게 다였어. 그 바쁜 와중에도 어린이집에 나쓰나를 데리러 갔었는데 그것도 더 이상 안 하게 됐지."

나는 창백한 얼굴로 병원 안을 뛰어다니는 기사라기를 상상해보려고 했지만 잘될 턱이 없다.

"처음에는 일시적일 거라고 생각했어. 힘든 경험을 한 탓에 자기 자신을 잃어버렸을 뿐이라고. 그래서 한동안은 내가 일을 줄이고 나쓰나를 돌봤지. 하지만 2개월이 지나도 치나쓰는 원래대로 돌아오기는커녕 무언가에 홀린 것처럼 일했어. 병원에서 만났을 때 말을 걸어도 건성이고,

한번은 신경과에 가보자고 권했을 때에도 뭔가에 정신이
팔린 것 같은 눈으로 괜찮다고 할 뿐이었어. 그러는 동안
점점 내 입장도 난처해진 거야. 나쓰나를 데리러 가거나
밥을 준비하려면 일찍 퇴근해야 하니까. 그런 상태에서 임
상을 잘해낼 수 있을 리 없잖아. 어느 날 의국장에게 불려
가서 한 소리 들었지. '육아를 하면서 의사 일을 제대로 할
수 있을 거라고 생각하냐'고."

다쓰야의 입가에 자조적인 미소가 번졌다.

"그때까지 쌓아왔던 신뢰고 뭐고 아무것도 없었어. 베
이비시터를 고용한다 해도 한계가 있어. 나쓰나가 열이 나
서 돌아갈 때마다 '무책임한 자식'이라고 손가락질당했지.
아내는 환자를 위해 병원에서 지내다시피 하는데 너는 바
로 퇴근하는구나, 아이가 태어난 후로 신도는 못쓰게 됐
다……. 그런 말을 면전에서 들은 적도 있어."

"기사라기는 네 상황을 몰랐던 거야?"

"알았는지 몰랐는지조차 알 수 없어. 어찌 됐든……."

"예전의 기사라기로 돌아오지 않았구나."

"돌아오지 않았던 것뿐만이 아냐."

다쓰야의 목소리가 희미하게 떨리는 것 같았다.

"작년 말의 일이야. 나쓰나가 백일해로 몸이 몹시 약해

진 적이 있어. 며칠간 휴가를 내고 나쓰나 옆에 있었는데 치나쓰는 하루도 집에 오지 않았어. 원래 내가 옆에 있으면 별로 울지 않던 나쓰나가 그때만큼은 엄마가 보고 싶다고 심하게 울어대는 거야. 기침도 잦아들지를 않으니 결국 도쿄대학 병원 소아과에 데려가기로 했지. 진찰을 받을 동안 잠깐이라도 치나쓰를 만날 수 있지 않을까 했거든. ……하지만 볼 수 없었어."

다쓰야의 손이 쓱, 자신의 겉옷으로 감싼 딸의 머리를 어루만졌다.

"응급 외래 접수 쪽으로 연락해달라고 했더니 '지금은 바쁘다'고 다른 사람을 통해서 답이 온 게 전부였어. 연락해준 간호사가 미안해하는 표정만은 지금도 똑똑히 기억하고 있지."

깊은 한숨 소리가 들렸다.

가슴 깊은 곳까지 차가워지는 한숨이다.

"그날 밤 콜록거리면서 울음을 그치지 않는 나쓰나를 보고 결심했어. 이대로는 안 되겠다고. 나쓰나를 위해서 신슈로 돌아가자, 다시 시작하자, 라고 말이야."

다쓰야가 애처로운 미소를 지었다.

"그렇게 해서, 나는 도쿄에서 도망쳐 온 거야……."

목소리가 끊겼다.

더 이상 축제 음악은 들려오지 않았다. 그렇게나 흩날리던 꽃잎들도 어느샌가 모습을 감춘 듯하다.

"있잖아, 구리하라." 다시 담담한 목소리가 들렸다. "밤낮없이 일만 하는 치나쓰를 보고 다들 뭐라고 했는지 알아? '훌륭한 의사 선생님이네요'라고 하더라."

다쓰야가 무미건조한 웃음을 흘렸다. 그 소리의 한복판에는 뼈아픈 울림이 있었다.

눈가에 살짝 손을 얹은 후 다쓰야는 고독한 눈빛으로 담벼락 저 너머에 시선을 던졌다.

"……미쳐 있다고 생각해, 나는."

"다쓰야……."

"의사는 환자를 위해서 목숨을 걸어야 한다고들 해. 이 나라의 의료는 미쳐 있어. 의사가 생명을 깎아먹고 가족을 버려가면서 환자를 위해 일하는 걸 미덕이라고 하는 세계. 잠도 자지 않고 만신창이가 될 때까지 일하는 걸 정의라고 하는 세계. 주치의? 부질없는 소리야. 24시간 담당 환자를 위해서 여기저기 뛰어다니다니, 이상하지 않아? 우리는 사람이란 말이야. 그래도 이 나라의 사람들은 아무렇지 않게 독설을 내뱉지. 밤에 왜 안 왔냐고 의사에게 고함을 질러. 다들 미쳐 있는데, 심지어 다들 자기가 맞다고 착각하고 있어. 구리하라, 내 말이 틀렸어?"

피를 토해내듯이 말을 쏟아냈다.

큰 목소리는 아니었지만 그것은 틀림없는 격분이었다. 그 분노의 파동이 한밤중의 나무와 나무 사이로 절절히 울려 퍼졌다.

문득 내가 섬뜩해진 것은 가슴속에 아내의 미소가 떠올랐기 때문이었다.

다카토에서 돌아온 아내와 제대로 함께 보낸 시간이 얼마나 될까. 여행에서 돌아온 지 이미 1주일 가까이 지났는데 식사조차 함께하지 못하고 있다. 언제 어느 때 들어가도 차분히 앉아 미소로 맞이하는 아내의 모습을 언제부터인가 당연하게 여기고 있는 내 모습이 선명히 보였다. 당연하게 매일같이 반복되던 일상이 불현듯 평균대 위에서 가까스로 균형을 잡고 있는 것처럼 느껴졌다.

잠자코 시선을 돌리자 성의 담벼락 끝에서 조금 전까지 들떠 있던 상춘객들 무리가 이동하고 있는 모습이 보였다. 소리는 들리지 않고 달빛을 받아 그림자 무리가 조용히 이동하는 모습은 마치 사자(死者)의 장송 같다.

"선한 양심이 우리의 유일하고 확실한 보상이다."

갑자기 중얼거린 것은 나였다.

끝이 보이지 않는 갈등을 짊어진 다쓰야에게 어떤 의미가 있을지는 나도 알 수 없다. 하지만 우리를 이어주는 말은 이외에 아무것도 없었다.

"좋은 말이지, 다쓰야. 우리가 밤에 무엇을 하고 있는지, 명절에 가족을 두고 어디에 있는지, 아무도 몰라. 하지만 그러면 뭐 어때. 너는 항상 가슴속에 간직한 확고한 양심에 따라서 스스로 행동해왔잖아."

초연한 내 목소리가 공중에 울려 퍼졌다.

"어떠한 역경에서도, 그저 선한 양심이 우리가 가진 전부야."

어느샌가 나를 응시하고 있던 다쓰야가 희미하게 미소 지었다. 자상하면서도 씁쓸한 웃음이었다.

"……너는 여전하네. 그때부터 정말 변한 게 없어."

"사람은 그렇게 쉽게 바뀌지 않아. 너도 마찬가지고."

"내가?"

"내가 괜히 장기를 500판이나 둔 게 아니야. 장기의 한 수는 두는 사람의 심중을 나타낸다고 했어. 너의 거비차 전술에 수도 없이 졌지만, 지난번에 겨뤘을 때도 그 기세에는 조금의 그늘도 보이지 않았어. 즉 너는 이런 일로 무릎을 꿇을 남자가 아니라는 거야."

"네가 말하면 억지스러운 이야기도 왠지 설득력이 있는 것 같아."

"통하지 않을 것 같으면 완력으로 누르면 돼. 그렇게 하면 그게 도리가 되는 세상이야."

"생리학 교실의 난방을 꺼서 교수를 해치운 것처럼 말이지."

"바로 그거야."

다쓰야는 한 번 더, 이번에는 확실히 웃었다. 그리고 겉옷으로 감싼 딸을 등에 업었다.

"가려고?"

"계속 밤바람을 맞게 할 수는 없으니까. 내일도 아침부터 외래가 있어."

걸음을 떼려던 찰나 어깨 너머로 돌아본 다쓰야의 눈이 순간 울고 있는 것처럼 보였다. 나는 거의 반사적으로 옛친구를 불러 세웠다.

"다쓰야, 한 가지만 말할게."

세 번째 봄바람이 불어와 꽃잎이 밤하늘에 흩날린다.

"또 한 판 두자. 그 정도의 시간은 있을 거야."

나로서는 이것이 최선의 위로였다.

잠시 후 다쓰야가 조용히 웃었다. 내가 알고 있는 그 시원한 미소로 보였다. 고독한 눈동자에 조금이나마 온기가 느껴지는 것 같았다.

"……돌아오는 게 정답이었어……." 희미한 목소리가 강한 바람 소리에 파묻히듯 이어졌다. "혼조병원에 오면 너를 만날 수 있을 거라고 생각했어."

잠시 당황해서 그 말의 의미를 헤아리려 했지만 다쓰야는 이미 등을 보이며 걸어가고 있었다.

이봐, 불러보았지만 멈추지 않는다. 걸음을 늦추지 않은 채 오른팔을 딱 한 번 높이 들어 보일 뿐이었다.

작은 여자아이를 업은 한 남자가 성의 외곽을 천천히, 그러나 흔들림 없는 걸음으로 걸어간다.

천수각을 지나가는 그 모습은 시대에 뒤떨어진 옛 무사처럼 엄청난 비애와 고독을 짊어진 채로, 그러나 확고한 발걸음을 잃지 않고 있었다.

제3장

복사꽃의 계절

산과 산이 이어져 있어 어디를 보아도 산뿐이다.

후카자와 시치로(深澤七郎, 근대소설의 틀을 벗어난 형식과 주제로 주목을 끈 이색적인 소설가―옮긴이)의 단편집 『나라야마부시코』는 이러한 문장으로 시작된다. 짧지만 신슈의 산야를 표현한 명문이다. 이 맛은 역시 직접 가서 봐야 알 수 있다. 북알프스의 산줄기는 그야말로 산과 산의 연속인 것이다.

공기가 한없이 맑게 개어서 저 멀리까지 내다볼 수 있는 겨울보다, 봄안개가 끼어 산야가 어슴푸레 보이는 5월에 그 산줄기를 실감할 수 있다. 아득히 저 멀리 보이는 능선이 겹겹으로 쌓여 번지면서 햇살 저편으로 녹아 들어가는 모습은 한 폭의 수묵화처럼 아름답다.

그러한 절경을 배경으로 '소바집 신도'라는 낡은 간판이 봄바람에 흔들리는 것을 보고 나는 걸음을 멈추었다. 마쓰모토성에서 북쪽으로, 자동차도 들어갈 수 없는 좁은 골목길 안쪽에 있는 2층짜리 목조 건물의 소박한 외딴집이 그것이다.

인적이 드물고 가끔 이웃집에 사는 삼색고양이가 느긋하게 오갈 뿐인 한가로운 오솔길이다. 이외에도 여러 채의 상점이 들어서 있는데, 대부분 문을 열었는지 닫았는지 잘 알 수 없다. '준비 중'이라는 팻말이 내걸린 찻집 앞에는 끊임없이 물이 솟아나는 우물이 있고, 기분 좋은 시냇물 소리와 함께 나무 위에서 휘파람새가 지저귄다.

기척을 느껴 시선을 돌리자 한 젊은 여성이 큰 주전자로 솟아오르는 물을 푸고 있다. 그런 꾸밈없는 풍경 속에 운치가 있고 정이 있다. 이곳에는 아름다운 샘물이 많다.

지그시 둘러보다 '소바집 신도'의 처마 끝에 빨강, 하양, 분홍, 삼색의 꽃을 한 그루에 피워낸 아름다운 나무에 시선이 머물렀다.

"복사꽃이네요." 옆에 있던 아내가 내 시선을 알아채고 말했다. "한 그루의 나무에 삼색의 꽃이 같이 피어요. 많이 피면 말 그대로 도원향(桃源鄉)처럼 되죠."

"한 그루의 나무에 삼색의 꽃이라, 욕심이 많은가 보군."

"관상용으로 해외에서 만들어진 종인데, 신슈에는 의외로 많이 있어요."

꽃을 제법 많이 피운 복사나무가 한낮의 강한 햇살을 받아 한층 더 선명한 색채를 오솔길에 흩뿌리고 있다. 아내가 이마에 손을 대서 햇빛을 가리고 낡은 간판을 올려다보았다.

"여기가 이치 씨가 말했던 소바집이군요."

"응. 학창 시절에 몇 번 온 적 있었는데 그대로네."

"왠지 온타케소와 비슷한 느낌이네요."

정말이네, 하고 끄덕이는데 가게의 격자문이 드르륵 열렸다. 튀어나온 소녀가 나를 보고 놀라서 안으로 들어가더니 다시 얼굴만 내밀고 빤히 쳐다보았다.

"구리하라 아저씨?"

쭈뼛쭈뼛 말을 꺼낸 소녀는 물론 나쓰나이다. 빨간 원피스의 소매에 붙어 있는 하얀 가루는 메밀가루인 걸까.

"정답이야."

끄덕이는 내 옆에서 아내가 공손히 고개 숙여 인사한다.

"나쓰나구나. 하루나라고 해요."

"하루나 언니……."

이번에는 조금 신기하다는 듯한 얼굴이었지만 아내의 미소를 보고 마침내 안심했다는 듯 나쓰나도 웃었다.

"어서 오세요."

밝은 목소리와 함께 다쓰야가 얼굴을 내밀었다.

가게 일을 돕고 있었을 것이다. 하얀 앞치마를 두른 옛 친구는 이렇게 보니 천생 소바집 주인 같다.

잠시 멈춰 서 있는 나를 향해 다쓰야는 의아하다는 듯 고개를 까딱했다.

"왜 그래?"

"너무 자연스러워서 깜짝 놀랐어. 어떻게 보아도 완전히 소바집 주인이네. 평판이 안 좋은 혈액내과의로는 보이지 않는군."

"평판 안 좋다는 말은 필요 없어."

쓴웃음을 짓는 다쓰야에게 아내가 다시 인사한다.

"구리하라 하루나입니다."

"구리하라에게 말씀은 익히 들었습니다. 잘 오셨어요."

들어오세요, 라고 말하며 가게 안으로 안내했다.

"나쓰나는 구리하라가 꽤 마음에 들었나 봐."

"네 딸인 것치고는 사람 보는 눈이 정확하네. 유일하게 걸리는 점은 내가 아저씨고 하루가 언니라는 거야."

"네 말대로 나쓰나는 사람 보는 눈이 정확해서 그래."

쳇, 속으로 혀를 차면서 들어갔다.

겉으로 보면 2층짜리 건물이지만 내부의 천장이 제거되어 옛날 양식이 느껴지는 커다란 들보가 시꺼멓게 배를 드러내고 있다. 몇 안 되는 탁자가 놓여 있는 가게 안에 사람은 없고, 오래된 민가 특유의 나무 향기가 희미하게 떠다닌다.

"오랜만에 우리 소바 먹으러 오지 않을래?"

다쓰야가 그렇게 말하고 나를 본가로 꾀어낸 것은 5월도 어느덧 중순에 접어든 어느 휴일의 일이었다.

"여기에 오고 나서부터 너한테 신세만 졌으니까."

이렇게 말하는 친구의 눈가에는 부드러운 빛이 있다. 신슈에 온 후부터 계속 깔려 있던 어울리지 않는 냉담함은 점차 줄어들고 익숙한 온화함이 엿보였다.

"그 많은 빚을 소바 한 그릇으로 갚을 셈이야?"

이렇게 묻는 나에게 다쓰야는 "우리집 소바에는 그 정도의 가치가 있어"라고 시원하게 대꾸했다.

학창 시절, '소바집 신도'에는 몇 번 온 적이 있다. 풍부한 홉 내음과 부드러운 감칠맛이 나는 소바는 그야말로 일품이었는데, 다쓰야의 어머니가 혼자 만드신다는 말을 듣고 놀랐다. 그 후에도 여러 번 찾아갔지만 국가시험 준비로 바빠지고, 의사가 되면서 더욱 분주해진 탓에 자연스레 발길이 뜸해졌다.

오래된 의자에 앉으니 이내 안쪽에서 다쓰야의 어머니가 나와 정중히 고개를 숙였다.

"지난번에는 감사했습니다."

남편을 잃은 후 혼자 가게를 지켜온 노고 때문일까. 머리는 반 이상 하얗게 셌다. 학창 시절에 왔을 때는 이 정도는 아니었기 때문에 병동에서 마주쳤을 때 바로 알아채지 못한 것이다.

다쓰야의 어머니는 능숙하면서도 느긋한 손놀림으로 찻잔과 사기 주전자를 놓더니 다시 한 번 살짝 인사한 뒤 주방 안쪽으로 들어가셨다. '옛날 생각 난다'라든지 '오랜만이네'와 같은 정해진 인사말도 없고 특별한 화제를 꺼내시지도 않는다. 그러한 묘한 거리감은 예전과 달라진 것이 없다.

"계속 혼자서 소바집을 해오신 거지?"

"아버지가 돌아가셨을 때는 닫을까 생각한 적도 있는데,

계속 하는 게 즐거울 거라고 말씀하신 건 어머니야. 반은 취미 삼아 하시는 거지만, 그래도 가끔 멀리서 '신도 소바'가 먹고 싶다고 찾아오는 손님도 있어."

"어머님 소바는 명품이야. 맛을 아는 손님이 있군."

"그렇게 말해주니 기쁘네. 소바라고 하면 주와리소바(밀가루, 계란, 감자 등을 넣지 않고 메밀만으로 만든 소바 – 옮긴이)가 인기 있지만, 우리는 예나 지금이나 하치와리소바(메밀가루와 밀가루의 비율이 8 대 2인 소바 – 옮긴이)야. 맛있다고 해주면 어머니도 기뻐하실 거야."

나는 문득 옛날을 떠올렸다.

"주와리소바가 좋다는 것은 미신이야."

다쓰야가 이런 말을 한 건 '소바집 신도'에 처음 왔을 때였다.

"다른 재료를 섞지 않으면 그만큼 메밀가루의 맛과 향은 살아나지만, 그게 반드시 소바를 맛있게 한다고는 할 수 없어."

진지한 얼굴로 주장하는 친구의 모습이 묘하게 이상해 보였던 것이다.

"하치와리에는 하치와리로만 낼 수 있는 맛이 있다, 그렇게 말한 게 너였지?"

"잘 기억하고 있네."

뜨거운 물로 가득 찬 사기 주전자를 천천히 원을 그리듯 돌리면서 말했다.

"주와리소바, 라는 간판을 내걸면 도시 손님들을 끌어들이기는 쉽지만, 하치와리가 주와리보다 못하다는 건 거짓말이야. 가을이 되면 밀가루 대신 참마를 쓰기도 해. 이것도 제법 맛이 좋으니까 그때가 되면 맛보러 와."

다쓰야의 목소리에 옆에 있던 아내도 기쁘다는 듯 끄덕였다. 그때 갑자기 쿵 하고 큰 소리가 났는데, 가게 안을 뛰어다니던 나쓰나가 부딪혀서 의자를 넘어뜨렸기 때문이었다.

"어허, 나쓰나. 가게 안에서 뛰어다니면 안 돼."

다쓰야의 목소리가 날아간다. 나쓰나는 이제야 아빠가 관심을 가져준다고 생각했는지, 오히려 만면에 미소를 띠고 달려와 아빠 다리에 엉겨붙는다.

그런 모습을 보고 있노라니 이 부녀 앞에 놓인 난제가 거짓말인 것 같다.

살얼음을 밟는 듯 아슬아슬하게 균형을 잡으면서도 어떻게든 다시 시작하려는 다쓰야의 의지가 거기에 확실히 있었다.

아내가 일어나서 나쓰나와 즐겁다는 듯 이야기하기 시작했다. 원래 사람을 잘 따르는 성격일 것이다. 나쓰나는 아내를 완전히 스스럼없이 대하고 있다.

"기사라기와 연락은 해?"

"전혀 소식 없어."

이렇게 대답하는 목소리에는 침울한 기색이 없었다.

"전화는 안 받고 문자에도 답장이 없어. 오늘도 분명 어딘가에서 누군가를 돕고 있겠지."

비꼬는 것이 아니었다. 거기에는 감탄과 선망과 씁쓸함이 골고루 섞인 다쓰야다운 자상함이 있었다.

"뭐, 지금은 기다릴 수밖에."

"뭔가 득도라도 한 듯한 말투네."

"너에게 이야기하면서 머릿속이 조금은 정리된 것 같은 기분이 들었어."

갑자기 명랑한 웃음소리가 들려온다. 나쓰나였다. 아내와 함께 격자문 밖을 내다보면서 무언가 즐거워 보인다.

"내가 도쿄를 떠날 거라고 말했던 날 밤, 치나쓰는 울었어. 소리 없이 그저 조용히 울기만 했지. 아무 말도 하지 않았지만 아마 가슴속에는 많은 말들이 있었을 거야. 지금은 혼란스러울 수 있겠지만 언젠가 그 말들을 해줄 거라고 믿어."

탁자 위에 놓인 주전자를 응시하면서 따뜻한 목소리로 덧붙였다.

"일단 지금은 기다려야지. 누가 뭐래도 치나쓰는 나의 아내니까."

"이제 와서 너의 승리 선언을 들을 거라고는 생각도 못 했군."

씁쓸히 웃으며 말하자 다쓰야가 나지막하게 웃었다.

"다쓰야, 깜빡하고 말 안 한 게 있어."

나의 말에 궁금하다는 듯 고개를 든다.

"신슈에 잘 돌아왔어."

그 목소리에 다쓰야는 살짝 놀란 듯한 표정을 짓더니 이내 미소를 띠며 작게 끄덕였다. 그저 그뿐이었다.

또르르, 차를 잔에 따르는 소리에 귀를 기울이며 격자문 창살 너머로 밖을 내다보니 복사나무가 바람에 산들산들 흔들리고 있다. 한 줄기 바람에 삼색의 색채가 흔들리고, 그때마다 팔랑이며 색이 변하는 모습이 어딘가 야시장의 만화경을 연상시킨다.

아내가 어느샌가 카메라를 꺼내 들고 가만히 파인더를 들여다본다. 찰칵, 기분 좋은 셔터 소리가 가슴속에 울려 퍼진다.

또 혈당치가 500을 넘었다고 한다.

당뇨병 교육을 위해 입원한 아이다 씨였다.

연락이 온 것은 '소바집 신도'에서 돌아오는 길이었다. 온타케소 앞에서 아내에게 작별을 고하고 그대로 병원으로 직행했다.

의국에서 흰 가운을 손에 들고 바로 병실까지 갔는데, 아이다 씨의 모습이 어디에서도 보이지 않는다. 복도로 나와 둘러보니 미즈나시 씨가 대기실 앞에서 손짓하는 모습이 보였다.

"구리하라 선생님, 아이다 씨라면 저기에 있어요."

그렇게 말하며 손가락으로 가리킨 곳은 저녁의 담화실이었다.

북알프스가 한눈에 보이는 통유리로 된 담화실에는 붉은 저녁 해가 비쳐 들어오고, 입원 환자들이 저마다의 시간을 보내고 있다. 텔레비전을 보느라 정신이 없는 청년, 산을 바라보고 있는 어르신, 책을 읽고 있는 부인. 그 한쪽에 있는 아이다 씨를 발견하고 나는 눈을 크게 떴다.

티셔츠 차림의 땅딸막한 아이다 씨가 하얀 파자마를 입

은 젊은 여성과 마주 앉아 저녁 식사를 하고 있었던 것이다. 저녁 식사라고 해도 아이다 씨 식사는 당뇨병 제한식이기 때문에 양이 매우 적어서 이미 깨끗이 먹어치운 상태이다. 반면 맞은편 여성은 일반식인데, 거의 손을 대지 않았다. 원래 잘 먹지 못하는 상태인지 링거도 꽂고 있다.

의문스럽게 쳐다보는 나에게 미즈나시 씨가 속삭이듯 말했다.

"재생불량성 빈혈 환자인 시가 씨예요. 언제부터인지 아이다 씨와 친해져서……."

그 말을 듣고 보니 짚이는 구석이 있다. 최근 한 달 동안 다쓰야가 매달려 있는 여성 환자 이름은 확실히 시가 아이코였다.

면역억제제를 투여하기 시작하면서 호전되었지만 아직 불안정한 상태라고 들었다. 실제로 고도의 빈혈 때문인지 피부는 핏줄이 비칠 정도로 하얗고 안색도 좋지 않다. 하지만 아이다 씨와 이야기를 나누는 모습은 어딘가 즐거워 보였다.

"어떤 계기로 친해진 거야?"

"아이다 씨가 외로움을 잘 타는 편이라 항상 식사는 담화실에서 했어요. 그러다 시가 씨를 만났는데 둘이 꽤 잘 맞았나 봐요……."

"시가 씨 상태는 안정됐나?"

"미카게 씨 말로는 많이 좋아졌대요. 식욕이 없다는 게 가장 큰 문제였는데 아이다 씨와 같이 식사하면서부터는 조금씩 식사량이 늘었다고 했어요."

늘었다고는 해도 겉으로만 보면 반도 못 먹고 있는 것 같다. 시가 씨의 쟁반 위에는 거의 손도 대지 않은 접시들이 줄줄이 놓여 있다. 상황을 지켜보기로 하자마자 시가 씨는 가만히 젓가락을 쟁반 위에 내려놓았다.

"시가 씨, 더 먹어야 해요. 신도 선생님도 항상 그렇게 말씀하시잖아요."

"하지만……."

고개를 갸웃하는 시가 씨를 보더니 갑자기 아이다 씨는 손도 대지 않은 반찬 접시를 하나 손에 들고는 접시째로 입안에 털어 넣었다.

"봐요, 금방 먹죠?"

진지한 얼굴로 일련의 동작을 해치우는 모습에 눈을 동그랗게 뜬 시가 씨가 이내 재미있다는 듯 웃는다. 그러고는 내려놓았던 젓가락을 들고 한입 먹었다.

"먹을 수 있겠어요?"

"네."

하지만 몇 입 먹고는 이내 젓가락질이 멈춘다. 그러자 아이다 씨는 이번에는 과일 접시를 먹어치웠다.

"이렇게까지 먹으라고는 하지 않겠지만, 좀 더 먹어야 돼요. 안 그러면 병한테 져버린다고요."

아이다 씨는 진지한 얼굴이다. 그걸 보고 시가 씨가 다시 은쟁반에 옥구슬이 굴러가듯 밝게 웃었다.

"왠지 아이다 씨를 보고 있으면 밥이 정말 맛있어 보여요. 그럼 조금 더 먹을게요."

그렇게 말하고 또 몇 숟갈을 입에 떠 넣었다.

그런 시가 씨의 모습을 아이다 씨는 행복하다는 듯 바라보고 있었다.

"혈당이 올라가는 게 당연해요."

화장실에서 나온 아이다 씨는 내 목소리에 과할 정도로 화들짝 놀라더니 어깨를 떨면서 돌아보았다. 동시에 끄윽, 작게 트림을 하고 황급히 입을 막는다.

"매번 저렇게 일반식을 드시면 혈당이 500을 넘는 게 당연합니다."

내 목소리에 아이다 씨는 겸연쩍은 표정으로 고개를 숙

였다. 그리고 나를 흘끗 보았다.

"선생님, 강제 퇴원인가요?"

미안하다는 듯한 표정으로 내 안색을 살핀다. 내가 깊게 한숨을 내쉬자 "선생님" 하고 조심스럽게 입을 열었다.

"조금만 더 눈감아주시면 안 될까요?"

눈살을 찌푸리는 나를 아랑곳하지 않고 아이다 씨는 말을 이어간다.

"시가 씨, 이제 막 회복되기 시작했어요. 강한 약에도 익숙해졌고, 지금부터가 중요해요."

감정을 억누른 목소리가 의외로 절실하다.

복도를 걷고 있던 다른 환자가 이상하다는 듯 이쪽을 돌아보았다.

"아이다 씨, 누구의 치료를 위해서 입원하신 건지 알고 계십니까?"

"알고 있습니다, 알고 있어요. 하지만……."

한 번 입을 꾹 다물더니 결심한 듯이 말했다.

"시가 씨는 죽은 제 아내와 닮았어요. 왠지 그냥 둘 수가 없어요."

생각지도 못한 답변이 돌아왔다.

애초에 아이다 씨가 결혼했다는 사실을 모르고 있었다.

입원한 후에도 자잘한 일들은 대부분 혼자 했고, 병문안도 모친으로 보이는 나이 든 여성이 가끔 얼굴을 내미는 정도 였으니 쭉 독신이라고 생각하고 있었다.

"나잇값도 못하는 흑심이라든지, 짝사랑이라든지, 그런 게 아니에요. 그저 시가 씨를 보고 있으면 왠지 기운을 북 돋아주고 싶어져요. 그뿐이에요."

"부인은 젊을 때 돌아가셨나요?"

"20대였을 때에요. 에리테마토데스인지 뭔지 하는 난치 병이었는데, 눈 깜짝할 사이에 신부전이 되더니 먼저 가버 렸어요. 벌써 15년도 더 된 이야기예요."

나는 바로 대답할 수가 없었다.

아이다 씨의 목소리가 담담해서, 더 가슴속이 저려왔다.

전신성 에리테마토데스는 젊은 여성에게서 흔히 볼 수 있는 교원병(혈관의 결합 조직에 팽화나 괴사 등의 변화가 발견되는 질환의 총칭 – 옮긴이) 중 하나이다. 신경이나 신장에 퍼지면 치명적인 장애를 일으키는데, 15년 전이라면 치료법도 발견되지 않았을 때이다.

"제 집사람도 하얗고 예뻤어요. 시가 씨와 똑 닮은 것은 아니지만 어딘지 모르게 닮았어요. 그래서 열심히 치료받고 있는 걸 보면 어떻게든 힘을 보태고 싶어져서……. 그저 그뿐이에요. 시가 씨가 밥을 먹을 수 있게 된다면 혈당이 조금 올라가도 괜찮아요."

"혈당을 올리는 것은 아이다 씨 자유지만 내리는 것은 제 일입니다."

단호하게 말하자 아이다 씨는 갑자기 풀이 죽은 듯 어깨를 늘어뜨렸다. 동그란 어깨가 한없이 외로워 보인다. 이런 모습은 도저히 미워할 수가 없다.

편두통이 느껴지기에 이마를 누르면서 탄식했다. 나도 참 이렇게 물러서야…….

"내일부터 더 엄격한 식사로 변경하겠습니다."

아이다 씨가 고개를 든다.

"하루 다섯 번, 병원 1층에서 5층까지 계단 오르내리기를 해주세요. 수분은 많이 섭취해도 괜찮지만 물과 차만 드세요. 낮에도 침대에만 있지 말고 계속 움직이셔야 합니다."

"선생님……."

"굉장히 이례적인 조건이 될 겁니다. 그러니까……." 속으로 혀를 차며 말했다. "어떻게 해서든 시가 씨가 기운을 차릴 수 있도록 노력해주세요."

"선생님!"

아이다 씨의 두터운 손이 내 손을 덥석 잡았다. 깜짝 놀라 쳐다보니 다 큰 어른의 눈에 눈물이 그렁그렁하다.

"감사합니다!"

복도 끝까지 울려 퍼질 정도로 커다란 목소리였다.

주머니에서 꺼낸 두통약을 입에 넣고 "아이고 맙소사" 하며 한숨을 내뱉었다.

전자 카르테로 아이다 씨의 식사 지시 내용을 입력하면서도 가슴속에는 자기혐오의 폭풍우가 휘몰아친다. 의사라는 사람이 이런 식이라니, 한심하기 짝이 없다. 왕너구리 선생님이라면 불문곡직하고 3층 창문으로 곧장 퇴원시켰을 것이다.

시가 씨가 하루빨리 식사할 수 있게 되기를 바라면서 아무 생각 없이 그녀의 카르테를 열어보았다. 4월 초부터의 입원 기록이 다쓰야의 성실함을 증명하듯 상세히 기재되어 있었다.

올해 3월에 막 발병한 재생불량성 빈혈로, 나이는 겨우 스물다섯이다.

4월 말경에는 상당히 위험한 상태에 빠졌던 것 같은데 면역억제제 투여를 시작하면서부터 서서히 호전되고 있다. 최근 1개월간 주사약 양이 세심하게 조절되어 있는 것을 보니 역시 다쓰야답다는 생각이 든다. 나는 아직 잘 모르겠다.

5월 들어서는 약의 부작용 때문인지 식욕 부진이 강해서 거의 먹지 못하는 상태가 이어져왔지만 약 2주 전부터는 서서히 섭식량도 회복되고 있다. 그 타이밍이 아이다 씨의 혈당 컨트롤이 악화된 시기와 일치한다는 것을 확인하고 무의식중에 쓴웃음이 지어졌다.

"신도 선생 환자네요?"

어깨 너머로 갑자기 늙은 여우 선생님이 전자 카르테를 들여다보았다. 늘 그렇지만 등장이 매번 갑작스럽다.

"또 연락이 안 되는 건가요?"

"아뇨, 그런 건 아닙니다. 다쓰야 업무를 체크하고 있었을 뿐이에요."

되도 않는 나의 말에도 선생님은 부드러운 미소를 지으면서 천천히 옆에 앉았다.

"신도 선생의 카르테는 여간 뛰어난 것이 아니죠. 증상이나 치료 방침에 대해서는 물론이고 예상되는 위험성에 대해서도 상세하게 지시되어 있어요. 담당 환자 모두에게 그렇게 하고 있으니, 대단하다고 생각해요."

엔터키를 탁탁 두드리면서 아무렇지 않게 말했다.

나는 그 옆모습을 보면서 잠시 침묵했다. 그러고는 가슴 속에 응어리져 있던 것을 뱉어냈다.

"선생님은 다쓰야가 빨리 퇴근하는 이유가 딸 때문이라는 것을 알고 계셨습니까?"

"왜 그렇게 생각하죠?"

"그 녀석의 평판이 좋지 않았던 초반부터 왠지 그 심정을 헤아리시는 것처럼 보였습니다."

"특별히 깊게 생각했던 건 아니에요. 그저 다쓰야 선생이 소중한 무언가를 위해 그런 방식으로 일하는 것 같다고 느꼈을 뿐이랍니다."

늙은 여우 선생님의 눈은 언제나 나와는 조금 다른 곳에 자리하고 있다. 그리고 그곳은 언제나 나의 시점보다 월등히 높다.

카르테를 입력하면서 선생님은 불현듯 말을 이었다.

"우리 의사들에게 환자냐 가족이냐 하는 문제는 언제나 가장 어려운 문제죠."

돌아보는 나에게 늙은 여우 선생님은 희미하게, 그러나 쏩쓸하게 웃어 보였다.

"둘 다 선택할 수 있다면 더할 나위 없겠지만, 현실은 그리 녹록하지 않으니까요."

"그래서 의료 개혁을 소리 높여 외치고들 있지만 현실을 보면 무엇 하나 달라진 게 없어요. 안타까운 일이죠."

"논의가 늘 기술이나 돈 문제에 그치기 때문입니다. 애초에 의사를 한 명의 인간으로 인식하지 않아요. '의사에게도 가족이 있다', 이런 당연한 사실이 도외시되고 있으니 인간다운 생활이라는 걸 쉽게 할 수 있을 것 같진 않습니다."

변변치도 않은 것을 아무렇지도 않게 이야기한다.

"어찌 됐든 희망이 없는 이야기입니다만……."

"희망이라면 있어요."

의외로 밝은 목소리가 돌아왔다.

선생님은 어느샌가 카르테를 입력하던 손을 멈추고 가만히 나를 바라보고 있다.

"아무리 가혹한 환경일지라도 내가 있고, 구리하라 군이 있어요. 그리고 소중한 존재를 끌어안고도 의사 일을 계속하고 있는 신도 선생이 있어요."

이보다 더 든든한 희망은 없지요, 라고 의외로 꿋꿋하게 말했다.

이런 가혹한 환경 속에서도 다쓰야까지 전면적으로 긍정하는 늙은 여우 선생님의 관용에는 더 이상 할 말이 없다. 그저 감탄할 따름이다.

"선생님께는 정말 당해낼 수가 없습니다. 저는 6년차에 이미 자포자기한 심정인데, 선생님은 30년을 일하셨는데 도 여전히 의욕이 높으시네요."

"과대평가예요."

늙은 여우 선생님은 다시 카르테를 입력하기 시작하면 서 말했다.

"구리하라 군, 나는 말이죠, 겁쟁이일 뿐이에요."

"겁쟁이요?"

탁탁탁, 경쾌한 키보드 소리와 함께 선생님의 목소리가 이어진다.

"내 마음속에 가득 차 있는 건 열의나 사명감 같은 아름 다운 것이 아니에요. 그저 겁이 많을 뿐이랍니다."

어려운 이야기이다.

"내가 병원에서 살다시피 하면서 일하는 이유는 내 판 단이 틀리지는 않았는지, 환자들의 변화를 놓치고 있지는 않은지, 항생제는 이게 맞는지, 그렇게 항상 벌벌 떨고 있 기 때문이에요. 가슴을 펴고 떳떳하게 할 수 있는 이야기 는 아니죠."

"백번 양보해서 그 말씀이 맞는다 해도, 덕분에 많은 환자들이 도움을 받고 있는 건 사실입니다."

늙은 여우 선생님은 희미한 미소를 지은 채 고개를 가로 저었다.

"아니에요, 구리하라 군. 항상 병원에 있다는 것은 가족 옆에는 항상 없다는 이야기니까요."

아무렇지 않은 듯 무심한 말 속에 묵직한 무언가가 있다. 그것이 무엇인지 알아내기도 전에 선생님은 언제나와 같은 거동으로 유유히 일어났다.

"자, 그러면 가끔씩은 가족 곁으로 돌아갈까요?"

온화하게 말하고 걸어 나간다.

나의 시야 한쪽에서 그 선생님의 몸이 갑자기 오른쪽으로 쏠리는 것처럼 보였다.

응? 얼굴을 들어보니 마치 슬로 모션을 보고 있는 것처럼 천천히, 여윈 몸이 기울어지고 있다.

"선생님……?"

불러봐도 그 움직임은 멈추지 않는다.

"선생님!"

내가 소리치며 일어난 동시에 늙은 여우 선생님이 소리 없이 바닥에 쓰러졌다.

늙은 여우 선생님이 쓰러지셨다.

청천벽력이었다.

밤에 병동에서 내과 부부장님이 갑자기 졸도했으니 그야말로 엄청난 일이다.

황급히 일으켜 세워보니 늙은 여우 선생님의 몸은 펄펄 끓고 있었고 의식이 몽롱한 상태였다. 언제부터 이렇게 열이 심했던 것인지, 방금 전까지 이야기를 나누던 나는 전혀 눈치채지 못했다.

어찌어찌 링거를 놓고, 비어 있는 병실로 선생님을 옮긴 후 간신히 안정을 되찾은 것이 밤 11시 무렵이었다. 연락을 받은 왕너구리 선생님이 달려온 것은 그로부터 30분 후였다.

병동 제일 안쪽에 위치한 1인실 333호에 '나이토 가모이치'라는 이름표가 걸려 있다. 물론 늙은 여우 선생님의 이름이다.

왕너구리 선생님이 병실에 들어온 지 10분 정도가 지났다. 나를 신경 쓰실까 봐 병실에는 들어가지 않고 복도에 있었는데, 이는 이대로 불안하기만 하다.

이름표와 출입문과 창밖을 차례로 세 번씩 쳐다보았을

때 이윽고 왕너구리 선생님이 나왔다.

"여어, 구리 짱, 기다리게 했구먼."

초연하게 웃는 왕너구리 선생님을 보고 나는 그제야 긴장을 풀었다.

"괜찮으신가요?"

"과로야. 체력이 떨어져 있는데 감기가 겹친 거지. 지금은 안정됐지만 하루 이틀은 입원해서 상태를 보기로 했어. 의외로 고집이 세서 애먹었네."

천천히 복도를 걸어가기 시작했다.

"생각해보면 나이토도 벌써 쉰이 넘었으니까. 옛날처럼은 일할 수가 없지."

"그런 의미에서는 선생님도 부부장 선생님보다 한 살 많으시잖아요. 남의 일이 아니에요."

"나는 나이토와 달리 평소에 대충대충 하니까 괜찮아."

큰 목소리로 실없는 소리를 한다.

어찌 됐든 무사하다는 것을 알고 나니 마음이 놓인다. 이제야 제정신이 든다. 그런 내 마음속을 꿰뚫어보기라도 한 것처럼 왕너구리 선생님이 씩 웃는다.

"안심하기에는 일러. 며칠이라고는 해도 나이토 담당 환자 서른 명은 한동안 우리가 맡아야 돼. 이게 또 보통 일이 아닐 거야."

"문제없습니다. 내과의도 한 명 늘었으니까요."

"그렇군. 마음이 든든해지는구먼."

왕녀구리 선생님이 오랜만에 복도가 쩌렁쩌렁 울리도록 호쾌하게 웃었다. 어떤 상황에서든 속이 시원해지는 이 웃음소리를 들으면 고난도 역경도 저 멀리 날아가버리는 것 같다.

"구리 짱, 우선 나이토는 혈액 검사와 엑스레이 정도는 하는 게 좋겠어. 이참에 건강검진 좀 해줘야지."

"알겠습니다. 그렇다면 선생님도 검사하시겠어요?"

"내가? 당치도 않은 소리. 병이라도 발견되면 어떡하려고? 그럼 큰일이잖아."

의사라고는 생각되지 않는 폭언을 교묘하게 섞어가면서 말한다.

"일단 구리 짱도 병실에 한번 들러. 나이토가 신경 쓰고 있으니까."

왕녀구리 선생님은 배를 팡팡 두드리면서 유유히 사라졌다. 그 모습이 사라진 후에도 팡팡 하는 경쾌한 소리만큼은 귓속을 맴돌았다.

333호실 문을 열자 고개 숙여 인사하는 치요 부인의 모습이 처음 눈에 들어왔다. 도자이의 연락을 받고 달려온 것이다. 지난번과는 다른, 옥빛으로 물든 마쓰모토 명주가 잘 어울린다.

"조금 전에 해열제를 쓰고 난 후로 안정되었는지 잠들어버렸어요."

역시 조금 창백하긴 해도 전과 다름없는 미륵과 같은 미소가 돌아왔다. 끄덕인 후 침대로 눈을 돌리니 조용히 잠들어 있는 늙은 여우 선생님이 보였다.

"구리하라 선생님께는 큰 폐를 끼쳤어요. 죄송합니다."

"착각하신 거겠지요. 폐가 된 적은 없습니다."

"아니에요, 남편이 몹시 걱정했어요."

부인이 팔을 뻗어 선생님의 이불을 매만진다.

"잠시라고는 해도 현장에서 빠지면, 그렇지 않아도 바쁜 선생님에게 큰 부담이 될 거라고 말이죠."

"원래 불붙은 마차 같은 직장입니다. 거기에 횃불이 두세 개 정도 더해진다 해도 불바다는 그대로예요. 보이는 풍경에는 변화가 없죠."

내 말에 부인이 작게 웃는다.

가로등이 켜진 창밖의 제방 도로를 내려다보며 내가 계

속 말했다.

"마침 강가의 복사꽃이 한창입니다. 이왕 이렇게 됐으니 저 꽃이 질 때까지는 여기에 계셔주세요."

나의 말에 치요 부인도 괜한 인사치레는 하지 않았다.

"솔직히 말하면, 조금은 안심했어요."

배웅할 겸 복도까지 나온 부인은 창백한 볼에 옅은 미소를 띠며 조심스레 말했다.

"남편과는 이미 몇 년 동안이나 함께할 수 있는 시간이 거의 없었어요. 하지만 덕분에 한동안은 둘이 느긋하게 보낼 수 있게 됐지요."

갑자기 구름이 걷혔는지 어두컴컴한 복도에 부드러운 달빛이 비쳐 들어왔다. 달빛을 받은 치요 부인의 옆얼굴에 백자와도 같은 아름다움이 감돌았다.

"하지만 겨우 함께할 시간을 얻었는데 역시 병원 안이라니, 참 아이러니한 일이네요."

목소리의 어딘가에서 웬지 모를 적막함이 묻어났다.

온타케소에 불이 켜져 있다.

새벽 2시이다.

고요한 주택가의 집들이 모두 잠들어 있는 가운데 폐가

같은 온타케소에만 불이 켜져 있는 풍경은, 허접한 괴담 영화의 한 장면 같다. 게다가 출입구로 들어서자 시끌벅적한 목소리까지 들려왔다.

온타케소 1층에는 6평짜리 큰 다다미방이 있다. 여관으로 운영되던 시절에는 식당으로 사용되었던 곳이다. 지금은 주민들의 공동 공간으로 이용되고 있는데, 판자를 댄 바닥 위에 고타쓰가 하나 놓여 있는 것이 전부이다.

복도에서 장지문을 열어 그 방을 들여다보니 고타쓰를 에워싸고 둘러앉은 아내와 남작과 야쿠스기 군의 모습이 보였다.

"이치 씨, 지금 왔어요?"

가장 먼저 밝은 목소리를 건넨 사람은 말할 것도 없이 나의 아내이다. 그 한마디가 가슴속 깊이 스며들면서 자연스레 안도의 한숨이 새어나왔다.

고타쓰에 다가가자 탁자 위에는 오래된 장기판이 하나 놓여 있다. 놀랍게도 아내와 남작이 두고 있었던 것이다.

"뭐야, 남작. '테이블 게임의 왕'이 상당히 고전하고 있잖아?"

그런 내 말에 남작은 장기판을 노려보기만 할 뿐, 얼굴을 들어보려고도 하지 않는다.

"뭐, '킹'씩이나 되면 '프린세스'에게 양보를 해야지. 하지만 하루나 공주가 장기에 일가견이 있을 줄은 몰랐네."

"일가견이라고 할 정도는 아니에요. 옛날에 이치 씨에게 조금 배웠을 뿐이에요."

"하루나 공주, 말을 삼가줬으면 좋겠어. 옛날에 조금 배웠을 뿐인 공주에게 대패하게 되면 테이블 게임의 왕 체면이 말이 아니잖아."

겸연쩍은 표정으로, 도와주려야 도와줄 수 없는 대사를 내뱉는다. 남작은 얼굴을 잔뜩 찌푸리고 장기판을 노려볼 뿐이다.

옆에서는 야쿠스기 군이 아무렇게나 누워서 까칠하게 자란 수염을 뽑으며 잔을 기울이고 있다. 제법 벌게진 얼굴은 이미 상당한 양의 스카치위스키를 마셨기 때문일 것이다. 그 권태로움이 몸에 밴 만큼의 애수가 왠지 모르게 느껴진다.

갑자기 아내가 벌떡 일어나서 말했다.

"이치 씨, 커피 내올게요."

"어, 하루나 공주, 도망가는 거야? 그러면 전투 상황과는 상관없이 승리는 나의 것이 되겠군."

"그럼 승리는 남작님께 양보할게요. 이치 씨는 더 힘든 전쟁에서 돌아온 얼굴이니, 더 이상 장기를 두고 있을 때가 아니에요."

미소 지으며 이렇게 말하고는 분주히 뛰어갔다. 내가 잠시 망설이듯이 멀뚱히 서 있었더니 남작이 아내가 앉았던 자리를 가리켰다.

"어쩔 수 없구먼. 내 상대로는 마음에 차지 않지만 닥터가 바통을 이어받기를 요청하겠어. 앉으시게."

시키는 대로 순순히 앉자마자 "내색은 안 하지만 하루나 공주가 꽤나 걱정하고 있어, 닥터"라고 갑작스러운 말을 했다. 얼굴을 바라보니 남작은 여전히 장기판에 시선을 고정하고 있다. 특별히 작정하고 말한 것 같아 보이지도 않는다.

"최근 자네는 뭔가 혼자서 침울하게 생각에 잠겨 있을 때가 많아. 환자 일이야? 친구 일? 아니면 옛 여인? 뭐가 됐든 상관없지만 공주를 방치해두는 건 하루나 공주 친위대 대장으로서 봐줄 수가 없어."

"사정을 설명하기 전에 친위대에 대해서 자세한 보고를 듣고 싶군. 언제부터 결성된 거야?"

"꽤 예전부터야. 공주를 힘들게 하는 족속이라면, 그게 설령 닥터라고 해도 처단하는 게 친위대의 역할이야."

"그러면 표적이 되지 않도록 조심해야겠네."

내가 씁쓸하게 웃으며 대답하자 남작이 말을 움직이면서 조용히 말을 이어갔다.

"친위대가 입수한 극비 정보에 따르면, 하루나 공주는 자네를 위해서 사진가를 그만둘 생각도 하고 있다는군."

장기짝을 잡으려던 내 손이 멈추었다.

"닥터가 힘들어할 때 본인이 자주 곁에 없다는 사실에 끙끙 앓고 있었어. 이대로라면 닥터에게 힘이 되어주지 못하니, 그 좋아하는 사진을 관두고 집에 있는 게 좋지 않을까, 얼마 전에 그런 상담을 받았다고."

"하루가 그런 생각을⋯⋯."

"그런 생각을 하게 할 정도로 공주를 방치했다는 뜻이지. 덧붙이자면, 다른 여자가 생긴 것은 아닌가 걱정하기도 했어."

"정말이야?"

"당연히 거짓말이지."

"시간 다 됐어."

천연덕스레 제 할 말만 해버리고는, 남작이 자기 마음대로 내 은장을 후퇴시켰다.

어안이 벙벙해진 내 앞에서 이번에는 자신의 말을 다시

전진시킨다.

그러고는 그제야 고개를 들어 씩 웃었다.

"그렇게 당황스러워할 거면 처음부터 잘하시지, 닥터."

"……남작, 성격이 상당히 고약해졌네. 어디서부터 거짓말이야? 친위대 이야기부터인가?"

"그건 사실이었어. 사진가 어쩌고 했던 부분부터 전부 거짓말이야."

어깨에서 한 번에 힘이 빠져나가는 기분이 들었다.

남작은 재미있다는 듯 더 싱글벙글 웃고 있다. 그 웃음이 약간 진정된 후 다시 입을 열었다.

"닥터는 지금 두 다리가 있는데도 다리 하나로만 걷고 있어. 여러모로 걱정스러운 일들이야 있겠지만, 아내를 방치해두면 생각지도 못한 곳에서 넘어질 수 있어."

"웬일이야. 남작이 옳은 소리를 다 하다니. 게다가 본인의 경험에서 우러나오는 것 같은 묵직함이 있는데?"

내가 마치 비아냥거리듯이 슬쩍 떠보자 다시 남작이 씩 웃는다.

"의미심장하지?"

"경험담 이야기라면 얼마든지 들어주지."

"그런 여흥에 꽃을 피울 때가 아니야. 여기를 보시게, 왕이오!"

남작의 두터운 손가락이 말을 앞으로 더 전진시켰다.

언뜻 보아도 악수(惡手)이다. 겁낼 것도 없다.

눈앞의 마(馬)를 공격하면서 생각에 잠겼다.

생각해보면, 아내가 집으로 돌아온 황금연휴는 다쓰야 문제로 정신이 없던 때였다. 그 후에는 기사라기 일까지 더해져서 혼자만의 생각에 빠졌고, 오늘은 오늘대로 늙은 여우 선생님 상태를 걱정하느라 상념에 잠겨 있었다. 이러니 아내가 외로울 수밖에. 그런 외로움을 조금도 내색하지 않고 나를 맞이하는 아내에 비해 남작이 말할 때까지 알아채지 못한 속 좁은 내가 한심하기 짝이 없다.

나는 가슴속으로 너무나도 부끄러워하면서 '테이블 게임의 왕'에게 말했다.

"남작, 고마워."

"뭐라고?"

"혼잣말이야."

왕이오, 나는 차를 움직였다.

"고맙다고 하더니 가차 없는 한 수네, 닥터."

"뭐야, 들었잖아?"

"들었지만 한 번 더 듣고 싶었지."

"쓸데없는 소리 말고 어서 왕의 퇴로나 확보하시지."

영문 모를 문답을 주고받는 우리를 야쿠스기 군이 취기가 도는 벌건 눈으로 응시하고 있다.

"좋으시겠습다, 남작 선생님도 닥터 선생님도."

거뭇하게 수염이 나 있는 얼굴로 끅끅, 흐느껴 우는 모습은 이제 막 대학에 입학한 신입생으로는 보이지 않는다. 눈이 젖어 있는 게 왠지 낌새가 수상하다. 모르는 사이에 술을 계속 마신 듯하다.

"그에 비하면 저는 안될 놈임다……."

"전형적인 자기혐오를 하고 있는데, 무슨 일 있었나?"

슬쩍 남작을 쳐다보았지만 남작은 경박한 웃음을 지은 채 살짝 어깨를 으쓱할 뿐이다.

"저는 아무것도 아닌 놈임다. 삼수까지 해서 겨우 대학에 들어갔는데, 의욕도 꿈도 아무것도 없고, 그저 매일 술에 취해 지내고 있을 뿐임다."

"술에 취해 지내는 건 확실하지만, 취할지 말지는 너에게 달렸어. 잔을 내려놓고 학교에 가면 돼."

"그게 되면 고생 안 함다, 닥터 선생님. 애초에 왜 제가 야쿠스기 연구를 하게 됐는지 아심까?"

알 턱이 없지만 그렇게 말할 수는 없다. 침묵하며 다음 말을 기다린다.

"세미나 첫날 선생님이 물어보셨슴다. 농학부에 들어와서 제일 먼저 연구하고 싶은 게 뭐냐고 말임다."

"뭐라고 대답했어?"

"딱히 없슴다, 라고."

반쯤 감긴 눈으로 물끄러미 한곳을 바라보면서 똑똑히 말한다.

"그랬더니 선생님이, 맥 빠진 표정으로 너는 하고 싶은 게 없냐고 말씀하셨슴다. 그런 말을 들어도 사실 저는 잘 모르겠슴다. 그래서 솔직하게 대답한 것뿐인데 선생님은 인상을 찌푸리더니 퉁명스럽게, 그럼 야쿠스기라도 연구하라고……."

반사적으로 나와 남작은 서로를 마주 보았다. 지나치게 솔직한 야쿠스기 군도 야쿠스기 군이지만, 세미나 선생도 그다지 책임감 있어 보이지는 않는다.

탁자에 턱을 대고 투덜거리던 야쿠스기 군은 위태로운 손짓으로 또 스카치위스키를 들이켠다. 남작은 손수 술병을 들고 다음 잔을 따라준다.

"다른 녀석들은 뭔가 하고 싶은 것들에 대해 이야기하면서 즐거워 보이는데, 저는 완전 글렀슴다. 딱히 꿈도 아무엇도 없고, 그저 다른 사람들한테 폐 안 끼치면서 살 수 있다면 그걸로 족함다."

허…… 나는 얼빠진 소리와 함께 한숨을 쉬었다.

"좋잖아?"

무심하게, 그러나 깊이 있는 목소리로 대답한 것은 남작이었다. 야쿠스기 군이 술에 취한 눈으로 남작을 바라본다.

"자네 나이에 꿈 같은 거 아직 못 찾은 게 당연한 거야. '하고 싶은 일을 찾아서 거기에 집중하는 것이 인생이다'라고 하는 것 자체가 그저 환상일 뿐이니까. 세상은 그렇게 원하는 대로 굴러가지 않아."

지나치게 노골적이라 뭐라 할 말이 없다.

"애초에 그렇게 눈앞에 꿈과 희망이 굴러다니면, 인생이 너무 빡빡해서 살기 힘들어."

"그렇게 말씀하셔도 남작 선생님은 그림 그리고 계시잖습까. 그림, 좋아하는 거 아니십까?"

"지금은 좋아해. 하지만 원래는 그림만큼 싫어했던 것도 없었어."

묘하게 목소리 톤이 바뀐 것 같은 느낌에 그 옆얼굴로 시선을 돌렸지만, 얼굴만큼은 늘 보던 태평스러운 남작의 마스크이다. 속내는 전혀 보이지 않는다.

"눈앞에 있는 걸 계속 하다 보면 어느샌가 그게 꿈이 돼. 뭐, 인생이란 건 그런 거야."

남작은 뜻이 있는지 없는지 알 수 없는 의미심장한 말을 던졌다. 그리고 늘 쓰는 담뱃대를 꺼내 익숙한 동작으로 성냥을 그어 불을 붙였다.

"방금 하신 말씀, 저를 위로하시는 겁까, 아니면 포기하신 겁까?"

"그건 자네가 받아들이기 나름이지."

태연하게 연기를 내뿜는다. 말 그대로 연기와 함께 현혹시키는 것 같다. 매캐하다는 듯 얼굴을 찌푸리는 야쿠스기 군에게 부드럽게 말한다.

"하지만 하고 싶은 걸 아직 못 찾았으니까 아무것도 안 한다는 것은 그저 원숭이나 하는 짓이야. 우리는 인간으로 태어난 이상 원숭이처럼 살 수는 없지."

"그러면 어떻게 하면 좋습까?"

"좋은 질문이야."

빙긋 웃으며 "나도 지금 그걸 생각하고 있거든" 하고 말했다. 그리고 또 한 번 연기를 내뿜었다.

이번에야말로 몸에 완전히 힘이 빠져 풀썩, 탁자에 엎드린 야쿠스기 군은 그대로 드르렁하며 코를 골기 시작했다. 주량보다 조금 더 많이 마신 것 같다.

"남작, 젊은 사람을 너무 놀리면 못써."

"놀린다고 하다니 섭섭하군. 나는 항상 진지해."

"야쿠스기 씨도 진지해요."

돌아온 아내가 맑은 목소리로 말했다.

아내는 쟁반에 네 사람분의 커피를 담아 방으로 들어왔다. 옆에 무릎을 꿇고 앉아 탁자 위에 컵을 내려놓으면서 말했다.

"야쿠스기 씨도 미래에 대해서 진지하게 고민하고 있어요. 너무 이상한 소리 하시면 안 돼요, 남작님."

"공주가 말하니 고쳐야겠군. 하지만 녀석을 보고 있으면 옛날의 나를 보고 있는 것 같아서 안타까워. 가만히 있을 수가 없어."

남작이 처음으로 과거에 대해 언급하는 듯한 발언을 하자 나와 아내는 동시에 눈을 동그랗게 떴다. 눈을 끔뻑이는 우리 앞에서 남작은 태평하게 커피를 마시더니 별안간 크게 입 벌려 웃으며 말했다.

"이야, 역시 하루나 공주의 커피는 일품이야. 최상의 스카치위스키에 공주의 커피가 기가 막히게 잘 어울리네."

우리의 당혹스러움을 한 번에 날려버리는 초연한 태도이다. 남작은 그대로 컵을 들고 일어서더니, "슬슬 역사 속에 길이 남을 명화를 그리러 가볼까?"라고 들으란 듯이 중얼거리며 방을 나갔다. 그 자리에는 담배 연기와 야쿠스기 군의 숨소리만 남았다. 역시나 남작의 행동은 예측할 수가 없다.

이런이런, 한숨을 내뱉으니 어느샌가 아내가 방 한쪽에서 담요를 가져와 야쿠스기 군에게 덮어주고 있다. 기댈 곳 없는 남동생을 걱정하는 누나의 모습이다.

그 옆모습을 바라보고 있는데 문득 아까 남작이 한 말이 떠올랐다. "두 다리가 있는데도 다리 하나로만 걷고 있다"고 했다. 과연 귀중한 충고이다.

나는 한동안 눈앞의 컵을 지그시 바라보다가 이윽고 입을 열었다.

"하루……."

"이치 씨, 사과하면 안 돼요."

조용한, 그러나 강인함이 느껴지는 목소리가 선수를 치고 내 말을 가로막았다.

잠시 할 말을 잊은 사이에 아내가 자세를 바로잡고는 또렷하게 말을 계속했다.

"분명 당신은 생각할 게 많아서 힘들 때예요. 온타케소에 돌아왔을 때만큼은 생각을 멈춰야 해요. 그렇지 않으면 쉴 곳이 없어요." 손으로 컵을 가리키면서 말을 이었다. "무엇보다도, 모처럼 내온 커피가 식어버려요."

그러고는 싱긋 웃었다.

하필 이럴 때, 재치 있는 대사가 한마디도 떠오르지 않는다. 그저 아내의 말에 따라 한 모금 마셨다. 풍부한 향이 피어오르더니 가슴속의 걱정거리들이 아무렇지 않은 듯 떠내려간다. 나는 가슴속 깊은 곳에서 맴도는 오만 말들을 모두 내던지고 그저 한마디로 답했다.

"세상에서 제일 맛있는 커피야."

피식, 웃는 아내를 보며 나도 미소를 지었다.

한낮에 대로를 걷다가 갑자기 뒤에서 뒤통수를 맞는다.

그런 경험을 한 적이 있는가?

물론 진짜 뒤통수를 맞았느냐는 뜻은 아니다. 그 정도로 경악할 만한 경험을 한 적이 있는지를 묻는 것이다.

의사로 일하다 보면 1년에 한 번 정도는 그런 상황을 마주한다. 당직이라는 것을 처음 해본 날 눈앞에서 환자가 갑자기 대량의 피를 토했을 때나, 침대 옆에서 사망을 확인한 환자가 그 직후에 크게 심호흡을 했을 때 등등 웃을 수 없는 경악이 병원에는 넘쳐난다.

하지만 그날의 사건은 그다지 길지도 않은 의사 인생 중에서 손에 꼽을 만큼 끔찍했다.

"마쓰마에 씨, 정말 이 CT가 확실합니까?"

저녁 방사선과에서 CT 필름을 보면서 나는 겨우 목소리를 쥐어짜냈다.

"틀림없어, 구리하라 선생."

대답한 사람은 혼조병원 검사과 마쓰마에 도쿠로 기사장이다. 화상 검사에서부터 혈액 검사까지, 이 분주한 병원의 모든 검사를 도맡고 있는 검사과의 수장이다.

시간은 저녁 6시. 오후 내시경 검사가 들이닥치기 시작하는 시간이다. 이 바쁜 시간에 갑자기 마쓰마에 기사장의 호출을 받은 것이다.

"장난이나 치려고 이런 바쁜 시간에 선생을 호출하지는 않아."

나이가 지긋한 기사장의 당연한 항변에 나는 고개조차 끄덕이지 않았다.

"오늘 오후에 제일 먼저 촬영한 CT야."

기사장이 가리킨 필름은 흉복부 사진이다. 대동맥을 따

라 모든 림프절이 울퉁불퉁 부풀어서 폐, 위, 간을 압박하고 있는 사진이었다.

"말할 것도 없지만, 악성림프종이 의심되는 소견이야. 전신에 퍼져 있어."

기사장의 목소리에 온몸의 피가 다 빠져나가는 것 같은 기분이 들었다. 악성림프종은 림프절 안에 있는 림프구가 종양화하는 질환이다. 백혈병의 친척 같은 병이라고 생각하면 된다.

"평소라면 일부러 급하게 연락할 일은 아니지만, 상황이 상황인지라 전화를 해버렸어."

"……신경 써주셔서 감사합니다."

대답하는 나의 목소리가 희미하게 떨리고 있었다.

"어떻게 할 거야, 구리하라 선생?"

마쓰마에 기사장의 말에 나는 아무 말도 하지 못했다.

그저 감정을 억누른 채 검사 화면에 적힌 환자 이름을 응시했다.

'나이토 가모이치', 늙은 여우 선생님의 검사 결과였다.

온갖 서류들이 산더미처럼 높이 쌓인 부장실 한복판의 책상 앞에 왕너구리 선생님이 있다. 그 오른손에는 늙은 여우 선생님의 CT가 들려 있다.

바쁜 저녁 시간에 부장실을 찾은 나에게 왕녀구리 선생님은 아무런 말도 하지 않았다. 그저 조금 의아해하는 듯한 표정으로 내가 내민 필름을 받아 들었다.

부부장 선생님 검사 결과입니다, 라고 굳이 말하지도 않았다. 슬쩍 환자 이름을 본 왕녀구리 선생님은 눈을 가늘게 뜨더니 그대로 말없이 CT를 살펴보기 시작했다.

그로부터 5분 이상이 지났다.

그동안 왕녀구리 선생님은 눈썹 하나 까딱하지 않은 채 아무 말 없이, 필름을 한 장 한 장 조심스레 확인했다. 가끔 필름을 넘기는 건조한 소리만이 방 안을 채웠다.

도중에 딱 한 번, 미인으로 소문난 원장 비서가 들어와 "곧 회의 시간이라서 원장 선생님이 이야기를 하고 싶으시다고……"라고 말하는 도중에 부장 선생님은 끝까지 듣지도 않고 짧게 대답했다.

"미안하지만 못 가게 됐어."

비서는 놀라서 빨간 입술로 무언가 말하려 했지만 그보다 먼저 왕녀구리 선생님이 말했다.

"감기든 뭐든 적당히 둘러대줘. 나를 대신할 사람은 얼마든지 있잖아. 원장님께는 혼조병원의 미래가 달린 중대

사라고 말하면 될 거야."

말하는 내용에 어울리지 않을 정도로 부드러운 목소리였지만, 비서는 반론하지 않고 가볍게 인사한 후 부장실을 나갔다.

"구리 짱의 진단은?"

왕너구리 선생님이 조용히 얼굴을 들었다.

"……악성림프종, 4기B(멀리 떨어진 장기까지 침범한 상태, 한편 4기A는 가까운 장기까지 침범한 상태 – 옮긴이)입니다."

내 목소리가 도리에 어긋날 정도로 냉정하게 들렸다.

"아직 병형(病型)은 특정하지 못했지만, 경과 및 화상 소견으로 보았을 때는 매우 악성도가 높은 림프종일 것으로 예상됩니다."

"언제 알았어?"

"오늘 아침입니다. 입원 후 이틀 내내 미열이 있어서 만일을 위해 혈액 검사를 추가했는데, 그 결과가 오늘 아침에 나왔습니다."

"결과는?"

"IL-2가 12,900입니다."

왕너구리 선생님의 눈썹이 살짝 꿈틀거리는 것처럼 보였다.

IL-2, 즉 가용성(可溶性) IL-2 리셉터는 악성 림프종의 표지가 되는 검사치이다. 특이도는 높지 않지만 임상적으로는 자주 이용된다.

"그 외에는?"

"다른 데이터는 염증 반응을 포함하여 거의 다 정상 범위 내에 있습니다. 그 부분이 이상하다고 생각해서 급히 흉복부 CT를 촬영한 것입니다."

"잘 발견했네."

갑자기 선생님이 미소 지었다. 늘 보던 우스꽝스러운 웃음이 아니다. 처절하다고도 할 수 있는 미소였다.

"네가 이겼어."

"이기지도 지지도 않았습니다. 전신에 전이된 림프종입니다."

"하지만 네가 진단했어. 나라면 좀 더 늦었을지 몰라."

왕너구리 선생님이 천천히 일어섰다.

"따라와."

"어디 가십니까?"

"뻔하잖아."

눈썹 하나 까딱하지 않고 침착하게 대답했다.

"333호실이지."

왕너구리 선생님의 거동은 상당히 무지막지했다.

필름을 들고 부장실을 나와서 곧장 333호실로 직행한 후 늙은 여우 선생님이 일어나 있는 것을 보고 CT 필름을 이불 위에 아무렇게나 던진 것이다. 내가 말릴 틈새도 없었다.

아연실색하고 상황을 지켜보는 앞에서, 늙은 여우 선생님은 조용히 필름을 집어 들더니 천천히 한 장씩 보기 시작했다. 그동안 왕너구리 선생님은 언제나와 같은 뻔뻔한 미소를 지으면서 초연하게 팔짱을 끼고 침대 옆에 서 있었다.

다 보기까지는 3분도 채 걸리지 않았지만 그 시간이 이상하리만치 길게 느껴졌다. 필름을 다 본 후, 늙은 여우 선생님은 따뜻한 눈빛으로 왕너구리 선생님을 올려다보았다.

"심각하네요."

"심각해."

"어쩐지…… 이래서 최근 몸 상태가 안 좋았던 거군요. 이상한 기침과 등의 통증, 권태감에 미열도 있었죠. 단순 과로치고는 상당히 여러 증상이 나타나는 게 좀 이상하긴 했는데……."

늙은 여우 선생님의 담담한 목소리가 들려왔다. 그 가는 눈동자에는 특별히 달라진 모습이 보이지 않는다. 마치 내일의 날씨 이야기를 하는 것 같은 편안함이 엿보였다.

"증상은 언제부터 있었어?"

"한 3개월 전부터."

"바보같이……."

마지막 중얼거림이, 순간 울고 있는 것처럼 들렸다. 놀라서 왕너구리 선생님의 얼굴을 올려다보았지만 적어도 겉으로는 조금의 변화도 보이지 않았다.

"가뜩이나 의사가 부족한데 왜 그렇게 바보같이 있었던 거야?"

"미안해요, 선생님. 설마 이런 일로 탈락하게 될 줄은 몰랐습니다."

그렇게 대답하는 늙은 여우 선생님의 눈가에 지금까지 왜 눈치채지 못했는지 애석할 정도로 짙은 병의 그늘이 보였다.

"나이토, 우선 확정 진단을 위해서 몇 가지 검사가 필요해. 내일은 림프절 조직검사를 할 거고, 수일 내로 내시경에서 PET(양전자 단층 촬영)까지 전부 진행될 거야."

"바빠지겠군요. 하지만 지금 내 몸으로 검사를 견딜 수 있을까요?"

"걱정 마. 카메라는 전부 내가 잡을 거야."

"그러면 더 걱정이에요. 최근 부장 선생님도 바빠서 제대로 잠을 못 잤잖아요."

"밤새우고 내시경을 잡는 일은 늘 있어왔잖아. 숙면했다가는 손이 둔해져서 못써."

"그것도 그렇네요."

왕너구리 선생님의 호쾌한 웃음소리에 늙은 여우 선생님도 부드럽게 미소 지었다.

나는 그저 망연히 서 있을 뿐이었다.

"……어째서 그렇게 침착하실 수가 있어요?"

간호사 대기실에 돌아와서 나는 가슴속에 맺혀 있던 떨떠름한 감정을 뱉어냈다.

걱정은 아니었다. 초조, 불안, 놀라움 같은 감정들이 뒤섞여 복잡하면서도 묘하게 가라앉은 건조한 감정이었다.

야간 근무 간호사들은 모두 나가 있는지, 간호사 대기실에 사람은 없다. 그 한쪽 구석에서 왕너구리 선생님은 늙은 여우 선생님의 전자 카르테를 입력하고 있다. 여전히 키보드를 다루기가 쉽지 않은 듯 미덥지 않게 집게손가락으로만 독수리 타법을 구사하고 있다. 눈가에는 언제나와 같은 천연덕스러운 미소가 보일 뿐이다.

"그렇게 말하는 구리 짱도 침착하잖아."

"침착한 게 아닙니다. 이해하지 못하고 있을 뿐이에요."

"나도 비슷해."

초연한 태도로 눈썹 하나 까딱하지 않는다.

"그런데 말이야, 패닉이 돼서 야단을 떨고 있을 여유가 없어. 저 녀석과는 중요한 약속을 했거든."

혼잣말 같은 굵직한 목소리가 들려왔다.

순간 반사적으로 나의 뇌리를 스친 것은 늙은 여우 선생님이 술에 취해서 더욱더 창백해진 얼굴로 지은 미소였다.

'이 고장에 누구나 언제든지 진찰 받을 수 있는 병원을 만들자.'

술자리에서 그런 말을 들었던 것이 지금으로부터 불과 한 달 전이었다. 거의 무의식적으로 그 말을 읊조리자 왕너구리 선생님은 두꺼운 눈썹을 꿈틀거리더니 놀랍다는 듯한 표정을 지었다.

"왜 네가 알고 있어?"

"예전에 부부장 선생님을 우연히 밖에서 만났는데 그때 말씀하셨어요. 스스로를 지탱할 수 있게 해준 소중한 약속이라고."

왕너구리 선생님이 한 번 더 미소 지었다. 그 미소는 평소의 천연덕스러운 미소가 아닌, 의외로 부드러움이 묻어나는 씁쓸한 웃음이었다.

"나이토 이 자식, 아직 기억하고 있었구나."

키보드를 두드리던 손을 멈추고 왕너구리 선생님은 눈을 가늘게 뜨더니 잠시 생각에 잠기듯이 눈을 감았다. 그리고 다시 전자 카르테를 입력하기 시작한 후 조용히 말을 이었다.

"있잖아, 구리하라. 나이토와 치요 사이에 왜 아이가 없는지 알고 있나?"

뜻밖의 질문이다. 물론 내가 알 리 없다. 그저 침묵을 지키는 나에게 왕너구리 선생님은 담담하게 말했다.

"그 둘은 학생일 때 결혼했어. 결혼하고 바로 아이가 생겼지."

탁, 탁, 키보드를 두드리는 기계적인 소리만이 울려 퍼진다.

"산달을 앞두고 있어서 곧 아이가 태어나려고 하던 때였어. 치요가 갑자기 대량의 부정 출혈을 일으켜서 구급차로 실려 갔지. 그 병원에서 받은 진단은 태반 조기 박리에 의한 출혈이었어."

피가 빠져나가는 듯한 기분이 들었다.

대량 출혈로 사망에 이를 수도 있는 중증 질환이다. 부인과 의사가 긴급 제왕절개를 하지 않으면 태아는 물론이고 산모까지 위험해질 수 있다.

"하지만 그 병원에는 부인과 의사가 없었어. 부인과 의사가 있는 가장 가까운 병원은 편도 30분 이상이 걸리는 곳에 있었지. 그 30분 동안 출혈은 멈추지 않았고, 도착했을 때 태아는 이미 사망한 상태였어."

카르테를 입력하던 왕너구리 선생님은 어느샌가 손을 꽉 쥐고 있었다.

"게다가 산모를 구하기 위해서 실시된 제왕절개 도중에 쇼크 상태가 왔어. 어쩔 수 없이 자궁을 전부 적출해야 했지. 덕분에 치요는 목숨을 건졌지만 다시는 아이를 가질 수 없는 몸이 되어버린 거야."

가혹한 이야기지, 라고 중얼거리는 목소리가 들렸다.

나는 아무 말도 할 수 없었다. 그리고 바로 이해했다.

이 두 명의 위대한 선생님들은 진심으로 이 고장의 의료를 바꾸기 위해 온 힘을 쏟아온 것이다. 태평스러운 외모 뒤에 감춰왔던 것은, 다른 사람들이 생각하는 것보다 훨씬 더 강인한 상념이었다.

"우리는 말이야, 그런 비극이 더 이상 없었으면 좋겠어."

왕너구리 선생님은 복도에 늘어선 병실 쪽으로 시선을 돌리며 말했다.

"우리 눈앞에는 여전히 병마와 싸우고 있는 환자들이 많아. 우리 사정 따위, 환자들과는 상관없는 일이야. 구급차도 매일 들어오지. 즉……." 눈을 살짝 가늘게 떴다. "멈춰 서 있을 여유는 없어."

압도적인 풍채를 겸비한, 고고한 내과 의사의 옆모습이었다.

"……리하라……. 어이, 구리하라……."

갑자기 그런 목소리가 들려서 고개를 들자 다쓰야가 서 있었다.

"괜찮아? 넋이 나가 있는 것 같은데……."

그 말을 듣고 천천히 시선을 돌리자 벽시계 바늘이 밤 11시를 가리키고 있었다.

왕너구리 선생님을 배웅하고 간호사 대기실에 주저앉았는데 제법 시간이 흘렀나 보다. 시간이 지나면 진정될 것이라고 생각했던 가슴속은 여전히 혼란스러울 뿐, 생각이 조금도 정리되지 않는다.

대기실 한쪽에는 내일 아침을 위해 준비된 링거 더미가 쟁반에 쌓인 채로 둔탁하게 빛나고 있다. 그 앞을 야간 근무 간호사들이 분주히 지나다닌다. 무미건조한 전자 카르테의 빛, 공연히 휘황하게 빛나는 형광등. 그러한 것들이 모두 묘하게 경박한 착시 그림처럼 보였다.

"나이토 선생님 이야기 들었어. 큰일이야……."

"……근면과는 거리가 먼 혈액내과의가 요즘에는 웬일로 병동에 있네."

"재생불량성 빈혈 환자가 진정되나 싶었는데 백혈병 환자가 입원했어. 별로 상태가 좋지 않아."

이렇게 말하면서 가지고 있던 두 개의 캔 커피 중 하나를 내 앞에 놓았다.

"그런데 환자보다 네 상태가 더 나빠 보여. 오늘은 이제 그만 쉬어."

"착각하지 마. 상태가 나쁜 건 내가 아니라 부부장 선생님이야."

다쓰야는 살짝 눈썹을 움직였다.

"역시 피곤한 상태군. 그거 마시고 오늘은 들어가."

"병동 환자 서른 명을 방치하고?"

"가끔은 내가 보면 돼. 그 정도의 여력은 있어."

"집에 곧 세 살이 되는 딸이 기다리고 있어. 병원에 있을 여력이 있을 리가."

다른 사람 일보다 본인 일을 걱정하시지, 라고 말하려던 참에 다쓰야가 먼저 입을 열었다.

"아까 부장 선생님이 나이토 선생님 정밀 검사를 부탁하셨어. 악성림프종이라면 내 전문이야. 상세한 오더는 다 내가 해둘 거야. 걱정 마." 명료하게 말하고는 조용히 덧붙였다. "지금 너를 보면 그때의 치나쓰가 생각나. 이럴 때 무리한들 좋아지는 건 없어, 구리하라."

말보다도 정서에 많은 의미를 담고 있었다.

나는 아주 잠깐 생각한 후에 "알겠어"라고 대답했다.

다쓰야를 보내고 난 후 교대하듯이 도자이가 모습을 드러냈다.

"선생님, 도메카와 씨 상태가 좋지 않아요. 좀 봐주었으면 좋겠는데⋯⋯."

"⋯⋯도메카와 씨?"

"아흔둘의 할머니. 마고 씨의 부인인 도요 씨 말이에요."

정신 차려요, 라는 말을 듣고서야 생각이 났다.

온도판(체온, 맥박, 호흡 등을 수치로 기입한 것 – 옮긴이)을 받아 들었는데 환자 명단 제일 아래쪽에 '나이토 가모이치'라는 이름이 보였다. 순간 가슴속에 복잡한 감정이 가득 차올라 나는 잠깐 멍해졌다.

"선생님, 괜찮아요? 상당히……."

도자이의 말이 끊긴 것은 대기실을 떠났던 다쓰야가 어느샌가 옆에 서 있었기 때문이다.

"구리하라, 오늘은 그만 퇴근해."

침착한, 그러나 단호한 음성이었다. 조금 전과는 명백히 다른 엄격한 말투였다.

"뒷일은 맡겨. 지금 바로 가."

"……문제없어. 항상 이렇게 바빴어."

"바쁘고 말고의 문제가 아니야."

"부조리한 운명의 신에게 분노를 느껴서 혼란스러웠을 뿐이야. 괜한 걱정 하지 마."

나로서도 이해할 수 없는 고집이었다. 다쓰야의 말이 끝나기 무섭게 쏘아붙인 말들이, 나의 의지를 무시하고 튀어나간 것 같은 느낌이었다.

다쓰야가 갑자기 입을 다물었다.

얼마간의 침묵 후 다쓰야가 입을 열었다.

"구리하라."

조용한 목소리에 내가 얼굴을 들자 다쓰야가 쓱 오른팔을 뻗는 것이 보였다.

엇, 도자이의 짧은 비명과 동시에 다쓰야가 오른손에 들고 있던 캔 커피를 내 머리에 부었다. 이내 뚝뚝, 품위 없는 소리와 함께 진한 검은 액체가 떨어지기 시작했다.

얼굴에서 목덜미까지, 따뜻한 액체가 단숨에 쏟아져 내리고 순식간에 흰 가운에 검은 얼룩이 번져나갔다.

병동의 시간이 멈추었다. 모든 간호사가 정지했다. 온도판을 적고 있던 사람, 복도를 지나려던 사람, 링거 병을 정리하던 사람. 그녀들 모두가 어안이 벙벙해져 있는 앞에서, 캔 커피를 거꾸로 들고 서 있는 남자와 머리에서부터 검은 액체를 뒤집어쓴 채로 앉아 있는 남자가 서로 말없이 쳐다보고 있었다.

"자, 잠깐만, 신도 선생님……."

다쓰야는 간신히 입을 뗀 도자이를 쳐다보지도 않고 한 팔로 막았다.

"여벌 가운은 지난번에 내가 써서 병동에는 없어. 그 꼴로 진찰할 수는 없을 테니 퇴근할 수밖에 없겠지?"

풍성한 목소리였다. 그 목소리 어딘가에 그리웠던 울림마저 머금고 있었다.

"아니면 카페인의 효능에 대해서 설명해줄까?"

나는 묘하게 차분해진 마음으로 친구를 올려다보았다. 말투는 온화하지만 눈은 진지하다.

이윽고 기분 좋은 커피 향이 흘렀고, 거미줄을 뒤집어쓴 것처럼 모락모락 김이 나는 머리로 자리에서 서서히 일어났다.

"너무하네……."

내가 중얼거리자 다쓰야는 살짝 눈썹을 움직였다.

"이외에는 딱히 떠오르는 게 없어서 말이야. 미안해."

"네 소행을 두고 하는 이야기는 아니야. 나의 한심함을 평했을 뿐이야."

갑자기 쏩쏠한 웃음이 새어나왔다.

동시에 다쓰야도 쓴웃음을 지었다.

가슴속에 얼어붙어 있던 응어리가 천천히 녹아내리는 듯한 기분이 든다. 정말이지 사람의 마음이란, 언제나 난해하면서도 단순하게 움직인다.

"이런 돌발 행동은 '괴짜 구리하라'의 전매특허인 줄 알았는데……."

"어쩔 수 없는 일이지. 먹을 가까이 하는 사람은 검어질 수밖에."

"거참, 말은 잘하네."

나와 그의 쓴웃음이 어우러져서 은근한 웃음소리가 되어 울려 퍼졌다.

나는 카르테를 닫고 천천히 일어났다.

"평소에 일 안 하는 사람이 맡겨달라고 하니, 오늘 밤은 호의를 받아들이지."

"그렇게 해줘. 이런 서비스는 좀처럼 없을 테니까."

간호사 대기실을 뒤로하고 천천히 복도로 걸어 나가기 시작했다.

"선생님, 수고했어요."

도자이의 목소리가 어렴풋이 들려왔다.

온타케소의 문을 열다가 내가 걸음을 멈춘 것은, 안뜰 쪽에서 인기척을 느꼈기 때문이다.

오래된 매화나무 밑을 지나 잡초를 헤치고 뜰로 돌아서 가보니, 하얀 블라우스에 감색 스커트를 입은 수수한 복장의 아내가 보였다.

잡초투성이인 뜰의 저쪽 끝에서 큰 삼각대를 세우고 별자리를 찍고 있었다. 파인더를 들여다보고 있던 아내가 내 발소리를 듣고 고개를 들었다.

"이치 씨, 왔어요?" 아내는 곧 신기한 듯한 표정으로 말했다. "왠지 좋은 커피 향이 나네요……?"

"요즘 혼조병원에서는 방심하면 머리 위에서 커피가 쏟아져. 다치진 않았으니까 걱정 마."

일부러 아무 일도 아닌 것처럼 말했다.

그리고 "그런 것보다는"이라고 말을 꺼내며 나는 조금 당황한 듯 주위를 둘러보았다. 카메라 옆에 새하얀 천체망원경이 있었던 것이다.

"천체관측이라니, 뜻밖이네. 어쩐 일이야?"

"여름에 별을 찍는 일이 들어왔어요. 요즘 벚꽃만 잔뜩 찍었으니 재활 훈련 중이에요."

일안 리플렉스 카메라와 망원경 사이를 오가며 아내가 대답한다. 물 흐르는 듯한 동작으로, 꼼꼼하게 셔터 속도와 F값을 조정하고 있는 듯하다. 일련의 세련된 손놀림은 그야말로 틀림없는 프로 사진가이다.

무심코 옆에서 망원경을 들여다보니 무수한 별이 보여서 도리어 뭐가 뭔지 전혀 모르겠다.

"우리 집에 이런 훌륭한 망원경이 있었나?"

"야쿠스기 씨가 빌려줬어요. 야쿠스기 씨, 고등학교 시절에는 천문부였답니다."

의외의 이야기이다.

"아무것도 없다고 하더니, 운치 있는 재주가 있었네."

"저도 그렇게 생각해요……."

살며시 웃더니 아내는 정원을 향해 나 있는 툇마루로 시선을 돌렸다. 그 시선을 따라가던 나는 눈을 동그랗게 떴다. 복도의 작은 형광등 불빛 아래, 웅크리고 앉아 미동조차 없는 야쿠스기 군을 발견한 것이다.

뭘 하고 있는 건지 자세히 보고는 또 한 번 놀랐다. 책을 읽고 있었다.

엷은 불빛 아래에서 기둥에 기댄 채로 미동조차 없이 손에 든 책을 들여다보고 있는 모습은, 마치 로댕의 조각상과도 같은 위풍마저 느끼게 했다.

"무슨 일이야?"

"야쿠스기 씨가 기운이 안 난다며 매일 뒹굴거리는 걸 보고, 혹시 시간 있으면 책을 읽어보는 건 어떠냐고 책을 한 권 줬어요."

아내의 말을 들으니 이해가 갔다.

"빅터 프랑클(Viktor Fankl, 오스트리아 빈 출생의 심리학자로 로고테라피라는 정신의학 이론을 만들었다 – 옮긴이)의 책을 빌려준 거야?"

"네."

아내는 조금 부끄럽다는 듯 웃었다.

빅터 프랑클의 『밤과 안개』는 아내가 가장 좋아하는 책이다. 예전부터 산을 오를 때면 늘 챙겨 가고, 때로는 혼자 다시 읽어보기도 했다고 한다.

'인간'에 대해서 정면으로 맞서 그 본질과 가능성을 참으로 자연스러운 필체로 그려낸, 과장 없는 명작이다.

"밝은 내용의 책은 아니라서 망설이긴 했지만……."

"예상을 뛰어넘어 책에 빠져 있는 건가?"

"네. 오늘 낮에 빌려줬는데 계속 저렇게 읽고 있어요. 조금 불안해질 정도예요."

아내도 멋쩍은 웃음을 지었다.

"하루는 대단해."

"무슨 뜻이에요?"

"특별한 뜻이 있는 건 아니야. 그냥, 하루는 대단하다는 거야."

"무슨 말인지 잘 모르겠네요."

은은한 미소를 짓는 아내는 더 이상 추궁하지 않는다.

다시 렌즈를 들여다보면서 몇 차례 셔터를 누른다. 나도 다시 망원경을 들여다보면서 말했다.

"그나저나, 이런 좋은 망원경을 흔쾌히 빌려줬네. 누구든 하루와 있으면 마음의 경계를 풀어버리는 것 같아."

"야쿠스기 씨가 친절한 것뿐이에요."

호호, 아내가 웃더니 야쿠스기 군의 말투를 따라 했다.

"저, 망원경 가지고 있슴다. 써도 됩다."

그 맑은 목소리와 야쿠스기 군의 소박한 분위기가 묘하게 맞물려서 우스꽝스럽다기보다도 따뜻함이 느껴졌다.

둘이서 작게 웃다가, 내 볼이 살짝 경련이 일어났다. 갑자기 뇌리에 늙은 여우 선생님의 수척한 옆모습이 스쳐 지나갔기 때문이다. 별빛 아래의 아내가 검은 눈동자를 가늘게 뜨고 있었다.

"힘든 일이 계속되나 보네요."

"……하루에겐 못 당한다니까."

마지못해 웃는다.

"한 가지 해둘 이야기가 있어. 부부장 선생님 일이야."

"그러면 방으로 들어가요."

아내가 착착, 도구를 정리하기 시작했다.

"서두르지 않아도 돼. 재활 훈련을 우선해도 괜찮아."

"아니에요. 중요한 이야기라면 제대로 자리 잡고 앉아서 들어야 해요."

능숙하게 카메라를 분리하더니 삼각대를 접고 망원경을 정리한다. 툇마루 끝에서는 야쿠스기 군이 여전히 독서에 빠져 있다.

무심결에 밤하늘을 올려다보니, 서쪽 하늘로 넘어가기 시작하는 스피카(처녀자리에서 가장 밝은 별-옮긴이)의 선명한 빛이 보였다.

늙은 여우 선생님의 확정 진단이 내려졌다.

"림프 아구성 림프종."

예상대로 가장 악성도가 높은 림프종 중 하나였다.

병명을 말한 사람은 다쓰야이다.

나에게 커피를 부은 날 선언한 대로 다쓰야는 림프종 진단에 필요한 모든 검사를 지시하고 착실하게 실행해나갔다. 림프 아구성 림프종이라는, 비교적 잘 알려지지 않은 질환의 진단이 이렇게 빨리 내려진 것도 다 이 남자 덕분이었다.

"병세가 심하고, 전신에 퍼졌으니 무엇보다 치료를 서둘러야 합니다."

다쓰야의 침착한 목소리에 늙은 여우 선생님은 지극히 담담하게 끄덕였다.

"그런가요?"

완전히 핼쑥해진 선생님의 눈에는 평소와 다름없는 고요가 담겨 있다. 그 곁에는 치요 부인이 평정을 잃지 않고 단정히 서 있었다.

늙은 여우 선생님의 병세는 확실히 진행되기 시작했다. 처음 병동에서 쓰러졌을 때는 특별히 느끼지 못했지만 입원한 후로 급속히 살이 빠지기 시작하고 식사량도 계속 줄고 있다. 매일 저녁 열이 끓고, 아침에는 식은땀에 흠뻑 젖어 있기도 했다. 전체적으로 분명하게 쇠약해져가는 기미가 보이고 있었다.

그럼에도 선생님은 병실에 오는 간호사들을 한결같이 온화하게 대하고, 밤이면 조용히 간호사 대기실에 와서 전자 카르테를 열어보았다. 담당 환자들의 상태를 확인하는 일을 하루도 거르지 않고 때로는 부족한 부분을 지시하기도 하면서, 중증 환자들에게는 가운을 차려입고 들르는 일도 마다하지 않았다. 그 모습에는 장엄하다고도 할 수 있는 품격이 담겨 있었다.

"화학요법이군요, 신도 선생."

늙은 여우 선생님의 목소리에는 흔들림이 없다.

다쓰야가 끄덕였다.

"내일, 마지막 검사인 골수 천자 검사를 하고 결과를 확인하는 대로 4제 병용요법(4종의 약을 조합해서 치료하는 방법 – 옮긴이)을 이용한 강도 높은 치료를 시작하겠습니다."

"이럴 때 혈액 전문의가 있으니 든든하네요." 선생님은 옅은 미소를 띠었다. "맡기겠다고 한 이상은 모두 다 따르겠습니다. 하지만 한 가지 부탁이 있어요. 치료를 시작하기 전에 조금만 시간을 주세요, 신도 선생."

늙은 여우 선생님의 가늘지만 확고한 목소리가 귓전을 때렸다. 다쓰야가 순간 당황한 듯 눈을 크게 떴지만 곧바로 대답했다.

"나이토 선생님, 잘 아시다시피 여유를 부릴 수 있는 상황이 아닙니다. 병세는……."

"2~3일이면 돼요. 조금만요."

대답에는 흔들림이 없다.

수척한 늙은 여우 선생님의 옆얼굴로 봄 햇살이 깊은 그늘을 드리우면서 옛 인상파의 초상화 같은 존재감을 드러냈다. 간신히 다쓰야가 입을 열 때까지는 한동안의 침묵이 필요했다.

"저 같은 풋내기에게 선생님의 선택에 간섭할 자격은 없습니다. 하지만 혹시 입원 환자나 진료에 대해서 걱정하시는 거라면 그러지 말아주십시오."

다쓰야가 단호한 어조로 말했다. 좀처럼 볼 수 없는 모습이다.

"선생님은 의사이시기 전에 사람입니다. 그것만은 잊지 말아주세요."

조용히 말하는 다쓰야의 목소리에서 어떤 절실함이 느껴졌다. 처음으로 늙은 여우 선생님이 눈을 살짝 크게 떴다.

잠깐의 침묵을 깬 것은 다쓰야의 병원 내 PHS였다. 다쓰야는 호출을 받고 "바로 갈게요"라고 대답하고 전화를 끊었다. 그리고 늙은 여우 선생님에게 가볍게 인사한 후 병실을 나갔다.

그 자리에는 나와 늙은 여우 선생님과 치요 부인, 세 사람이 가만히 있을 뿐이다.

"자상한 분이네요."

중얼거리듯 치요 부인이 말했다.

고개를 드는 남편을 보고 부인이 미소 지으며 말했다.

"내가 여태 당신에게 하고 싶었던 말을 저렇게 분명하게 말해주다니, 신도 선생님은 자상한 분이군요."

"치요가 하고 싶었던 말?"

"당신은 의사이기 전에 사람입니다, 지극히 당연한 것인데도 계속 말하지 못하고 있었어요." 치요 부인은 차분히 차를 준비하기 시작했다. "이럴 때는 당신 몸을 가장 우선시해도 좋다고 생각해요. 당신이 얼마나 환자들을 생각하며 살아왔는지, 내가 제일 잘 알고 있으니까요."

"치요⋯⋯."

"30년간이나 방치됐던 제가 하는 말이니 틀림없지요."

늙은 여우 선생님의 입가에 씁쓸한 미소가 번졌다.

치요 부인의 포근한 미소가 그 씁쓸함을 가만히 감싸 안았다.

바로 그때 드르륵, 문이 열리면서 적막을 깨는 큰 목소리가 날아들었다.

"오, 엄청나게 조용하네. 무슨 일이야?"

어울리지 않는 밝은 기운을 내뿜으며 들어온 사람은 당연히 왕너구리 선생님이다.

"나이토, 몸은 좀 어때?"

"특별히 달라진 것은 없지요. 치료 시작 전에 시간을 조금 달라고 했다가 신도 선생에게 혼났어요."

"당연하지. 하루 늦어지면 하루만큼의 수명이 줄어든다고. 나이토, 환자 일은 생각하지 말고 빨리 시작해."

저런 엄청난 소리를 시원스럽게도 한다.

늙은 여우 선생님은 오히려 유쾌하다는 듯이 어깨를 들썩이고 있다. 30년의 세월을 넘어서는 전우이기에 가능한, 아슬아슬한 대화이다.

"그나저나 부장 선생님, 이렇게 바쁜 시간에 어쩐 일이에요? 걱정해서 그런 거라면 필요 없어요."

"걱정이라니, 내 성질에는 안 맞지. 귀한 문병객이 와서 안내해주러 왔어."

이렇게 말하며 문을 돌아보니 작은 체구의 사람이 서 있는 것이 보였다. 내가 입을 열기도 전에 치요 부인이 먼저 목소리를 높였다.

"어머, 하루 씨!"

입구에서 공손히 고개 숙여 인사하는 사람은 나의 아내였다.

"치요 씨, 나이토 선생님, 오랜만입니다."

"어머나, 어떻게 여기에……?"

"죄송합니다. 제 아내이긴 하지만 개인 정보를 유출해버렸습니다."

내 대답에 치요 부인이 즐겁다는 듯 소리 내어 웃었다.

"구리하라 선생님은 또 재미있는 이야기를 하시네요. 하루 씨, 잘 왔어요. 정말 기뻐요."

"나이토 선생님께서 갑자기 쓰러지셨다는 말을 듣고 놀라서 그만……."

이렇게 말하며 가지고 온 작은 상자를 내밀었다. 상자 겉에는 마쓰모토의 오래된 양과자점 로고가 박혀 있다.

"와, 슈크림이네요."

"같이 나눠 드셨으면 해서요. 나이토 선생님도 드실 수 있을까요?"

아내의 조심스러운 시선에 늙은 여우 선생님의 부드러운 눈동자가 답한다.

"단걸 좋아해요. 바로 먹어볼까요?"

"모처럼이니 차를 다시 내올게요."

미소 짓는 늙은 여우 선생님도, 솜씨 좋게 차를 준비하기 시작하는 치요 부인도, 왠지 갑자기 기뻐 보인다. 정말 집으로 돌아온 딸을 맞이하는 것 같다.

"있잖아, 구리 짱." 왕녀구리 선생님의 목소리였다. "왠지 불편하지 않아?"

"갑자기 왜 그러십니까? 선생님답지 않게."

"아니, 왠지 나이토도 치요도 자네 부인도 엄청 사이가 좋아 보이는 게, 꼭 비켜줘야 할 것 같단 말이지. 우리만 붕

떠 있는 것 같지 않아?"

"선생님은 떠 계실지도 모르겠지만 저는 녹아들어 있습니다. 비켜주고 싶으시면 퇴실하셔도 상관없지만, 저는 사양 않고 슈크림을 먹고 가겠습니다."

"구리 짱은 매정하구먼."

말의 내용은 쓸쓸한 듯하지만 호쾌한 웃음소리에는 변함이 없다. 궁금하다는 듯 돌아본 아내에게 왕너구리 선생님이 만면의 미소를 지어 보였다.

"하루 짱은 여전히 어여쁜 신부야. 구리 짱에게는 좀 과분하지."

이렇게 말하며 커다란 손으로 아내의 머리를 쓰다듬듯톡톡 두드렸다. 아내도 왕너구리 선생님과는 일면식이 있다. 결혼 직전에 한 번 인사를 드리러 왔다. 어느덧 1년 반 전의 일이지만.

선생님 손 아래에서 아내는 살짝 볼을 붉히면서 말했다.

"선생님도 여전하시네요. 항상 남편이 신세를 지고 있습니다."

"그런 말 할 것 없어. 나야말로 구리 짱에게 늘 신세지고만 있으니까."

거기까지 말하고 잠시 동안 가만히 있다가 아무렇지 않

게 덧붙였다.

"집에 못 들어가는 생활을 하게 해서 미안해."

목소리의 단편이 들려와 나도 모르게 눈이 동그래졌다. 아내 역시 놀란 듯 왕너구리 선생님을 돌아보았다.

하지만 왕너구리 선생님은 그 잠깐의 침묵을 언제나와 같은 큰 목소리로 날려버리더니 "자, 알코올 없는 연회다!"라고 웃으면서 말하고는 침대 옆에 걸터앉았다. 늙은여우 선생님이 슈크림을 꺼내고 치요 부인이 작은 잔을 사람 수에 맞춰 내려놓기 시작한다. 그 모습을 바라보던 아내가 가만히 내 쪽으로 시선을 돌렸다.

"다들 친절하시네요."

"그래서 내가 일할 수 있는 거야."

네, 라고 대답하는 아내의 그 목소리 또한 따스하다.

평일 오후. 평소라면 소란스레 울려댔을 병원 내 PHS가 이날만큼은 내내 침묵을 지켜주었다.

나쁜 일은 겹쳐서 오는 법이다.

도요카와 씨가 돌아가셨다.

늙은 여우 선생님의 화학요법을 검토하고 있던 때의 일이었다. 산소 투여로 위태롭게 저공비행을 하고 있었던 도요 씨가 고요히 호흡을 멈춘 것이다. 모니터 알람을 듣고 달려갔을 때는 삶이 다한 자그마한 할머니가 침대 위에 누워 있었다.

사망 시각은 밤 10시 15분.

"사망하셨습니다."

내가 조용히 말하자 마고시치 씨는 턱을 살짝 움직여 끄덕였다. 여느 때라면 저녁에 집으로 갔을 마고 씨인데, 그날은 무언가를 느낀 것인지 밤늦게까지 계속 곁에 있었던 것이다.

사망 선고를 한 후에도 마고 씨는 아무 말 없이, 지금은 숨소리조차 내지 않는 자그마한 반려자를 가만히 바라볼 뿐이었다.

"잠시 도요 씨와 둘이 있고 싶으시대요."

도자이가 간호사 대기실 한쪽에서 사망 진단서를 적고 있는 내 쪽으로 와서 말했다. 도요 씨가 돌아가신 후로 거의 한 시간이 지났지만 마고 씨는 침대 옆에서 떨어지려고 하지 않았다.

"조금 더 두 분만의 시간을 드려도 괜찮죠, 선생님?"

"문제없어. 잠시 동안이긴 하지만 70년을 함께한 부부가 헤어져야 해. 받아들이실 때까지 곁에 계시게 해도 괜찮아."

도자이가 가볍게 고개를 끄덕였다. 그러고는 어딘가 어두운 얼굴로 대기실을 가만히 둘러보았다.

"왜 그래?"

"공기가 좋지 않아요."

그 짤막한 한마디가 병동의 분위기를 단적으로 드러내고 있다.

늙은 여우 선생님의 진단, 그와 겹치듯이 돌아가신 도요 씨. 다쓰야가 맡고 있는 백혈병 환자의 상태도 눈에 띄게 악화되어 전체적으로 침울한 공기로 가득 차 있다. 특히나 미카게 씨를 비롯한 신입 간호사들은 활기를 잃어 낙심한 모습을 감추지 못한다.

"이럴 때일수록 문제가 생기기 쉬우니까 더 조심해야 되는데……."

"그러면 신입 한 명씩 돌아가면서 머리에 커피를 부어 줄까? 의외로 기운이 나거든."

성격에 맞지 않게 우스꽝스러운 농담을 던졌는데 도자이는 침묵한 채로 반응이 없다. 고개를 들어보니 예상과 달리 부드러운 미소를 짓고 있었다.

"선생님이라도 정신을 차리고 있어서 다행이에요. 그때

는 도대체 어떻게 되는 건가 걱정했지만."

"머리 위에 커피 붓기를 장려하는 거라면 얼마든지 나서줄 수 있어."

"농담이에요. 뒤처리가 고역이거든요."

쓴웃음을 지으며 자리를 뜨려던 도자이가 갑자기 발걸음을 멈추었다. 저 멀리에서 희미한 소리가 들려왔기 때문이다. 순간 이명인가 싶었지만 그게 아니다.

그것은 노랫소리였다.

"기소의 — 나카노리 씨는 — 난차라호이 —."

누긋한 목소리와 완만한 곡조. 도요 씨 곁에서 마고시치 씨가 부르는 노랫소리이다.

"기소의 온타케산은 여름에도 추워, 아와세(안감이 있는, 겹옷으로 된 기모노 – 옮긴이)를 줘야지. 버선을 곁들여서……."

익숙한 선율이 담담하고 조용하게 흘러간다. 그 아련한 목소리는 차츰 커지더니 이윽고 은은한 울림이 되어 간호사 대기실로 흘러들었다.

푸르스름한 야간등만이 빛나는 복도에 절절히 이어지는 아흔다섯 노인의 「기소부시」. 절묘한 가락과 억양, 높낮이와 호흡. 밀려왔다가 빠져나가는 파도처럼 마고 씨의 음성이 끊이지 않고 계속된다.

아무도, 아무 말도 하지 않았다.

원래라면 제지했을 간호사들도 지금은 손을 멈추고 조용히 귀를 기울이고 있었다. 입원 환자 중에는 신경질적인 사람도 있을 터인데 누구 하나 복도에 나와서 나무라지 않는다.

마고시치 씨가 저세상으로 떠나는 아내에게 보내는 노래는 모든 사람의 마음을 울리는 애석함으로 가득했다.

"마고 씨, 울고 있는 거야……."

내가 중얼거리자 도자이가 가만히 눈을 감고 하얀 손가락으로 눈시울을 훔쳤다.

마침내 노래가 끝났다. 노랫소리가 그친 후에도 한동안 움직이는 사람은 없었다. 고요해진 복도로 나가니 가장 안쪽에 있는 병실 문에서 어슴푸레한 빛이 새어나오는 것이 보였다.

333호실.

늙은 여우 선생님의 병실이었다.

"아직 안 주무셨어요?"

조심스레 병실을 들여다본 나에게 침대 위에 앉아 있던 늙은 여우 선생님이 고개를 끄덕였다.

"마고 씨의 노랫소리가 가슴에 사무쳐서요. 도요 씨가 돌아가신 거지요?"

나는 조용히 끄덕였다.

여윈 몸을 베개에 기댄 늙은 여우 선생님의 모습은 전에 없이 작아 보였다. 이미 치요 부인의 모습은 보이지 않고, 오렌짓빛 침대 조명 아래에서 선생님은 혼자 새까만 창밖을 바라보고 있었다.

우리 사이에 가로놓인 것은 침묵이 아니다. 마고 씨가 부르는 「기소부시」이다. 낭랑하게 울려 퍼지는 노랫소리가 지금도 저 멀리에서 들려오는 것만 같았다.

"……사람이 죽는다는 것은 소중한 사람과 헤어진다는 것이겠지요."

갑자기 늙은 여우 선생님이 말했다.

그러고는 베개에 기댄 채 어둠이 내려앉은 창밖을 가만히 바라볼 뿐이다. 여기저기에서 빛나는 푸르스름한 가로등 불빛만이, 이 세상이 아닌 어딘가로 안내하는 것처럼 끝도 없이 이어져 있다.

걱정스러운 느낌이 들어 침대 위로 시선을 돌리자 선생님은 어느샌가 눈을 감고 조용한 숨소리를 내며 잠들어 있었다. 옅은 조명 아래, 미동조차 없는 선생님의 옆모습이 하얀 조각상처럼 그늘을 드리우고 있다.

오로지 정적만이 흘렀다.

그 정적 속에 마고 씨의 「기소부시」가 이명처럼 언제까지고 계속되었다.

살며시 병실에서 나와 시계를 보니 이미 12시가 넘었다. 어두컴컴한 복도를 지나 간호사 대기실로 돌아오자 도자이의 다급한 목소리가 들려왔다.

"선생님, 어디에 있었어요?" 목소리를 낮추면서 정신없이 달려온다. "PHS를 두고 가서 연락이 안 됐어요."

"무슨 일이야?"

"조금 전에 마고 씨가……."

심상치 않은 분위기에 나는 바로 뛰기 시작했다.

도자이와 함께 도요 씨 병실까지 달려갔다. 병실 안으로 들어서자 침대 옆에 여느 때와 같은 모습으로 오도카니 앉아 있는 마고 씨가 보였다.

앙상하게 굽은 등을 벽에 기댄 채 도요 씨 쪽을 보고 있는 익숙한 모습이다. 다른 점이 있다면 내 기척에도 전혀 고개를 들지 않았다는 것뿐이었다.

"마고 씨?"

불러봐도 대답이 없다.

조심스레 손목을 쥐어보았다. 이미 맥박은 멈춰 있었다.

마고 씨가 도요 씨의 뒤를 따라가듯 숨을 거둔 것은, 도요 씨의 호흡기가 멈춘 지 두 시간도 채 되지 않아서였다.

눈부신 아침 해가 병원 뒤쪽의 강에 내리쬐기 시작했다.

아침 7시 반, 고요한 제방을 따라 천천히 동이 터온다. 주택가에 심어놓은 복사꽃이 밤과 아침 사이에서 독특한 음영과 색채를 빛내고 있다. 이러한 풍경에 이끌리듯 강가로 나온 나는, 먼저 온 손님을 보고 눈썹을 꿈틀거렸다.

"불성실한 남자가 담배만큼은 열심히 피우네."

뒤를 돌아본 것은 다쓰야이다.

입에 담배를 문 채 어깨 너머로 쓴웃음을 지었다.

"안녕, 구리하라. 얼굴이 심각한데?"

"너나 도자이나 사람 얼굴을 볼 때마다 심각하다, 심각하다 해대는데 민폐야."

"도메카와 씨 부부가 돌아가셨다고 들었어. 아까 병동에 갔더니 미카게 씨가 말하더라고. 밤새 병원에 있었어?"

"새벽 2시에 집에 가려 했는데 다른 환자가 침대에서 떨어져서 뼈가 부러졌어. 이것저것 하는 동안 성질 급한 태양이 벌써 떠버렸네. 사람 사정 좀 봐가면서 떠주면 좋으련만."

다쓰야 옆에서 캔 커피를 땄다.

"나이토 선생님 상태는 어때?"

"특별히 변한 건 없어. 화학요법도 며칠 더 시간을 달라고만 하셔."

순간 뇌리에 어젯밤 우는 것처럼 보이던 선생님의 옆모습이 떠올랐지만, 말로 표현할 수 있는 감각은 아니었다. 다쓰야도 "그렇군"이라고 작게 중얼거릴 뿐 그 이상은 자세히 물어보지 않았다.

"너야말로 꽤 일찍 왔네? 나쓰나는 어쩌고?"

"어린이집 원장 선생님이 우리 사정을 알고 조금 더 일찍 맡아주기로 하셨어."

이렇게 말하는 친구의 얼굴은 아버지의 얼굴 그 자체이다. 그대로 천천히 담배 연기를 내뿜었다.

강 건너편을 바라보니 얼마 전까지 만발했던 복사꽃이 이제는 차츰 지기 시작했다. "복사꽃이 질 때까지는 여기에 계셔주세요"라고 치요 부인에게 농담을 던지던 것이 꽤 옛날 일처럼 느껴진다.

그대로 뒤에 있는 병원 쪽을 돌아보다가 무심코 "응?"

하고 중얼거렸다. 다쓰야도 내 반응에 뒤를 돌아보더니 눈이 커졌다.

휠체어를 밀고 천천히 제방 위를 산책하는 사람의 모습이 보였다.

땅딸막한 중년의 남자가, 파자마 차림의 하얀 여성을 태운 휠체어를 밀고 있다. 앉아 있는 사람은 시가 씨, 밀고 있는 사람은 아이다 씨이다. 어지간히 안 어울리는 두 사람인데도 왠지 미소가 지어지는 풍경이다. 가로수 길의 복사꽃을 올려다보고 있노라니 이따금씩 밝게 웃는 목소리가 바람을 타고 들려왔다.

"링거가 안 보이네. 꽤 좋아졌나 보군."

"저 아이다 씨라는 환자 덕분에 시가 씨도 밥을 잘 먹게 됐어. 시가 씨 말로는, 같이 이야기 나누면 기분이 좋아지는 사람이래."

거기까지 말하고 문득 생각났다는 듯이 나를 돌아본다.

"그러고 보니 주치의가 구리하라였네. 아이다 씨 당뇨병은 어때?"

"시가 씨가 밥을 안 남기고 먹게 되면서부터는 혈당도 안정됐어. 곧 퇴원할 거야."

나의 말에 다쓰야는 의아하다는 표정을 짓는다.

시가 씨의 기운을 북돋아주기 위해 아이다 씨가 무슨 일을 했는지까지는 그도 알지 못한다.

"시가 씨는 아직 퇴원은 못 하는 거야?"

"이제 겨우 안정을 찾기 시작했으니 아직 보름은 더 걸릴 거야. 아이다 씨가 퇴원한 후에 다시 기력이 떨어지지 않아야 할 텐데……."

"그 걱정은 안 해도 될 것 같아."

내가 눈짓을 했다. 사람이 없는 제방 위에서 휠체어에 앉은 시가 씨와 그 옆에 쪼그려 앉은 아이다 씨가 진지한 얼굴로 이야기를 나누는 모습이 보였다. 무슨 이야기를 하고 있는지는 모르겠지만, 볼을 붉힌 채 힘껏 손을 내젓는 시가 씨와 순식간에 정수리까지 시뻘게진 아이다 씨를 보고 있자니 대충 짐작이 간다. 처음에는 바들바들 떨며 새빨개진 얼굴을 가로젓던 시가 씨도 결국 조용히 끄덕였다. 이윽고 시가 씨가 아이다 씨의 동그란 어깨에 가만히 머리를 기대는 모습이 보였다.

나는 묵묵히 커피를 마신다.

다쓰야도 담배 연기를 내뿜는다.

서로 아무 말도 하지 않는다. 짧은 침묵이다.

시가 씨도 아이다 씨도 두 명의 주치의가 제방 아래에서 보고 있을 거라고는 상상도 하지 못할 것이다. 우리는 제 방에 바짝 붙어 서서 미동조차 하지 않았다.

"가끔은 좋네."

"뭐가?"

"저런 풍경 말이야. 사람이 죽기만 하는 게 병원이잖아."

"당연하지. 건강을 되찾는 사람도 있어줘야 우리도 힘을 얻어 버티지."

그것보다는, 이라고 말하며 친구를 노려본다.

"슬슬 담배를 끊는 게 어때? 나쓰나를 생각하면 태평스럽게 니코틴 뒤에 숨어 있을 때가 아니야."

"여전히 엄하네."

다쓰야는 난처하다는 듯한 표정을 짓더니 아직 반도 넘게 남은 세븐스타를 빤히 보다가 결국 휴대용 재떨이에 구겨 넣었다.

의외로 빠른 포기에 도리어 수상하다는 듯 바라보았는데 다쓰야는 후련한 표정이다.

"구리하라, 한 가지 부탁이 있어."

"거절할게. 나는 그만큼 한가한 사람이 아니야."

"아직 아무 말도 안 했어."

"말 안 해도 돼. 듣고 나면 거절하기 힘들어지니까."

"이번 주말에 나쓰나 생일 파티를 하려고 생각 중이야. 너도 와주지 않을래?"

의외의 부탁에 잠시 말문이 막힌 나에게, 다쓰야는 조금 부끄럽다는 표정으로 말을 이어간다.

"계속 고민했어. 치나쓰도 없는데 그런 걸 할 여유가 있을까 하고. 하지만 힘들 때일수록 나쓰나를 축하해주고 싶어. 특히 구리하라는 나쓰나가 좋아하는 사람이니까."

나는 천천히 캔 커피를 들이마신 후, 작게 혀를 찼다.

"역시 바쁜가?"

"바빠. 바쁘지만, 다른 일도 아니고 나쓰나를 위해서라면 어쩔 수 없지."

다쓰야가 환히 웃었다.

"단……." 내가 단호하게 말했다. "일단 저걸 좀 어떻게든 해줘."

나는 아직도 제방 위에서 달라붙어 있는 두 남녀를 눈짓으로 가리켰다.

바싹 붙어 있는 아이다 씨와 시가 씨는 도취된 듯 아침 해를 바라보고 있다. 옆을 지나가지 않으면 병동으로 돌아갈 수 없고, 지나가면 지나가는 대로 어색하다. 어찌 됐든 우리는 오도가도 못하는 상황인 것이다.

다쓰야는 손바닥으로 이마를 가리며 제방을 올려다보고 는 나에게 쓴웃음을 지어 보였다.

"마침 나도 너에게 같은 부탁을 하려던 참이었어."

나는 일부러 과장되게 깊은 한숨을 내뱉었다.

내가 다시 '소바집 신도'의 오래된 간판 아래 선 것은 포 근한 날씨가 이어지는 5월 말의 일이었다.

지난번에 찾고 1주일 정도밖에 지나지 않았는데, 만발 해 있던 처마 끝 복사꽃은 어느덧 그 아래에 삼색의 꽃잎 을 쌓아두었고 그 대신 꽃산딸나무가 서서히 꽃을 피우기 시작하고 있었다.

아내와 함께 가만히 격자문을 열자 가게 안쪽에서 다쓰 야의 목소리가 들려왔다.

"바쁜데 와달라고 해서 미안해, 구리하라."

"나쓰나를 위해서라니 무리해서라도 와야지. 네가 초대 하는 것과는 무게감이 달라."

"그렇다면 나쓰나는 행복한 사람이네."

웃으면서 나를 가게 안으로 안내했다.

"나쓰나 말로는, 너는 어려운 얼굴로 어려운 말만 하지 만 마음속은 따뜻한 사람이래."

"그게 무슨 말이람."

까탈스럽게 반응하는데 바로 가게 안쪽에서 "구리하라 아저씨!"라고 외치며 나쓰나가 뛰어온다. 그대로 찰싹, 내 다리에 달라붙더니 이번에는 내 옆을 보고 외친다.

"하루나 언니도 왔네!"

"나쓰나, 오랜만이야."

아내가 맑은 목소리로 대답한다. 나는 발밑의 소녀를 가볍게 안아 올리려다가 생각보다 무거워서 놀랐다. 3년의 세월은 위대하다.

"병동은 괜찮은 거야?"

"더없이 순조로워. 걱정할 것 없어."

사실대로 말하면 불붙은 마차이다. 오늘도 언제 불려 갈지 알 수 없는 상태이지만 그런 걸 일일이 이야기한들 별수가 없다. 세상은 굴러가야 해서 굴러가는 것이다.

천장의 으리으리한 대들보를 올려다보면서 나는 화제를 바꾸었다.

"오늘은 네가 만든 소바를 먹을 수 있는 거지?"

다쓰야는 안쪽 주방으로 향하면서 어깨 너머로 고개를 끄덕인다.

"몇 년 만이야?"

"도쿄에서는 만들 기회가 전혀 없었으니, 6년 만인가."

"그나저나 딸의 생일에 소바를 만들어주다니, 너만 할 수 있는 곡예군."

"그렇게 대단한 일은 아니야."

긴 공백치고는 능숙하게 커다란 판과 밀방망이를 꺼냈다. 이 사내가 만드는 소바는 어머니보다야 한 수 아래지만 충분히 명품이다. 학창 시절부터 여러 차례 얻어먹었는데, 언젠가 어머니와 어깨를 나란히 할 것이라 생각되는 구성진 맛이 있다.

능수능란하게 메밀가루를 반죽하고, 물을 붓고, 얇게 미는 솜씨는 역시 훌륭하다. 어느 틈에 내 다리에 달라붙은 나쓰나를 내려다보니, 어딘가 이해가 가지 않는다는 표정이다.

아내가 눈치 빠르게, "아빠가 뭐 하시는지 보고 싶은 거지?"라고 말하며 의자를 하나 가져오자, 나쓰나는 기쁜 표정으로 의자 위로 올라갔다.

"오늘은 나쓰나 생일이니까 나쓰나 것도 만들 거야."

"응!"

밝은 목소리가 가게 안으로 울려 퍼졌다. 그때였다.

"신도 씨, 배달입니다!"

갑자기 들려오는 기운 찬 목소리와 함께 문이 열리며 젊은 남자가 얼굴을 들이밀었다.

"미안해, 구리하라. 자리를 뜰 수가 없어서 그러는데 대신 받아주겠어?"

"당연하지. 모처럼의 소바 제작을 중단했다가 맛이 떨어지면 안 되니까."

이렇게 말하면서 물건을 건네받았다. 30센티미터 크기의 하얗고 네모난 상자는 생일 케이크였다. 만반의 준비가 갖추어졌다. 전표에 대충 사인을 하다가 문득 눈을 가늘게 뜨고 발신인란을 보았다.

"그렇군……."

혼자 이해한 후 그대로 케이크 상자를 가게 안으로 가지고 가자 곧장 나쓰나가 궁금해하며 달려왔다.

"나쓰나를 위한 케이크야."

"케이크!"

신이 난 목소리이다.

"케이크?"

그와는 반대로 다쓰야가 의아하다는 듯한 목소리로 물었다. 소바를 만들던 손을 멈추고 주방에서 나왔다.

"케이크가 왔어?"

"틀림없이 케이크야. 그렇게 이상한 표정을 지을 건 없잖아. 주문하면 배달도 해주는 게 케이크야."

다쓰야가 고개를 갸우뚱하며 이상하다는 듯 중얼거렸다.

"……주문한 기억이 없는데……."

"뭐, 너한테 기억이 없는 게 당연할 테지."

내가 상자를 열어 새하얀 케이크를 꺼내자 다쓰야의 눈이 휘둥그레졌다. 그 옆에서 아내가 "앗" 하고 작게 감탄사를 내뱉었다.

잠깐의 침묵이 흐른 후 나는 감정을 억누르고 말했다.

"다쓰야, 차와 포를 빼앗기고 만신창이가 되었지만 아직 외통수에 몰리진 않은 것 같군."

다쓰야가 고개를 살짝 끄덕였다. 그 옆모습은 고양된 기분 때문인지 약간 상기되어 있다. 다쓰야는 다리를 붙들고 있던 나쓰나를 내려다보더니 안아 올려서 케이크를 보여주었다.

"나쓰나의 케이크야."

"내 케이크?" 소녀는 기쁜 표정으로 케이크 위를 가리켰다. "뭐라고 적혀 있어?"

커다랗고 납작한 초콜릿 위에 화이트 초콜릿으로 짧은 문장이 적혀 있다.

"나쓰나는 아직 글자는 못 읽는구나?"

"응. 아빠가 읽어줘."

다쓰야는 잠시 뜸을 들이더니 조용한 목소리로 소리 내어 읽었다.

"나쓰나에게. 생일 축하해. 엄마가."

다쓰야의 말끝이 아주 잠깐 떨리는 것 같았다. 그와 동시에 나쓰나의 눈이 커지더니 반짝거렸다.

"축하해, 나쓰나……."

다쓰야는 만감이 교차하는 듯한 목소리로 말하고는 사랑스러운 딸의 머리칼을 가만히 쓰다듬었다.

후퇴에 후퇴를 거듭하는 양상이었지만 아직 완전히 막히지는 않았다. 그리고 막다른 곳에서 발휘되는 끈질긴 공방은 다쓰야의 강점이기도 하다. 나 또한 승리를 확신하면서도 역전당한 경우가 얼마나 많은지, 셀 수조차 없을 정도이다.

"나쓰나, 축하해."

다쓰야가 한 번 더, 이번에는 조금 더 밝은 목소리로 말했다.

"응!"이라고 대답하는 소녀의 목소리에도 활기가 느껴진다.

무언가가 천천히 움직이기 시작했다. 얼어붙어 있던 시간이 녹기 시작해 눈에 보이지 않는 지하에 선명한 흐름을 새기기 시작한 것 같았다.

"나쓰나, 생일 축하해."

아내의 청아한 목소리가 울렸다.

마치 그 목소리에 동조하듯 문 바깥에서 날아오른 복사 꽃잎이 사뿐히 안으로 흘러들어, 나쓰나가 바라보는 탁자 위에 내려앉았다.

늙은 여우 선생님이 치료를 받겠다고 말한 것은 그로부터 이틀이 지난 후였다.

"구리하라 군에게 이것을 맡기겠습니다."

아침 회진으로 333호실에 들른 나에게 늙은 여우 선생님은 두꺼운 종이 묶음을 가만히 내밀었다.

이른 아침 시간인데도 이미 기모노 차림의 치요 부인이 있었고, 늙은 여우 선생님도 침대에 앉아서 나와 다쓰야를 기다리고 있었던 것이다. 선생님의 양 볼에는 언제나와 다름없는 부드러운 미소가 있었지만, 그 볼이 생각보다 수척해져 있어서 내 마음에는 약간의 동요가 일었다.

"한번 훑어보세요."

그 말에 따라 종이 꾸러미를 넘겨보던 나는 눈을 크게 떴다. 옆에서 들여다본 다쓰야 또한 눈이 휘둥그레졌다.

그것은 늙은 여우 선생님의 담당 환자 서른세 명의 병력 일람이었다.

단순한 요약문이 아니었다. 과거 병력과 입원 후 경과는 물론 향후 치료 방침부터 환자 성격, 가족 구성원 및 가족 관계에 이르기까지, 환자 한 명당 대여섯 장의 원고용지가 정성스러운 글자로 가득 차 있었다. 자세한 그림까지 곁들여져 있었다.

"이것은······."

"제 환자들 전달 사항입니다. 이제야 완성했어요."

핼쑥한 볼에 따스한 미소가 있다.

나는 그제야 깨달았다. 그런 내 마음을 다쓰야가 말로 옮겼다.

"이걸 만들기 위해서 치료 시작 전에 시간을 달라고 하셨던 거군요."

"화학요법을 시작하면 여러 부작용이 나타나지 않겠어요? 중요한 걸 빼먹을 수도 있으니 서둘러서 완성하고 싶었습니다. 뒷부분은 내가 말로 일러주면 치요가 받아 적었어요. 늙은이의 오른팔에 건초염이 올 뻔했지요."

치요 부인은 특별히 자랑스러워하는 모습도 없이, 어디까지나 미륵보살처럼 온화하다. 두 분이서 제대로 쉬지도 못한 채 대업을 달성하셨는데도 거기에 피로 같은 것은 보이지 않았다.

"선생들에게는 큰 부담이 되겠지만 환자들을 잘 부탁합니다. 그리고……." 늙은 여우 선생님이 살짝 자세를 고쳐 앉더니 말을 이어갔다. "치료를 시작해주세요. 항암제든 스테로이드든, 당신들과 함께 싸움을 시작하겠습니다."

그것은 적어도, 드높이 울려 퍼지는 선전 포고의 목소리였다.

선생님 옆에서 치요 부인이 깊숙이 고개를 숙였다. 그와 동시에 병실 안으로 아침 햇살이 선명하게 내리쬐어 우리는 그 눈부심에 눈을 가늘게 떴다.

"시작합시다, 선생님."

갑자기 그렇게 말한 것은 다쓰야였다. 평소에는 냉정한 이 남자가 지금은 과감하고 용감한 목소리이다. 나도 그와 같은 마음가짐이었다.

"환자의 일이라면 염려하실 것 없습니다. 선생님이 쾌차하시기까지는 지극히 잠깐일 뿐입니다. 아무 지장 없을 겁니다."

"구리하라 군의 말은 항상 어려워서 못 알아듣겠어요."

선생님의 말과 치요 부인의 부드러운 웃음소리가 어우러졌다.

늙은 여우 선생님의 어깨 너머로 서서히 꽃을 피우기 시작한 꽃산딸나무들이 보였다. 마치 험난한 길을 떠나는 우리를 격려하듯이. 조금 이른 개선가를 부르는 것처럼.

찰나의 도원향은 막을 내리고 세계가 다시 움직이기 시작했다.

5월의 봄, 병마와의 가혹한 싸움이 시작된 것이다.

제4장

이별의 눈물

커다란 함박눈과 같은 새하얀 색채가 거리를 물들이고 있다.

꽃산딸나무이다. 벚꽃의 계절이 끝나고 복사꽃도 지고 나면 그다음으로 이 아름다운 꽃이 찾아온다.

도로를 따라 점점이 서 있는 꽃산딸나무가 청명한 하늘과 근사한 대비를 이루고 있다. 자동차 한 대가 지나가자 이제 막 핀 하얀 꽃잎이 바람에 두둥실 날아올라 '이누이 진료소'라고 적힌 커다란 간판 위에 춤추듯 내려앉는 것이 보였다.

이누이 진료소는 마쓰모토다이라의 시가지에서 약간 외곽에 있는 도로변에 위치한 작은 클리닉이다. 작다고는 해도 열여덟 개의 병상이 있으니 일반 병원보다는 충분히 크다. 타일을 바른 3층 건물은 도로변의 주택들 사이에서 불쑥 솟아 있어 멀리에서도 잘 보인다.

진료소의 진찰실에서 바깥의 꽃산딸나무를 보면서 나는 나지막하게 한숨을 내쉬었다.

"선생님, 수고 많으십니다."

갑자기 들려오는 친절한 목소리에 나는 다급히 허리를 펴고 돌아보았다. 그때 연배가 있는 간호사 한 명이 진찰실로 들어왔다.

"많이 피곤하세요?"

"아뇨, 괜찮습니다. 위내시경 환자는 몇 명 남았나요?"

나는 조금 전에 막 끝낸 위내시경 소견을 카르테에 입력하면서 물었다.

"오늘은 끝났어요, 선생님."

"끝이라고요? 아직 세 명밖에 안 했는데……."

"세 명이 전부예요. 가끔씩은 쉬엄쉬엄 있다 가세요."

여기에는 진료소 특유의 느긋한 시간의 흐름이 있다. 간호사들 분위기도 어딘지 모르게 부드럽고 여유롭다. 상태가 빠르게 변하는 급성기 환자들이 있어서 때때로 살벌하기까지 한 혼조병원과는 완전히 다른 분위기이다.

"이누이 선생님이 금방 오실 테니 잠시 기다려주세요."

그렇게 말하면서 차를 한 잔 내주었다.

원장인 이누이 선생님은 과거에 혼조병원 외과 부장을 지낸 베테랑 중의 베테랑이다. 지금은 제일선에서 물러나 이 진료소를 운영하고 있지만, 내가 처음 의사가 되었을 때만 해도 혼조병원의 부원장님이셨기 때문에 레지던트 시절부터 여러모로 보살핌을 받았다. 그 인연으로 한 달에 한두 번, 위내시경 검사를 부탁 받아 이렇게 진료소로 출장을 오고 있다.

"여어, 구리 짱! 바쁠 텐데 매번 미안하네."

갑자기 굵직한 목소리가 들려와 반사적으로 자세를 고쳐 앉았다.

진찰실 문이 열리면서 들어온 사람은 왕녀구리 선생님 못지않은 거대한 배와 송충이처럼 두꺼운 눈썹, 그리고 입에 문 담배가 트레이드 마크인, 흰 가운을 입은 초로의 남성이다. 어디를 보아도 의사와는 무관해 보이는 요소들이지만 이분이 바로 이누이 선생님이다.

"구리 짱이 와주면 얼마나 수월한지 몰라. 나는 이제 위내시경은 귀찮아서 못하겠어."

"겨우 세 명뿐입니다만……."

"그래도 귀찮은 건 귀찮은 거야. 이 나이까지 살다 보면 시커먼 사람들 속을 지긋지긋하게 보게 되지. 이제 와서 카메라를 집어넣어서 다른 사람들 배 속 따위 보고 싶지 않다고."

끙차, 하면서 앉더니 담배 연기를 길게 내뿜었다.

보통은 어떤 모습의 사람이든 흰 가운만 걸치면 제법 그럴듯한 의사로 보이는데, 이누이 선생님만은 좀 다르다. 이리 보고 저리 봐도 의사인 척을 하고 있는 오사카 조직 폭력배 같다.

"상태는 어때?"

큼직한 눈을 부라리며 말한다. 딱히 화를 내는 것은 아니다. 타고난 눈매가 그렇다.

"누구 상태를 말씀하시는지……?"

"나이토 말이야. 상당히 안 좋은 것 같던데."

짧게 깎은 머리를 벅벅 긁으면서 담배를 깊숙이 빨아들였다.

"벌써 들으셨군요."

"내과의 왕너구리가 말해줬어. 이번엔 결코 농담이 아니라고."

공교롭게도 이누이 원장님이 내과 부장님에게 붙인 별

명이, 내가 붙인 별명과 같은 '왕너구리'이다. 물론 우연의 일치일 뿐이며, 적어도 면전에서 왕너구리라고 부를 수 있는 사람은 이누이 원장님밖에 없다. 참고로 왕너구리 선생님은 왕너구리 선생님대로 이누이 선생님을 '외과의 하마 영감'이라고 부르고 있으니 피차 마찬가지이긴 하다.

"나이토가 림프종이라니, 너구리도 상심이 클 거야."

"지금으로서 그런 기색은 보이지 않으십니다."

"뭐, 앞으로 그럴 거라는 말이야. 너구리는 솔직하지 않으니까."

아무렇지도 않게 이런 말을 한다.

"하지만 아직도 믿기지가 않아. 나이토와는 둘이서 자주 밤늦게까지 회진을 돌곤 했는데……."

하마 선생님은 한 번 더 중얼거리더니 한숨 섞인 담배 연기를 내뿜었다.

혼조병원에 있었을 때, 이누이 원장님과 나이토 선생님은 묘하게 성격이 잘 맞았던 모양이다. 야밤에 의국에서 자주 즐겁게 담소를 나누던 모습을 기억하고 있다.

"내과 너구리에 외과 하마. 혼조병원은 동물원 같구먼."

이누이 선생님이 이렇게 말하고 으하하 웃을 때면 "그렇게 귀엽지는 않아요, 둘이 같이 있으면 영락없는 조직

폭력배 모임이에요"라고 빙긋 웃으며 늙은 여우 선생님이 말하곤 했다. 나이 차가 나는데도 신기하게도 스스럼없이 지내던 두 사람이었던 것이다.

"신도 무심하시지. 조금 더 인정을 베풀면 좋았을 것을. 위루(胃瘻, 위에 구멍을 뚫어 튜브로 영양을 공급하는 것 - 옮긴이)며 링거며 주렁주렁 달고 누워만 있는, 죽고 싶어도 죽지 못하는 노인들이 얼마나 많은데. 왜 하필 나이토를 데려가려고 하시는 거야."

"데려가실지 어떨지 아직 정해진 건 아닙니다."

"아, 그렇지. 그래도 말이야……."

다시 담배 연기를 내뿜는 그 옆모습이 묘하게도 쓸쓸해 보였다. 입은 거칠지만 천성은 바른 사람이다.

조금 전의 간호사가 이누이 선생님의 찻잔을 가지고 돌아왔다.

"원장님, 젊은 선생님 앞에서 함부로 말씀하시지 마세요. 죽고 싶어도 죽지 못한다니, 의사가 할 말은 아니죠."

"거짓말은 아니지 뭐. 구리하라도 모처럼 와줬으니 우리 병실도 돌아볼래? 코, 배, 요도, 여기저기 튜브를 잔뜩 꽂은 노인들이 다들 똑같은 표정으로 하루 종일 천장만 보고 있어. 말을 할 수 있는 사람은 아무도 없는데 죽을 것 같은 사람도 지금은 없어. 게다가……." 이누이 원장님이 담뱃불을 재떨이에 꾹꾹 힘주어 비벼 끄면서 말을 잇는다. "입원했을 때는 위루든 뭐든 좋으니 살려만 달라고 애원하던 가족들이 지금은 한 달에 한 번 올까 말까야. 뭐 조용해서 좋긴 하지만."

간호사는 따뜻한 미소로 이누이 선생님의 얼굴을 바라보고 있다. 늘 있는 일일 것이다. 말은 이렇게 하지만, 누워만 있는 환자들을 위해서 최선을 다하는 의사라는 사실을 모르는 사람은 없다.

마침 그때 주머니에 넣어둔 휴대폰이 요란스럽게 울려대기 시작했다. 미간을 찌푸리는 하마 선생님 앞에서 전화를 받으니 위급한 일이다.

"가봐야겠습니다."

"혼조병원은 여전하네."

끙차, 일어나면서 "또 도와주러 와, 구리하라"라고 당부한다. 네, 라고 대답하기도 전에 "구리하라, 잊어버리면 안 되는 게 하나 있어"라고 잠긴 목소리로 말했다.

"사람은 반드시 죽어. 우리가 아무리 애를 써도 사람은 200살까지는 살지 못해. 어떻게 살아갈지에 대해서만 떠들어대는 세상이지만, 어떻게 죽을지에 대해서도 진지하게 생각하는 것이 의사의 일이야."

뒤를 돌아보니 의외로 따스한 눈빛을 하고 있는 하마 선생님과 눈이 마주쳤다.

"아, 그리고……." 막 나가려는 나를 향해 아무렇지도 않은 듯 덧붙였다. "너구리에게 전해줘. 가끔은 위내시경 보러 와달라고."

자상한 목소리였다.

꼭 전하겠습니다, 라고 대답한 후 인사를 하고 몸을 돌려 나왔다.

'늙은 여우 선생님이 또 쓰러지셨다.'

도자이에게 받은 연락이었다.

쓰러졌다고는 해도 지난번과는 상황이 다르다. 이번에는 휠체어를 타고 치요 부인과 담화실에 가 있을 때 갑자기 의식을 잃고 쓰러졌다고 한다.

내가 달려갔을 때는 늙은 여우 선생님은 병실 침대로 돌아와 있었다. 도자이의 말에 따르면, 쓰러진 직후 전혀 의식이 없다가 내가 전화로 지시한 두부(頭部) CT 검사를 하는 동안 의식이 회복되기 시작하여 병실에 왔을 때는 거의 원상태로 돌아왔다고 한다.

눈앞에는 평소와 다름없는 미소를 보이는 늙은 여우 선생님이 있다.

"오늘은 날씨가 좋아서요. 담화실에서 조넨다케가 보인다는 말을 듣고 치요와 함께 보러 갔다가 이런 일이 생겼네요."

진찰하는 나에게 태평스럽게 이런 말을 한다.

"조넨다케에는 학창 시절에 한 번 오른 적이 있어요. 그때는 치요도 함께였죠. '조넨 오두막'에 묵으면서 하늘에 가득한 별을 바라보고, 해돋이의 장관도 보았지요. 꽤 옛날 일이지만, 갑자기 생각나서……."

차분한 목소리가 이어진다. 말투는 또렷하지만 왠지 주의가 산만해 보이는 느낌도 든다. 옆에 서 있는 치요 부인은 가만히 지켜볼 뿐이다. 가슴속에는 불안이 뒤얽혀 있을 텐데도 그런 감정은 모두 가라앉혀두고 그저 가끔씩 남편의 말에 끄덕이고 있을 뿐이다.

어쨌든 활력 징후(맥박, 호흡, 체온, 혈압 등 환자를 진찰할 때 기본적으로 관찰하는 항목 – 옮긴이)가 안정된 것을 확인하고 조용히 병실을 나왔다.

"안 좋아요?"

복도에서 기다리고 있던 도자이의 첫마디였다.

"좋지 않다는 것은 확실해. 그런데……." 도자이가 내민 두부 CT 사진을 훑어보면서 눈썹을 찡그렸다. "적어도 현재로서는 마비도 없고 감각 장애도 없어. 게다가 급하게 촬영한 CT에서도 이상 소견이 없고."

"무슨 뜻이에요?"

"무슨 일이 일어나고 있는지 알 수가 없다는 뜻이야."

나는 CT 필름을 다시 들여다보았다. 역시 이상 소견은 없다.

CT상으로는 출혈은 없고 경색이 의심될 만한 신체 소견도 없다. 악성림프종의 화학요법을 시작한 지 이미 2주가 지났는데 항암제의 부작용일 가능성이라면, 나의 알량한 지식으로서는 심히 불안하다.

"구리하라!"

다급한 목소리에 얼굴을 들어보니 복도 끝에서 빠르게 걸어오는 다쓰야가 보였다. 사복 위에 흰 가운을 걸치기만 한 모습이다. 아마도 나쓰나와 놀다가 호출되었을 것이다.

"나이토 선생님 상태는?"

"지금은 안정됐어. 마침 네 힘을 빌리고 싶던 참이었어."

이렇게 말하며 CT 사진을 건넸다.

"전조 증상도 없이 갑자기 쓰러졌는데, 그 후에 자연스럽게 의식이 회복됐어. 이학(理學) 소견도 이상이 없고, 두부 CT도 문제없어. 뭔가 놓친 게 있지는 않을지……."

거기에서 내가 말을 멈춘 이유는, 친구가 평소와 달리 심각한 표정을 짓고 있었기 때문이었다.

"구리하라, 내가 중요한 걸 하나 놓쳤을지도 몰라."

미간을 찌푸리는 내 앞에서 여전히 심각한 표정을 한 채로, 단어를 고르듯 조용히 말을 이었다.

"진행기 T세포성 림프종이라면 당연히 신경 썼어야 했을 부분이야. 추가 검사를 해야겠어. 지금 바로."

다쓰야는 목소리를 낮추었다.

"뇌척수액 검사야."

뇌척수액이란 뇌와 척수를 감싸고 있는 액체로, 사람의 중추 기능을 보호하는 중요한 액체이다. 사람의 뇌는 두개골 안에 덩그러니 놓여 있는 것이 아니다. 이 수액 안에 떠 있다고 생각하면 된다.

뇌척수액 검사 자체는 그다지 힘들지 않아서 허리 쪽에 얇은 바늘을 찔러 소량의 액체를 뽑기만 하면 된다.

다쓰야는 늙은 여우 선생님의 뇌척수액을 채취하자마자

나를 데리고 검사실로 가서, 마쓰마에 기사장을 불러 그 자리에서 검사를 의뢰했다. 결과가 나오기까지는 한 시간이 채 걸리지 않았다.

"중추신경 침윤?"

회의실에 치요 부인의 의아한 목소리가 울려 퍼졌다.

방 안에는 나와 미카게 간호사, 그리고 치요 부인 셋뿐이다. 미카게 씨가 메모를 하며 내는 펜 소리만이 방 안을 채웠다.

"악성림프종의 중추신경 침윤입니다."

감정을 억누르며 대답하는 내 목소리에 부인이 아무 말 없이 눈을 깜빡였다. 왠지 그 사소한 움직임이 매우 아름답게 보였다.

"어렵다……는 말씀이네요."

"지금도 신도 선생이 검사과에서 정밀검사를 지시하고 있지만, 치료 내용을 변경할 필요가 있습니다. 수액 주사를 병용한 강도 높은 화학요법으로……."

"남편은 얼마나 견딜 수 있을까요?"

이번에는 내가 침묵할 차례였다. 잠자코 고개를 들자, 바람이 멎어 잔잔해진 물결과도 같은 치요 부인의 눈이 나를 바라보고 있었다.

"새로운 치료는 남편 몸으로 견딜 수 있는 정도인가요?"

어디까지나 담담한 목소리였다. 나는 대답하지 못하고 그저 조용히 시선을 떨구었다.

가슴속에 떠오른 것은 검사실에서 다쓰야가 짓던 심각한 표정이다. 그는 현미경을 들여다본 채 얼어붙은 것처럼 꼼짝도 하지 않았다.

"다쓰야, 상태가 어때?"

내 말에 대답한 것은 다쓰야 옆에서 현미경을 들여다보던 마쓰마에 기사장이었다.

"원래라면 있을 수가 없는 세포가 뇌척수액 안에 보여."

"있을 수 없는 세포?"

"종양 세포야. 다시 말해 림프종이 머릿속까지 퍼졌다는 뜻이야."

순간 온몸의 피가 빠져나가는 듯한 기분이었다. 옆에서 현미경을 노려보면서 다쓰야가 희미하게 중얼거렸다.

"더 빨리 눈치챘어야 했어……."

비통한 울림이었다. 현미경 렌즈를 꼭 쥔 채 입술을 깨물고 있었다.

"생각해보면, 처음에 병동에서 쓰러진 것 자체가 신경

침윤 때문이었을 가능성이 높아. 진행기 고악성도 림프종이라면 처음부터 생각했어야 했어……."

아무리 많은 난제를 끌어안고 있어도 혈액내과의로서는 당당한 자신감으로 넘치던 친구의 어깨에, 지금은 그 그림자조차 없었다.

나는 그런 무거운 기억을 떨쳐내고 동요를 가라앉힌 후 치요 부인을 바라보았다.

"병세가 위중한 것은 확실합니다. 하지만 어쨌든 약제를 변경해서 치료를 계속하겠습니다."

치요 부인은 천천히 인사하더니 평소와 다름없는 침착함을 유지한 채 차분하게 일어섰다.

"남편의 곁에 있으려 합니다. 모처럼 얻은 소중한 시간이니 조금이라도 둘이 함께 보내고 싶어요."

부인이 방을 나선 후, 그 모습을 지켜보던 미카게 씨가 작게 흐느끼는 모습이 보였다.

"지는 싸움이네."

부장실에 왕너구리 선생님의 두꺼운 목소리가 울려 퍼졌다. 커다란 손이 뇌척수액 검사 결과지를 들고 있다.

"틀림없이 나이토의 검사 결과인 거지?"

괜한 사실을 다시 묻는다.

"지는 싸움이야……."

"반복하지 않으셔도 잘 들립니다."

나도 모르게 목소리가 난폭해진다. 황급히 고개를 숙이며 말했다.

"……실례했습니다."

"사과할 것 없어. 나도 그런 기분이야."

여전히 흔들림 없는 목소리가 이어진다. 이내 시선이 책상 위에 내던진 엑스레이 사진으로 향했다. 두부 CT 검사를 할 때 같이 찍은 흉부 엑스레이 사진이다.

"앞으로 한 달도 못 버티겠네."

나지막한 목소리가 엄연한 울림과 함께 들려왔다.

엑스레이에는 울퉁불퉁하게 부풀어서 커진 림프절이 또렷하게 찍혀 있었다. 2주 전까지만 해도 CT에서는 관찰되었지만 엑스레이에서는 판연하게 드러나지 않았던 병변이다. 지금은 엑스레이 한 장만 봐도 병변을 명확히 인식할 수 있는 상태가 되었다. 2주간 투여했던 항암제는 전혀 효과가 없었던 것이다.

"오늘 저녁부터 신도 선생 지시로 화학요법을 수액 주사 병용으로 전환하겠습니다."

"나이토에게는 뭐라고 말했어?"

"아무 이야기도 하지 않았습니다."

잠깐 동안의 침묵이 흘렀다.

"말씀드리지 않아도 부부장 선생님은 알고 계십니다."

"……그렇겠지."

작게 중얼거린 왕너구리 선생님은 그대로 부장실 중앙에 있는 접객용 소파에 털썩 앉았다. 천천히 주머니에서 마일드세븐을 꺼내더니 어디서 났는지 모를 라이터로 불을 붙인다.

"……병원은 전 구역 금연입니다."

"구리 짱, 조넨이라고 알아?"

내 말을 흘려버리고는 갑작스러운 질문을 했다.

조넨다케는 길게 말할 것도 없이 북알프스의 명봉 중 하나이다. 해발 약 2,800미터로 그다지 높지는 않지만, 당당한 위용을 아즈미노(마쓰모토 분지의 선상지—옮긴이)에서 정면으로 올려다볼 수 있기 때문에 마쓰모토다이라의 사람들에게는 예전부터 친숙한 존재이다.

"조넨 꼭대기에는 '조넨 오두막'이라는 이름의 멋진 산장이 있어. 나도 학창 시절에 가본 적이 있지. 나이토가 좋아하는 산이야."

불쑥 중얼거리는 말과 함께 뿌연 담배 연기가 일어난다.

"조넨은 나이토와 치요를 이어준 산이야." 천천히 피어오르는 연기를 응시하면서 아득한 과거를 회상하듯 말을 이어간다. "내가 의학부 3학년이었고 나이토는 한 학년 후배니까 2학년이었어. 어느 날 동기들끼리 여름에 조넨에 올라가자는 계획을 세운 거야. 싫어하는 나이토도 억지로 끌어들였지. 그때 모인 동기들 중에 치요도 있었어. 그 둘이 사랑에 빠진 곳이 해발 3,000미터에 가까운 북알프스 꼭대기였던 거야."

왕너구리 선생님이 웬일로 말을 많이 한다.

태도는 부드럽지만 강한 심지를 가진 치요 부인과, 항상 태평스럽고 미덥지 못한 늙은 여우 선생님은 처음 만났을 때부터 신기하게도 잘 맞았던 모양이다. 편도 여섯 시간이 걸리는 산길을 서로 도와가며 오른 끝에 정상에 도착했을 무렵에는 이미 우정을 넘어선 감정이 싹트고 있었다고 한다. 물론 왕너구리 선생님의 주관적인 표현이다.

어쨌든 산장에 도착한 시점에서 동기 일동은 한 계획을 생각해냈다. 산장에서 머물기로 한 밤, 늙은 여우 선생님과 치요 부인을 별이 가득한 하늘 아래로 불러내고는 타이밍을 노려 둘만 남겨두고 모두 산장 안으로 들어가버린 것이다. 아무리 생각해도 학생다운 안이한 발상이었지만 작전은 대성공이었다.

밤하늘 가득히 빛나는 별 아래 남겨진 두 사람.

그 사이에 어떠한 이야기가 오갔는지 아는 사람은 없다. 한 가지 확실한 것은 한밤중에 두 사람이 살그머니 산장에 돌아왔을 때는 새로운 커플이 탄생해 있었다는 것이다.

"조넨에 그런 추억이……."

"한 이틀 전에 말이야, 하고 싶은 일이 있느냐고 나이토에게 물었더니 웃으면서 '치요와 둘이 조넨에 오르고 싶다'고 하더라고." 왕너구리 선생님은 억지로 웃으려다가 실패했다. "갈 수 있을 리 없잖아, 이런 상태로는."

갈 곳 없는 슬픔에 가득 찬 한마디였다.

"신이라는 존재도 의외로 심술궂어……."

이윽고 왕너구리 선생님이 그대로 손을 번쩍 들고는 부장실에서 나가라는 듯 손을 흔들었다. 나는 말없이 인사를 하고 방을 나왔다.

복도에 나와서 조용히 문을 닫자 갑자기 쾅, 하고 둔탁한 소리가 바닥을 울렸다. 나는 깜짝 놀라 안을 들여다보았다. 소파에 앉아 있는 왕너구리 선생님이 주먹을 쥔 오른손으로 탁자 위를 내려치고 있었다. 눈은 똑바로 뜨고 입은 온화하게 다문 채였지만 탁자 위를 때리는 주먹은 미세하게 떨리고 있었다.

다시 주먹을 치켜들더니 탁자를 내려친다.

쾅.

무거운 울림이 복도까지 들린다. 계속해서 쾅, 쾅, 때리는 소리만이 이어지는 가운데 왕너구리 선생님은 눈썹 하나 까딱하지 않은 채 그저 주먹만 내려치고 있었다.

이윽고 움직임을 멈춘 왕너구리 선생님의 넓은 어깨가 딱 한 번 흔들렸다. 눈물은 보이지 않았지만 그것은 울고 있는 모습이었다.

온타케소에 돌아온 내가 아내를 밖으로 데리고 나간 것은 밤 12시에 가까운 시각이었다.

"한잔하러 가자."

망연히 말하는 나에게 아내는 아무것도 묻지 않고 "그래요"라고만 대답했다.

밤 12시이다.

늘 가는 '규베에'는 이미 문을 닫았을 시간이다. 그래도 그곳으로 향한 이유는 그 외에 딱히 갈 만한 곳도 없고, 가슴속에 응어리져 있는 감정을 쏟을 곳도 없어서 가만히 있

을 수 없기 때문이었다. 가게를 열었는지 닫았는지는 중요
한 문제가 아니었다.

정신을 차리고 보니 여기저기에서 죽음의 기운이 느껴
졌다.

평소라면 당연한 듯이 눈앞으로 지나갔을 사신(死神)이,
지금은 등 뒤에서 비웃으며 변덕쟁이처럼 큰 낫을 휘두르
고 있는 것 같은 불길한 망상이 떠나질 않는다. 내가 무턱
대고 빠른 속도로 걸은 것은 그 망상을 떨쳐내기 위해서였
는지도 모른다.

몇 개의 거리를 지나 희미한 가로등이 켜져 있는 골목길
을 걸어 마침내 규베에 앞에 도착했다. 물론 불은 꺼져 있
었다.

당연한 일이다. 그 당연한 사실에도 설명할 수 없는 초
조감이 밀려오던 바로 그때, 가게 안에 불이 켜졌다.

마음을 졸이는 내 앞에서 가게 문이 열리고 얼굴을 내민
사람은 우락부락하게 생긴 마스터였다.

"뒷골목에서 무서운 속도로 걸어오는 사람이 보여서요.
역시 구리하라 씨였네요. 무슨 일 있어요?"

이렇게 말하면서 커다란 쓰레기봉투를 가게 밖으로 내
놓는다. 가게 안 청소도 끝나고 이제 돌아갈 채비를 하고

있는 것이리라.

어떻게 대답하면 좋을지 생각하고 있는데 아내가 밝은 목소리로 말했다.

"술을 무척이나 마시고 싶어서요. 안 될까요?"

마스터가 역시 흠칫 놀란다. 나 또한 깜짝 놀랐다.

가게 문을 닫고 이제 막 가게 청소도 끝낸 우락부락한 마스터에게 아담한 체구의 아내가 문을 열어달라고 말하고 있는 것이다. 막무가내라기보다는 기이하다.

"지금부터요?"

"네, 지금부터요."

아내의 대답에는 망설임이 없다. 마스터는 잠시 우물쭈물하더니 물었다.

"하루나 씨가 원하는 거죠?"

"네, 제가 원해요."

낭랑한 웃음을 띠며 똑똑히 대답한다.

마스터는 망설이듯 굳은 표정의 나와 생글거리는 아내를 번갈아 보더니 마침내 구릿빛 뺨에 미소를 띠었다.

"구리하라 씨 부탁이라면 거절하겠지만 하루나 씨 부탁이라면 거절할 수 없죠. 마침 새로운 술이 들어왔어요. 같이 맛을 봐주시겠다면 그걸 내지요."

"감사합니다!"

아내의 시원한 목소리가 어둠이 내려앉은 골목에 울려 퍼졌다.

'샤라쿠.'

익숙지 않은 라벨에 나는 마스터를 돌아보았다.

"아이즈의 술이에요. 구리하라 씨는 '히로키'를 좋아하시니 아마 마음에 드실 겁니다."

명목상으로는 아내가 마시고 싶어서 이렇게 되었지만, 처음부터 내가 좋아할 만한 술을 내오는 것을 보면 마스터는 역시 마스터이다.

말없이 한 잔을 받아 들었다.

"샤라쿠는 작은 양조장에서 만들어요. 영세 기업이지만 최근에는 이런 작은 양조장들이 분발하고 있습니다. 신슈만 해도 '요아케마에'나 '하쿠바니시키'가 있고, 얼마 전에 내드린 시나노쓰루도 좋은 술이지요."

그렇군, 고개를 끄덕이면서 잔에 입을 대보니 이 또한 각별한 미주(美酒)이다. 옆에서 아내도 "와"하고 눈을 크게 뜨더니 뺨에 손을 댄다.

단맛이 훌륭하다. 무조건 깔끔한 맛의 술만 넘쳐나는 요즘에는 보기 드문, 풍부한 감칠맛이 뒤에 남는다. 더군다나 그 맛이 불쾌하지 않다. 아주 좋은 술이다.

"하루, 미안해."

이제야 한숨을 돌린 나는 내뱉듯이 말했다. 가게 안을 둘러보니 어느샌가 마스터는 보이지 않는다. 두말할 것 없이 마스터의 배려인 것이다.

아내는 오히려 이상하다는 표정이다.

"한밤중에 이제야 들어오나 싶더니 무턱대고 데리고 나오지를 않나, 하루를 술꾼으로 보이게 해놓고 아까부터 나만 마시고 있고 말이야."

"그렇지 않아요. 정말 마시고 싶었으니까요."

웃으면서 가느다란 손으로 유리로 된 술병을 들고 각각의 잔에 따른다. 생각해보면 이렇게 규베에서 단둘이 마시는 것은 오래간만의 일이다.

"나이토 선생님, 좋지 않으신 거군요."

나는 가만히 끄덕였다.

암울한 기분을 떨쳐내려고 술잔에 손을 뻗으려는데, 그보다 먼저 아내가 술잔을 들더니 훅, 단숨에 들이켰다. 나도 모르게 눈이 휘둥그레졌다.

"하루, 그렇게 빨리 마셔도 괜찮아?"

"오늘은 이치 씨 몫까지 마실 거예요." 힘주어 술잔을 노려보면서 덧붙인다. "쓴 술은 당신 몫까지 마실 거예요. 단 술은 당신과 함께 마시고요."

걱정 말라는 듯 가슴을 두드리며 "맡겨주세요"라고 청아하게 말한다. 무턱대고 마셔서 그런지 하얀 볼이 이미 발그레 달아올랐다. 살짝 촉촉해진 눈동자가 아름답다. 나는 가만히 아내의 눈동자를 바라보다가 갑자기 내 술잔과 아내의 술잔을 양손에 들고 연거푸 들이켰다.

"앗, 안 돼요!"

"쓴 술은 이걸로 끝이야. 이제 단 술로 파티를 열자. 처음부터 다시 시작이야, 하루."

나의 커다란 목소리에 조금 놀란 아내는 이내 발그레해진 볼에 미소를 띠었다. 그리고 눈앞에서 검지 하나를 척, 세워 보이면서 말한다.

"그러면 즐거워지는 이야기를 해줄게요."

"좋아. 유쾌하겠군."

"아직 아무 이야기도 하지 않았어요."

"하루가 즐겁다면 그것만으로도 나는 유쾌해져."

농담을 하니 아내가 경쾌한 미소로 답한다.

"야쿠스기 씨가 야쿠섬에 간대요."

이번에는 내가 놀랐다.

"『밤과 안개』를 읽은 후에 인생관이 바뀌었대요. 조금 더 하루하루를 소중히 여겨야겠다고 생각하게 됐는데, 그러고 나니 가만히 있을 수 없게 되었대요. 어제, 야쿠섬으로 가는 방법에 대해 상담을 해주었어요."

아내는 일 때문에 몇 차례 야쿠섬에 간 적이 있다. 그곳에 관해서라면 확실히 잘 알고 있다.

"갑작스러워서 조금 걱정은 했지만, 뭔가 개운해진 듯한 밝은 기운이 느껴져서 나까지 힘이 나더라고요."

"갑작스럽다는 것은 건강하다는 증거이기도 하지. 걱정할 것 없어."

책 한 권을 계기로 갑자기 보이는 것이 달라지는 경우는 확실히 있다. 그런 찰나의 감동에 자극을 받아 어딘가로 떠난다 해도 그것은 그것대로 괜찮다. 왜냐하면 야쿠스기 군에게는 돌아올 곳이, 즉 온타케소가 있으니까.

배 속이 따뜻해져오는 것은 술 때문만은 아니리라.

"야쿠스기 군의 야쿠스기 리포트가 기대되는군."

"그나저나……." 웃으면서 끄덕이는 아내를 보며 나는 말을 이었다. "하루는 보물 상자 같은 사람이야."

"보물 상자요?"

"사람을 행복하게 해주는 보물이 가득 들어 있어."

아내가 웃으면서 발그레해진 볼을 더욱 붉혔다.

"그러면 행복해지는 이야기를 하나 더 해줄게요."

"또 있어? 여기서 더 유쾌해지면 발밑에 깔려 있는 불쾌 씨에게 미안해지잖아."

"불쾌 씨와는 매일 만나고 있으니 오늘만큼은 거리를 둬도 괜찮아요." 아내는 자신감에 가득 찬 모습으로 가볍게 에헴, 기침을 한다. "어제 치요 부인께 들은 이야기예요. 병문안 갔을 때, 잠들어 있는 선생님 옆에서 두 분의 첫 만남 이야기를 해주셨어요."

오, 나는 눈을 가늘게 떴다.

"조넨 이야기야?"

"알고 있었어요?"

"오늘 우연히 부장 선생님에게 들었어."

"별이 가득한 조넨의 밤하늘 아래에서 고백이라니 멋지지 않아요? 밤하늘을 올려다보며 치요 씨가 '별이 예쁘네요'라고 했더니 나이토 선생님이 뭐라고 하셨게요?"

"글쎄, 어려운 문제네. 나이토 선생님이니 재치 있는 대답이라도 하셨으려나."

"아뇨. '별은 아무래도 상관없어요. 저에게 소중한 것은 당신입니다'라고 하셨대요."

술잔을 들려다가 하마터면 잔을 놓칠 뻔했다. 느긋한 선생님의 모습에서는 도저히 상상이 되지 않는다.

"치요 씨는 치요 씨대로 깜짝 놀라서 자기도 모르게 '감사합니다'라고 해버렸대요."

나와 아내가 소리 내어 함께 웃었다.

"정말 행복한 추억이라고 말씀하셨어요."

"부부장 선생님에게 지금 하고 싶은 게 뭔지 물었더니, 조넨에 오르고 싶다고 말씀하셨대. 그 별하늘을 둘이서 보고 싶다고."

"……치요 씨와 같은 마음이시네요."

아내의 표정에 쓸쓸함이 느껴졌다. 손에 쥔 술잔을 보던 시선을 나에게 돌리고는 물었다.

"안 될까요?"

"……산은커녕 병원을 벗어나기도 힘들어. 언제 쓰러지실지 몰라."

"그렇군요."

아내의 어깨가 처졌다.

"웃다가, 낙심하다가. 바쁘신 것 같네요."

갑자기 마스터가 안쪽에서 나타났다. 카운터 맞은편에

서서 천천히 자신이 좋아하는 술잔을 꺼낸다. 마스터가 술을 마실 때는 언제나 이 술잔이다. 나는 탁자 위의 '샤라쿠'를 그 잔에 따랐다.

"하루나 씨, 무슨 이야기 하셨어요?"

"조넨의 별하늘 이야기요." 아내가 미소를 되찾고 말했다. "북알프스 정상에서 바라보는 밤하늘은 최고예요. 한번 이치 씨를 데려가고 싶은데 워낙 바쁘니……."

"알프스요? 확실히 절경이죠. 옛날에는 여기에서도 산정상에 지지 않을 정도로 별이 잘 보였는데 말이에요."

물을 마시듯 술을 들이켜면서 이렇게 말한다.

"최근에는 정신 사나운 네온사인이며 간판이 늘어나서 잘 보이지 않게 되어버렸어요. 밤이면 네온사인도 꺼지지만, 마을 한복판에 24시간 365일 안 꺼지는 유달리 밝은 간판이 있으니까요."

마스터가 빙긋 웃었고 나도 씁쓸히 미소 지었다. "그렇군. 그건 확실히 눈에 거슬려. 1주일에 한 번 정도는 꺼줬으면 좋겠는데 말이죠."

"안 돼요. 이 동네의 마지막 보루니까요." 웃으면서 마스터가 술잔을 들어 올렸다. "자, 아름다운 별하늘과 구리하라 부부의 미래를 위하여 건배!"

굵직한 목소리가 가게 안에 울려 퍼졌다.

규베에를 나선 것이 몇 시인지 정확하지 않다.

적어도 한 되들이 샤라쿠 한 병을 셋이서 비운 것은 사실이다. 마스터의 주량은 보통이 아니다. 특상 준마이슈(순쌀로만 빚은 청주-옮긴이)를 물처럼 마시고도 아무렇지 않았으니까.

밖으로 나서자 점점이 빛나는 가로등만이 희미하게 어두운 밤길을 밝히고 있다.

취기가 돌아 흔들거리는 것 같은 거리를 천천히 걷다가 뒤를 돌아보니 아내가 길 한가운데 서서 하늘을 올려다보고 있었다. 무언가에 홀린 듯 가만히 밤하늘을 올려다본 채로 미동조차 없다. 시선을 좇아보니 깜깜한 밤하늘에 무수한 별이 반짝인다. 대부분의 네온사인이 꺼져 있어서 별들이 잘 보인다.

다시 아내를 바라보니 아직도 열심히 하늘을 올려다보고 있다. 걱정되어 말을 걸었다.

"하루, 왜 그래?"

갑자기 정신을 차린 듯 아내는 나를 돌아보았다. 다음 순간 갑자기 뛰어와 내 팔을 붙잡고는 맑은 목소리로 말한다.

"이치 씨, 엄청난 걸 생각해냈어요."

그대로 내 팔을 끌어당겨 귀에 대고 조용히 속삭였다. 이번에는 내 눈이 휘둥그레졌다.

"진심이야?"

"어때요?"

"하루는 못 말려. 정말 그게 가능할 거라고 생각해?"

겨우 대답했다. 그러나 아내는 조금도 망설이는 기색이 없다.

"우리 둘만으로는 무리예요. 모두의 힘을 빌리는 거예요. 도움을 줄 수 있는 모든 사람의 힘을 빌리는 거죠. 당신을 몇 년이나 보살펴주신 멋진 선생님이잖아요. 저도 뭔가 보답하고 싶어요."

반짝반짝 빛나는 눈동자에 나는 그저 수긍할 수밖에 없었다.

"무리라고 생각해요?"

"일반적으로 생각하면 가능할 리 없어. 하지만 하루의 그 미소를 보면 어떻게든 해볼 수 있을 것 같단 말이야."

"해봐요, 이치 씨. 모두에게 부탁해보는 거예요."

말을 마치자마자 아내는 내 손을 붙잡고 달리기 시작했

다. 윤기 나는 검은 머리칼이 바람에 흩날렸고 나의 가슴
이 묘하게 벅차올랐다.

"빈혈이 심해졌어."

다쓰야의 목소리가 간호사 대기실에 울렸다. 늙은 여우
선생님의 전자 카르테를 열어둔 상태이다.

"가끔씩 의식 상태가 급격히 악화되기도 해. 수액 주사
를 시작하고 불과 이틀밖에 지나지 않았는데, 화학요법은
중지해야겠지?"

다쓰야의 말에 내가 고개를 살짝 끄덕였다.

저녁 6시. 이제 슬슬 나쓰나를 데리러 가야 하는 시간이
다. 다행히 병동 환자가 안정되어서 오늘은 무사히 데리러
갈 수 있을 텐데도 다쓰야는 눈살을 잔뜩 찌푸린 채 움직
이지 않는다.

늙은 여우 선생님의 병세는 악화 일로를 걷고 있었다.

식사도 할 수 없게 되어 어제부터 온전히 정맥 주사로만
영양 공급을 하기 시작했다. 이동할 때도 무조건 휠체어를
타야 한다.

왕너구리 선생님의 말대로 완전히 '지는 싸움'이었다.

다쓰야는 한 손으로 전자 카르테를 조작하면서 최근 수

일간의 혈액 검사 결과를 불러오고 있다. 아무리 불러와도 새빨간 숫자로 채워져 있을 뿐인 모니터를 보고 다쓰야는 결국 눈을 감았다.

"차라리 비웃어줘, 구리하라……." 친구가 입술을 굳게 깨물었다. "모든 수단을 다 동원했다는 둥 잘난 척했는데 결국 이 꼴이야. 나쓰나와 치나쓰 일에 정신이 팔려 있으니 이런 실수를 해버린 거야……."

"네 잘못이 아니야."

나의 말에도 다쓰야는 고개를 들지 않았다.

"만약 한 달 빨리 뇌척수액 침윤 진단을 내렸다면 예후가 달라졌을까? 그렇지 않았을 거야……."

"선한 양심이 우리의 유일하고 확실한 보상이다……." 눈가를 손가락으로 누른 채로 다쓰야는 말을 이었다. "나는 그 말을 입에 올릴 자격이 없어."

어깨를 축 떨어뜨리고는 입을 다물었다.

그저 침울하고 무거운 침묵이 계속될 뿐이다.

나는 천천히 병동을 돌아보았다. 미즈나시 씨와 미카게 씨가 분주하게 돌아다니는 모습이 보인다. 도자이는 오늘도 회의인지 뭔지로 병동에 없다.

병동 한쪽 구석에서 낙심하고 있는 두 내과의에게 감히

다가오려는 사람은 없었다.

"더 이상 치료할 수가 없어지면 우리의 역할도 끝나는 건가?"

나는 일부러 엉뚱한 곳을 쳐다보면서 말했다.

다쓰야가 의아한 표정으로 고개를 드는 모습이 시야 한쪽에 들어온다. 나는 가운 주머니에 양손을 꽂은 채로 힐끗, 친구를 바라보았다.

"주치의가 무엇인지에 대해서는 전에도 한번 말했어. 치료하는 것만이 우리 일은 아니야."

다쓰야가 눈썹을 살짝 꿈틀거리더니 나지막이 입을 열었다.

"……구리하라, 무슨 생각을 하고 있는 거야?"

"부부장 선생님을 위해서 할 수 있는 일이 남아 있어."

"할 수 있는 일?"

나는 목소리를 약간 낮추어서 말했다.

"단, 상당히 큰일이야. 게다가 리스크뿐이고 특별히 보상이 있는 것도 아니야. 말하자면……."

"선한 양심만이 확실한 보상인 건가?"

다쓰야가 내 말을 가로막았다. 순간적으로 돌아보니 친구의 눈가에는 어느샌가 단정한 차분함이 돌아와 있다.

"구리하라, 말해줘."

"지난 일을 가지고 계속 끙끙대는 심약한 사람에게 말해도 될지, 한 번 더 생각해봐야겠어."

"구리하라." 다쓰야가 몸을 돌려 나를 똑바로 쳐다보았다. "이래 봬도 나이토 선생님의 주치의야. 내가 모르는 사이에 담당 환자에게 이상한 지시가 내려지면 나도 난처하다고."

눈가에 희미한 미소가 있다. 약간 융통성이 없는 편이긴 해도 결정적인 순간에는 언제나 힘이 되는 남자이다.

"하여간 말은 잘한다니깐."

그제야 비로소 나도 웃으면서 계획에 대해 이야기하기 시작했다.

다음 날 이른 아침, 병원 뒤쪽의 강변이다.

"응? 담배를 싫어하는 사람이 이런 곳엔 대체 무슨 일이에요?"

도무라 씨가 주머니에 손을 꽂은 채로 돌아보았다. 늘 피우는 장소에서 늘 피우는 필립모리스를 입에 문 도무라 씨가 담배 연기를 내뿜었다.

"도무라 씨와 의논하고 싶은 게 있어서 왔어요."

"의논?" 진지한 얼굴로 서 있는 나를 보고 도무라 씨는 의미심장하게 웃으며 말한다. "병원 안에서 말하면 될 것을 여기까지 오다니, 그것도 이렇게 이른 시간에 말예요. 뭔가 사정이 있나 보네. 또 우정 문제인 건 아니죠?"

"다쓰야의 멍청함을 계속 화제로 삼을 만큼 한가한 사람은 아니에요. 더 유쾌한 이야기입니다. 응급실의 협조가 필요해서요."

도무라 씨가 궁금하다는 듯한 표정을 짓는다.

"다소 야단스러운 일이에요. 위에서 안 좋게 볼지도 모릅니다."

"무슨 일이기에 그래요? 재미있겠는데?"

갑자기 흥미를 보이기 시작했다. 못 말리는 사람이다.

"재미있을 겁니다."

나는 미소를 지으며 조용히 손짓해 불렀다.

마쓰마에 기사장이 가볍게 눈썹을 추켜세우고는 나를 쳐다보았다.

"진심이야?"

점심때가 지난 중앙검사실. 오전만큼은 아니지만 기계와 사람이 뒤엉켜 제법 소란스럽다. 지금도 많은 기사들이 부서 안을 뛰어다니면서, 갑자기 나타난 '환자를 끌어당기는 구리하라'에게 신기하다는 듯한 시선을 던지고 있다.

나이가 지긋한 기사장은 점심 식사로 주먹밥을 먹으면서 한 손으로 능숙하게 터치 패널을 조작하고 있다. 거의 화면을 보지 않고도 모니터 위를 현란하게 오가는 손놀림은 역시 근속 연수 최장자답다.

"진심입니다. 그래서 검사과의 협조를 받고자 찾아왔습니다."

홀랑 벗어진 머리를 벅벅 긁으면서 기사장이 나를 쳐다보았다. 그 손이 패널 위에 멈춰져 있다.

"괴짜 구리하라라더니, 정말이네. 제정신인 것 같지가 않아."

기사장의 무심한 태도에는 변함이 없다. 잠깐 멈춰 있던 손이 다시 움직이기 시작했다. 그 초연한 모습에서 마음속을 읽기란 쉽지 않다.

"무리일까요?"

"무리라고는 안 했어."

기사장은 남은 주먹밥을 한입 가득히 밀어 넣고, 다 씹어 삼킨 후에 이쪽을 돌아보지도 않고 말했다.

"간단한 일인데 뭐."

나는 조용히 고개 숙여 감사 인사를 했다.

도자이가 양손을 허리에 대고 나를 노려보고 있다.

밤의 병동. 늘 부지런히 일하는 도자이는 낮에도 밤에도 병원에 있다.

"황당한 이야기예요."

깊은 한숨과 함께 내뱉은 말이었다.

가만히 쳐다보는 나를 향해 말한다.

"오늘 아침부터 신도 선생님이랑 스나야마 선생님이 병원 안에서 알짱거리기에 뭔가 일을 꾸미고 있다는 건 눈치챘지만 그런 이야기일 줄이야."

"일을 꾸미다니, 누가 들으면 오해하겠어. 물밑에서 사전 교섭을 하고 있었던 것뿐이야."

"같은 뜻이잖아요. 아무리 사정이 있다 해도 그런 건 무리예요."

"무리라는 건 알고 있어. 책임은 내가 질 거야."

"책임이라고 해봤자 할 수 있는 게 뭐예요? 혼조병원에서 죽을 때까지 일하겠다고 말할 생각이에요?"

"그것만큼은 사양하고 싶군."

불쑥 대답하고는 황급히 입을 다문다. 도자이의 잘생긴

눈썹이 험악해지고 있다. 그 험악한 침묵을 깨는 밝은 목소리가 들려왔다.

"해요, 주임님."

언제부터 뒤에 있었는지 미카게 씨가 말한다.

"미카게 씨까지 왜 그래?"

"분명히 아주 중요한 일이라고 생각해요. 저도 돕겠습니다."

그 소심한 미카게 씨치고는 부자연스러울 정도로 결연한 말투이다. 그 모습을 보더니 도자이가 조용히 말한다.

"미카게 씨, 신도 선생님에게 무슨 얘기 들은 거지?"

"네."

얼굴을 붉히더니 눈에 띄게 동요한다. 도자이는 가볍게 한 번 흘겨보고는 말한다.

"신도 선생님 팬이 되는 건 상관없지만, 너무 쉽게 받아들이면 나중에 고생해. 닥터는 결국 환자 생각으로 머리가 가득 차서 우리 고생은 눈곱만큼도 생각해주지 않으니까."

"그, 그런가요?"

미카게 씨가 급격히 창백해져서 허둥대기 시작했다. 아직 수행이 한참 부족한 것 같다. 이대로는 형세가 불리할 것 같아 바로 뒤쪽에서 온도판을 기입하고 있던 미즈나시 씨에게 말을 걸었다.

"미즈나시 씨 생각은 어때?"

"저는…… 좋다고 생각해요."

"찬성한다는 거군."

작게 끄덕이는 모습을 확인하고 "어때?" 하며 도자이를 바라보니 조금 전보다 더 어이가 없다는 표정이다.

"보나마나 미즈나시 씨는 스나야마 선생님한테 이야기를 들었겠지?"

미즈나시 씨도 귓불까지 빨개져서 침묵했다.

마침내 도자이가 깊은 한숨을 내뱉었다.

"정말, 속 편한 소리들 하네."

그 가늘고 긴 눈초리가 나를 바라보고 있다. 여기서 물러날 수는 없다. 공연히 더 당당하게 말했다.

"병동 신입 간호사들의 전폭적인 지지를 받고 있는 네가 도와주지 않으면 이 일을 성공시킬 수 없어."

"어둠의 보스라도 되는 것처럼 말하지 말아줄래요? 나는 그저 병동 주임일 뿐이에요."

"도자이, 도저히 안 되겠어?"

"안 된다고는 한 적 없어요. 왠지 멤버들을 보니 나라도 상식 있는 사람처럼 보여야 할 것 같아서 이러는 거예요.

매번 손해 보는 역할이라니깐."

이마 위의 앞머리를 휙 넘기며 가볍게 어깨를 으쓱해 보였다.

"그러면 준비는 언제까지 하면 되는 거예요?"

나는 손가락 두 개를 쓱 폈다.

"이틀 후야."

이틀 후의 심야에 내가 남쪽 3병동을 찾은 것은 호출을 받았기 때문이 아니다.

시간은 아직 날짜가 바뀌지 않은 12시 전. 이미 병동 안이 다 잠들어 있는 시간이다. 간호사 대기실에 들어선 나를 보고 안에 있던 미카게 씨가 아무 말 없이 일어섰다. 다른 간호사들도 역시 조용히 고개를 숙였다.

그대로 둘이서 333호실로 향한다.

문을 열자 침대 위에 앉아 있는 늙은 여우 선생님과 옆에 서 있는 치요 부인이 우리를 맞아주었다.

"이런 시간까지 고생이 많아요, 구리하라 군."

늙은 여우 선생님이 조금 쉰 목소리로 웃었다.

"한밤중에 꼭 데려가고 싶은 곳이 있다니, 대체 무슨 일이에요?"

역시 밤 12시는 좀 심한가 생각했지만 늙은 여우 선생님의 부드러운 미소는 변함이 없다. 요 며칠 사이에 더 수척해져서 볼도 움푹 파였지만 그 온화함만은 여전한 선생님이다.

"선생님, 나가실 수 있겠습니까?"

"물론입니다. 모처럼 구리하라 군이 초대한걸요. 그런데 어디로 가는 건가요?"

"아직 비밀입니다. 출발하겠습니다."

나는 미소와 함께 대답했다.

미카게 씨가 능숙하게 링거 병을 휠체어의 링거대에 옮겨 단 후 치요 부인과 함께 늙은 여우 선생님을 휠체어로 옮긴다. 그런 무심한 동작 사이로 가물거리는 아픈 현실을 떨쳐내기라도 하듯 나는 복도로 나왔다.

미카게 씨가 휠체어를 밀고 그 옆에서 치요 부인이 함께 걷는다. 야간등만이 켜져 있는 어두컴컴한 복도를 지나 엘리베이터 앞까지 오자 도자이가 엘리베이터를 멈추고 기다리고 있었다.

늙은 여우 선생님을 향해 그저 미소 지으며 목례할 뿐, 아무 말도 하지 않는다.

나 역시 잠자코 고개를 끄덕인 후 엘리베이터에 탄다.

목적지는 1층이다.

야간의 외래 병동에서 연결 통로를 지나 옆 건물에 들어선 후 휘황찬란하게 빛나는 응급 외래 옆을 지난다. 그 분주한 광경을 뒤로하고 도중에 복도를 돌아 응급용 엘리베이터 앞까지 왔다. 그곳에서는 다쓰야가 기다리고 있었다.

"선생님, 수고 많으십니다."

늙은 여우 선생님은 나와 다쓰야를 번갈아 보더니 씁쓸하게 웃었다.

"이런이런, 신도 선생도 공범인가요? 두 분이 대체 무슨 일을 꾸민 거예요?"

다쓰야는 그저 미소를 띠고는 휠체어를 밀고 온 미카게 씨를 안내해서 응급실 엘리베이터에 탔다.

다쓰야가 가장 높은 곳에 있는 버튼, H 마크를 눌렀다.

헬리포트이다.

그것을 본 부부가 서로를 마주 본다.

"구리하라 군, 이거 일을 너무 크게 벌이는 거 아니에요? 조금 걱정되는군요."

말과는 달리 늙은 여우 선생님의 목소리에서 왠지 즐거움이 느껴진다.

엘리베이터가 조용히 상승한다. 마침내 문이 열리고 다

쓰야가 앞장서서 엘리베이터 홀 밖으로 나갔다. 문을 하나 통과하면 그곳이 바로 헬리포트이다.

칠흑 같은 밤. 병원 조명을 받아 아련하게 빛나는 정사각형의 공간은, 거대한 마법 융단처럼 아무것도 없는 곳에 담담하게 떠 있는 듯했다.

헬리포트는 말 그대로 병원에서 제일 높은 곳에 있다.

비교적 따스한 6월의 밤바람이 기세 좋게 불어온다. 한밤중이기는 하지만 병동의 간호사 대기실 불빛과 응급실의 커다란 간판 덕분에 헬리포트 위도 제법 밝다.

미카게 씨가 휠체어를 밀고, 그 곁에서 치요 부인이 따른다. 이윽고 거대한 알파벳 H 중앙에 다다랐다.

"와, 멋지다……."

감탄의 탄성을 내뱉은 것은 치요 부인이었다. 눈을 가늘게 뜨고 어둠 속에서 점점이 빛나는 거리의 모습을 바라보았다.

병원 건물은 높다. 요즘 들어 부쩍 운치 없는 고층 빌딩들이 들어서면서 성이 있던 시가지의 흥취를 잃어가고 있는 마쓰모토 시내이긴 하지만 그래도 6층짜리 병원 건물은 높은 편이다. 그 옥상에서도 한층 더 높은 곳에 위치한 헬리포트에서 내려다보면 광원하고도 웅대하다. 360도의 시야가 펼쳐지고 어디를 보아도 거칠 것이 없다. 야경이라고는 해도 작은 동네라서 이 시간이 되면 어슴푸레한 거리의 불빛들이 여기저기에 보일 뿐이다.

"별도 이렇게 잘 보이고……."

하늘을 올려다본 치요 부인이 말했다.

늙은 여우 선생님은 그 말에 이끌리듯 머리 위를 올려다보았다. 이내 완전히 수척해진 입가에서 희미한 감탄사가 흘러나왔다.

수많은 별들이 밤하늘을 가득 메우고 있었다.

북쪽 하늘에서 빛나는 별은 북극성, 그 동쪽에는 거문고자리 베카, 거기서 더 시선을 돌리면 백조자리와 독수리자리가 마주 보듯 유유히 양 날개를 펼치고 있다. 서쪽 하늘에 빛의 붓이 그려낸 듯 이어지는 한 줄기의 반짝임은, 북두칠성에서 아르크투루스(목동자리에서 가장 빛나는 오렌지색의 별 – 옮긴이), 스피카에 이르는 봄의 대곡선이다. 만춘의 밤하늘은 지금, 당당한 신화 속 빛의 향연이었다.

늙은 여우 선생님이 휠체어 위에서 작게 한숨을 쉬었다.

"몇 년이나 일해온 곳인데, 이렇게 멋진 별하늘을 볼 수 있다는 걸 몰랐네요."

그 말이 채 끝나기 전에 거리에 있는 큰 네온사인 몇 개의 불이 꺼졌다. 12시를 넘겼기 때문일 것이다. 별의 수가 조금 더 늘어난 것처럼 느껴졌다.

한동안의 침묵이 흐른 후, 선생님과 부인은 몸을 꼭 붙이고 하늘을 올려다본다. 이윽고 선생님이 하늘을 올려다본 채로 작게 끄덕였다.

"멋진 선물 고마워요, 구리하라 군, 신도 선생."

"나이토 선생님, 아직입니다." 다쓰야가 대답했다. "조금만 더 기다려주시면……."

"이미 충분해요."

대답하는 목소리는 자상하고, 강했으며, 아주 침착했다.

고요한 선생님의 눈동자가 전에 없던 또렷한 빛을 가득 담고 우리를 보고 있었다.

"이 몸으로는 어딘가에 갈 수 있는 상황이 아니라는 것은 나 자신이 잘 알고 있어요."

"하지만 선생님이 조넨 정상에서 보신 하늘은 이렇지 않았을 겁니다."

내 말에 선생님은 기억의 실마리를 더듬듯 눈을 가늘게 떴다.

"……그 하늘은 잊을 수 없지요. 치요와 함께 보았던 최고의 하늘. 하늘 가득 빛나던 별. 한 번 더 볼 수 있었으면 좋겠네요…….”

옆에 서 있는 치요 부인의 소매가 희미하게 떨리는 것처럼 보였다. 그 하얀 양손이 어느샌가 선생님의 오른쪽 어깨에 올려져 있었다.

나는 회중시계를 흘끔 쳐다보았다. 12시를 몇 분 넘긴 시간이었다. 밝게 빛나고 있는 정면 현관을 바라보았다. 로터리 중앙에 ‘24시간, 365일 진료’라고 적힌 빨간 간판 쪽으로 뛰어오는 사람이 보였다. 흰 가운을 입은 시커먼 거한이다.

회중시계가 12시 4분 50초를 가리켰다. 그리고 다시 머리 위를 바라보았다. 그로부터 딱 10초를 센 다음 순간이었다.

갑자기 칠흑 같은 어둠이 내려앉았다.

동서남북 네 개 병동에서 흘러나오던 병동 간호사 대기실의 불빛이 일제히 꺼졌다. 임상검사동에서 사방으로 새어나오던 검사 기계의 푸르스름한 빛이 갑자기 사라졌다. 응급실의 눈부신 형광등 조명이 꺼지고, 주차장 입구를 가리키는 커다란 화살표도 깜깜해졌다. 그리고 24시간 365일, 꺼지는 일 없이 정면 현관에 보란 듯이 우뚝 솟아 있던 새빨간 간판도 돌연 어둠 속으로 녹아들었다.

우리를 감싸고 있던 모든 인공적인 빛이 일제히 사라진 것이다. 순간적으로 초점을 잃은 우리는 눈앞의 모든 것이 사라진 것만 같은 감각을 느꼈다.

그리고 그 찰나의 순간이 지났다.

"앗!" 하고 늙은 여우 선생님이 외쳤다.

위를 올려다보고 있던 늙은 여우 선생님이 휠체어에서 약간 움직이는 것을 어둠 속에서도 알 수 있었다. 툭, 하는 소리가 들린 것은 치요 부인이 들고 있던 작은 가방을 떨어뜨렸기 때문일 것이다.

나 역시 하늘을 올려다본 채 숨을 삼켰다.

거대한 은하수였다. 하늘을 남북으로 가르는 별들의 거대한 강이 눈앞에 펼쳐진 것이다. 360도 드넓은 하늘에 펼쳐진 총총한 별들은 조금 전까지와는 비교도 되지 않았다. 별자리 같은 것은 있지도 않다. 북극성 따위 알아볼 수도 없다. 하늘 전체가 무수한 별들로 반짝이는 바다였다.

고개를 돌려보니 저 멀리 동쪽 하늘은 우쓰쿠시가하라의 능선이, 서쪽 하늘은 북알프스의 산맥이 도려내어 어둠 속에 파묻혀 있다. 그 사이를 이어주는 것은 무한한 빛의 소용돌이와 그 소용돌이를 관통하듯 유유히 흐르고 있는 빛의 강이다.

아내의 말이 뇌리를 스쳤다.

'옛날에 거리에서 별하늘을 볼 수 있었다면, 지금도 볼 수 있을 거예요!'

틀림없었다. 이 모습이 이곳의 진정한 밤하늘이었다.

흘러넘치는 빛이 작은 개울이 되고, 폭포가 되고, 큰 강이 되어 별하늘이라는 바다를 종단하고 있었다. 눈부신 강은 찬란한 빛을 쏟아내며 모든 하늘을 휘덮고 유유히 흘러 그를 지켜보는 모든 사람의 상념을 찬찬히 씻어내주었다.

빛과 정적만이 존재했다.

움직이는 사람 하나 없이 어둠 속에 서서 하늘을 바라보던 그때, 갑자기 모든 빛이 점등되었다.

약속한 1분이 지난 것이다.

병동 대기실, 응급실 입구, 24시간 365일 간판. 모두가 마치 아무 일도 없었다는 듯이 원래의 모습으로 돌아왔다. 몇 초 전의 정경이 찰나의 환상이었던 것만 같다. 불과 60초 동안의 꿈이었다.

헬리포트도 갑자기 기계적인 불빛으로 가득 찼다. 급히 눈을 찌푸린 내 시야에서, 늙은 여우 선생님은 여전히 미동조차 없이 하늘을 바라보고 있었다.

평상시 모습으로 돌아온 별하늘을 담연하게 올려다보는 앙상한 선생님. 그 모습은 거센 바람이 부는 절벽 끝에 우뚝 서 있는 노송을 연상시켰다. 그리고 그 노송이 바람 한 점 없는데 흔들렸을 때, 한 줄기 눈물이 수척해진 뺨을 타고 흘러내렸다.

옆에 서 있던 치요 부인이 휠체어 옆에 무릎을 꿇고 앉아 선생님의 손을 잡았다. 선생님은 그에 응하듯 다른 한 손으로 부드럽게 부인의 머리칼을 쓰다듬었다.

만감이 교차하면서, 선생님의 입술이 떨렸다.

"치요, 오랫동안, 정말 고마웠어……."

쉰 목소리의 끝자락을 부인의 작은 울음소리가 덮었다. 늙은 여우 선생님의 마른 나뭇가지 같은 손을 볼에 갖다 댄 채 부인은 애써 소리 죽여 울고 있었다. 잔잔한 물결과도 같은 고요를 유지하던 부인이, 지금은 눈물을 참을 수가 없었던 것이다.

아무도 아무 말도 하지 않았다.

아무 말도 할 수 없었던 것이다.

순간의 기적도 찰나의 감동도 거대한 시간의 강 속에서는 없는 것과도 같다. 은하수 안에서는 영웅의 별자리조차 보이지 않게 되는 것처럼, 시간의 강 속에서는 사람의 생명조차 촌각의 꿈에 불과하다. 하지만 그 찰나에 모든 것을 쏟아붓기 때문에 사람은 사람일 수 있다.

나는 그저 천천히 몸을 돌렸다.

아침 8시의 대회의실에는 평소와 다른 긴박감이 흘렀다.

혼조병원 사무국에 있는 회의실은, 새까만 가죽 소파 스무 개가 타원형의 떡갈나무 탁자를 둘러싸고 있는 호화로운 방이다. 그 방에서 상석을 향해 나와 다쓰야, 지로가 직립부동의 자세로 서 있다.

"무슨 일인지 설명해주시죠?"

상석에서 싸늘한 목소리가 울려 퍼졌다.

통유리로 된 벽을 등지고 두 남자가 우리를 쏘아보고 있다. 한 명은 앉아 있고 다른 한 명은 그 옆에 서 있다. 유리창 너머로는 아침 해를 거느린 우쓰쿠시가하라의 능선이 이어져 있는데 이것이 꽤나 절경이다.

소파에 앉은 백발의 노인은 병원장인 혼조 주이치이다.

5대째 원장으로 현재 62세. 일찍이 병원 경영의 유용성에 대해 설파하고 형식적인 의료 시스템에서 탈피하겠다며 큰 소리로 외쳐온 희대의 위인이다. 이 가혹한 지역 의료 현장에서 '24시간, 365일 진료' 의료를 주창한 장본인이다. 머리털을 죄다 뽑아서 턱에서부터 귀까지 심어둔 것 같은 하얗고 멋스러운 수염이 트레이드 마크로, 내가 붙인 별명은 '산타클로스'이다. 물론 겉모습이 그렇다는 이야기이고 연말에 선물을 준다거나 하지는 않는다.

그 산타클로스가 조금 전부터 의중을 살피듯 가만히 우리를 응시하고 있다.

다른 한 명은 산타클로스 옆에 서 있는 작은 체구의 남자로 방금 전 목소리의 주인공이 이 사람이다. 차가운 눈으로 억양 없는 목소리를 낸 그의 이름은 가나야마 벤지. 혼조병원의 사무장이며, 서열 2위이기도 한 중진이다. 겉모습만 보면 두꺼운 검정 뿔테 안경을 쓴, 몸집이 작고 궁상스러운 남자에 불과하지만 놀라울 정도로 머리 회전이 빠르다. 옛날에는 도쿄 어딘가에서 재무 관련 공무원으로 근무했는데, 원장님이 그 민완함을 높이 평가해 스카우트해서 지금의 지위에 있다.

그가 취임식에서 내뱉은 첫마디는 유명하다.

"여러분, 의료는 돈이 됩니다."

단상에 서서 이렇게 말한 것이다. 웃음기 쫙 빼고.

아연실색하는 우리 앞에서 그는 더욱 흔들림 없는 목소리로 말을 계속했다.

"의료는 돈이 듭니다. 더 좋은 의료는 더욱 많은 돈이 듭니다. 저는 이곳에 '더 좋은 의료'를 펼쳐나갈 것입니다."

실제로 그가 취임한 후, 바닥을 기었던 병원 경영이 단숨에 흑자로 전환되었다. 덕분에 많은 기재들이 최신형으로 교체되고 병동은 현격히 깔끔해져서 환자들에게도 의사들에게도 극적으로 환경이 개선되었다. 실력은 사실이었다. 하지만 그 방식이 다소 강압적이고 미적 센스가 없다는 것은 확실한 듯하다. 별명은 '재무성(한국의 기획재정부에 해당한다 - 옮긴이)'. 물론 입 밖으로는 내지 않는다.

"구리하라 선생님, 스나야마 선생님, 신도 선생님."

우리 셋의 이름이 하나하나 서늘한 목소리를 타고 울려 퍼진다.

"왜 불려 왔는지 알고 계시죠?"

이렇게 말하며 안쪽 주머니에서 두꺼운 수첩을 꺼내 들었다. 이것을 '재무성 수첩'이라고 하는데, 병원 직원들의 약점이 자세히 적혀 있는 병법서라는 소문이 있다.

"어젯밤 12시 5분부터 약 1분 동안 당 병원의 많은 부서에서 일제히 전기가 꺼지는 사고가 있었습니다. 게다가 전기 계통 문제인데도 의료 기기류는 모두 정상 작동. 조명이 꺼져서 약간의 혼란은 있었지만 업무에 미친 영향은 지극히 적었다는, 너무나도 수상한 사고입니다. 당원은 개원 이래 한 세기에 가까운 역사가 있지만 이런 기묘한 일은 한 번도 일어나지 않았습니다."

다쓰야는 발밑을, 지로는 머리 위를, 나는 창밖의 꽃산딸나무를 저마다 바라보고 서 있다. 다들 아무 말 없이 그저 태풍이 지나가기만을 기다릴 뿐이다.

산타는 산타대로 아무 말이 없다.

"같은 시간에 응급 엘리베이터를 타고 우리 병원 헬리포트로 가는 여러분을 봤다는 목격담이 있습니다. 심야 12시에 헬리포트라니 이상하죠. 아까 그 사건과 관련해서 여러분이 사고의 원인이라고 생각할 수밖에 없습니다. 단문제는……." 팔락팔락 수첩을 넘긴다. "여러 목격담은 있지만 전부 상당히 모호해서 확실한 정보가 아닙니다. 이에 우리는, 책임 있는 사회인으로서 선생님들이 스스로 해명해주시기를 바랍니다."

중요한 부분들은 사전에 손을 써둔 덕분에 치명적인 사태는 벌어지지 않았다. 하지만 제법 요란스럽게 일을 벌이긴 했으니, 모든 사람의 입을 맞추기에는 무리가 있었다.

이럴 때는 그저 잠자코 태풍이 지나가기를 기다리는 게 상책이건만 지로가 멍청한 소리를 한다.

"사무장님, 단순한 정전이 아닐까요?"

"여러 부서에서 동시에 조명 장치만 고장 나고 1분 후에는 모두 다 자연스럽게 복구되는 정전이 있다면, 그런 메커니즘에 의한 정전이라는 걸 설명해주시겠어요? 선생님의 전문 분야로 예를 들어 말해보죠. 복수의 환자에게서 동시에 위암이 발병했고 아무 치료도 하지 않았는데 1년 후에 깨끗하게 나았다, 라고 하면 이해가 될까요? 스나야마 선생님."

재무성은 입을 다무는 지로를 더 재촉하듯이 말한다.

"참고로 같은 시각, 병원 정문 현관 응급실 간판 앞에서 서성거리는 선생님을 봤다는 이야기가 있어요. 24시간 365일 전기가 끊긴 적이 없었던 간판 아래에서 말입니다. 이 점에 대해서도 설명해주시죠."

완전히 손바닥 안이다. 뭐라 할 말이 없다.

재무성이 안경테를 살짝 밀어 올렸다.

"선생님들은 아주 바쁘시다고 들었습니다. 그런데도 밤중에 헬리포트에 올라가 유흥을 즐길 만한 여유가 있었나요? 뭘 하셨는지는 모르겠지만 선생님들의 본분은 환자를 치료하는 일입니다. 그 외의 행동은 삼가시죠."

정면으로 보이는 꽃산딸나무를 한 그루씩 세어본다. 시

간을 때울 수는 있겠다고 생각하면서 표정은 얌전하게, 마음속으로는 창밖을 한가로이 거닌다.

이럴 때는 핑계를 늘어놓아도 가망이 없다. 지로의 멍청함은 차치하고, 나와 다쓰야가 내내 묵비권을 행사하면 재무성도 더 물고 늘어질 수가 없는 것이다.

애초에 우리가 한 일에는 선악의 잣대를 들이댈 수가 없다. 지극히 사적인 동기로 한 일이다 보니 '병원 규정'이 옷을 입고 돌아다니는 것 같은 재무성을 이해시키기란 불가능하다. 어디까지나 가슴속에 '초연'이라는 단어를 새기고 침묵하고 있는데, 뜻밖의 목소리가 불쑥 실내를 가로질렀다.

"의사는 환자를 치료하기만 하면 된다는 말씀입니까?"

침착한 목소리에 깜짝 놀라 쳐다보니 다쓰야였다.

"사무장님은 의사의 역할은 그저 병을 치료하는 것뿐이라고 말씀하시는 겁니까?"

이봐, 당황해서 작은 소리로 말리는 내 쪽으로는 눈길조차 주지 않는다. 열심히 세고 있던 꽃산딸나무 숫자가 허공으로 날아갔다. 예상치 못한 전개이다. 내가 끼어들기도 전에 재무성이 영리한 눈동자를 반짝였다.

"환자를 낫게 하는 것이 의사의 역할입니다. 이제 와서 무슨 소리를 하는 겁니까, 신도 선생님?"

"비록 병을 치료할 수 없다 해도 우리가 할 수 있는 일이 있다고 생각하지는 않으십니까?"

다쓰야의 입술이 떨렸다. 말을 이어가려던 순간 그 기선을 제압하고 재무성이 말한다.

"선생님의 이상론은 좋습니다. 이해가 안 되신다면 질문을 바꾸지요." 안경 너머의 예리한 눈이 유달리 번뜩이는 듯했다. "이유 여하를 불문하고, 세상에는 허용되는 일과 그렇지 않은 일이 있습니다. 많은 사람이 생명을 맡기는 병원 안에서, 병원 스태프들이 결탁해서 마음대로 전기를 꺼버리는 것이 허용되는 일입니까? 제가 묻고 싶은 건 그것뿐입니다."

공격법이 크게 바뀌었다.

난폭한 중비차(차를 중앙의 머리로 이동하여 포진하는 장기의 전법 – 옮긴이) 전법으로 공격해오던 상대가 갑자기 후퇴하더니 가차 없이 미노 포진을 쌓아 올리기 시작한 형국이다. 이런 공격을 당하면 다쓰야는 오히려 다음 수를 잃게된다. 다소 당황한 기색의 다쓰야를 향해 재무성은 "참고로"라고 치고 들어오며 추궁을 늦추지 않는다.

"선생님의 경우, 평소 진료 업무의 레벨에 대해서 이미 여러 가지 문제와 클레임에 대한 보고를 받았습니다. 치료할 수 없는 환자를 어떻게 할지 논의하기 전에 넘어야 하는 허들이 있는 것 같은데요?"

다쓰야가 벌게진 얼굴로 입술을 깨물었다.

말은 하지 않았다. 그저 긴장된 침묵만이 흘렀다. 잠시 눈을 내리깔고 있던 다쓰야가 갑자기 결연한 태도로 고개를 들었다.

"그래도 저는……!"

"치료할 수 없는 환자는 나가라는 말씀이라도 하실 생각인 겁니까?"

갑자기 다쓰야의 말을 가로막고 다른 목소리가 회의실에 울려 퍼졌다.

재무성이 처음으로 눈썹을 꿈틀거렸다. 그 영리한 시선이 천천히 주위를 훑다가 발언자가 나라는 것을 인식하고는 다소 어처구니없다는 듯한 표정을 지었다.

"구리하라 선생님, 선생님까지 감정론을 펼치면 안 되죠. 이제 막 부임한 신도 선생님은 그렇다 쳐도……."

"치료할 수 없는 환자를 상대하는 것이 의사의 일이 아니라고 말씀하시는 거라면, 그 사람들은 대체 어디로 가야 하는지 묻는 겁니다." 나는 담담하게 말했다.

재무성도 흔들림 없이 작위적인 한숨을 내쉬면서 말한다.

"유감스럽게도 현재 의료 현장에는 선생님들이 말하는 이상까지 좇을 여유가 없습니다. 지금 병원의 병상 가동률은 거의 100퍼센트를 유지하고 있습니다. 그래도 입원을 기다리는 환자들이 많아요."

"그러면 그 사람들에게 병원에서 나가라고 하실 생각입니까?"

"굳이 물으시니 대답하지요. 그렇습니다. 현실을 보세요. 선생님을 포함해서 모두 다 필사적으로 뛰어다니면서 어떻게든 유지하고 있는 것이 지역 의료 현장입니다. 금전적으로도, 노동력 측면에서도 전혀 여력이 없단 말입니다. 전자는 제 영역이고 후자는 선생님들 영역입니다. 충분히 잘 아시지 않습니까?"

"알고 있더라도 양보할 수 없는 것이 있습니다."

"말이 통하질 않네요. 우리 병원에는 이런 농담을 주고받을 여유가 없습니다."

"여유는 없어도 최선을 다해야 하는 것이 있습니다."

"선생님은 의사잖아요? 조금 더 의사로서……."

"의사로서가 아니야. 사람에 대한 이야기를 하는 거야!"

우렁찬 목소리가 울려 퍼졌다.

재무성도 말을 끊었고, 산타클로스도 처음으로 눈썹을 움직였다. 그래도 아랑곳 않고 나는 입을 열었다.

"우리는 사람입니다. 그 사람이 죽어가는 게 병원이라는 곳입니다. 적어도 한 인간이 생사에 대해서 이야기를 하면 수첩도 이해타산도 직함도 다 제쳐두고 맨몸으로 이야기해야 하는 것 아닙니까?"

"구리하라 선생, 당신은……."

"이런 태도를 시시한 이상론이라고 비웃으신다면, 좋습니다. 마음껏 비웃으세요. 하지만 이 바보 같은 이상론을 내세워서 밀고 나가지 않으면, 대체 누가 이 구제불능의 환경 속에서 제정신으로 일할 수가 있겠습니까?"

옆에 있는 지로와 다쓰야는 깜짝 놀라 얼이 나간 표정으로 나를 쳐다보았다. 이제 나를 만류하는 사람도 없다. 설령 말린다 해도 물러날 생각도 없다.

"꽉 찬 침상, 가혹한 노동 환경과 의사 부족. 그런 뻔한 사실은 굳이 수첩에 적을 것도 없는 일입니다. 그보다 훨씬 중요한 건, 이 핍박한 환경 속에서도 할 수 있는 일이 있다는 확신을 버리지 않는 것입니다."

나는 갑자기 입을 다물었다.

'이 고장에 누구나 언제든지 진찰 받을 수 있는 병원을

만들자.'

그렇게 말하던 늙은 여우 선생님의 온화한 미소가 떠올랐다. 그와 동시에 어젯밤 선생님의 옆모습이 겹쳤다. 모든 조명이 다 켜진 후에도 그저 가만히 밤하늘을 올려다보던 옆모습이. 나는 한숨 돌리고 다시 결연히 말을 이어갔다.

"그런 확신이 있어야 우리는 24시간 365일 일할 수 있습니다."

갑자기 침묵이 찾아왔다. 산타도 재무성도 움직이지 않았다. 지로도 다쓰야도 아무 말이 없었다.

갑자기 햇빛의 각도가 바뀌더니 재무성의 검은 뿔테 안경에 닿아서 그 너머의 눈동자를 가렸다. 산타클로스는 눈썹을 추켜세우고 나를 빤히 주시하고 있다. 처음에는 회의실 구석까지 내리쬐던 햇살이 어느새 창가 쪽으로 이동했다. 눈부시게 빛나는 햇빛을 등진 채 두 거인이 눈앞에 있고, 오로지 긴장된 정적만이 우리 주변을 억누르고 있었다.

결국 그 정적을 깬 것은 새로운 침입자였다. 쾅 하고 큰 소리를 내며 문이 열리더니 어울리지 않는 목소리가 들려왔다.

"이야, 이거 죄송하게 됐습니다. 늦었습니다."

말할 필요도 없이 왕너구리 선생님이다. 어떠한 긴박한

공기도 한순간에 너구리색으로 물들여버리는 능력은 저 선생님이 부리는 요술 중 하나이다.

재무성이 살짝 불쾌하다는 표정을 지으며 안경을 밀어 올렸다. 천하의 재무성도 왕너구리 선생님 앞에서만은 조금 약해진다. 원장 뒤를 잇는 서열 2위라는 의미에서는 재무성도 왕너구리 선생님도 마찬가지이다. 각각 경영과 임상의 수장으로, 그 분야가 다를 뿐인 것이다.

"그 정전 말인데…… 뭐 좀 알아내셨소, 사무장?"

"알아내고 말고 할 것도 없습니다. 선생님들에게 사정을 듣고 있던 참입니다."

"사정? 그런 건 필요 없소, 사무장. 이걸 보시오. 여기저기에서 보고서를 받았습니다."

이렇게 말하면서 아무렇게나 들고 있던 서류 뭉치를 커다란 탁자 위에 던졌다.

"보고서?"

"검사과 마쓰마에 기사장은, 야간에 손에 익지 않은 특수 검사 기계를 썼더니 전압 문제로 차단기가 내려가버렸다고 보고했소. 시말서도 있지. '다행히 환자 케어에 필요한 중요 기기류의 가동 상황에는 영향을 주지 않았지만 이후 충분히 주의하겠습니다'라고 적혀 있소."

무언가 말을 하려던 재무성을 가로막듯이 왕너구리 선생님이 말을 이어간다.

"응급실의 도무라 간호부장은 야간에 응급실 전기 계통을 확인하다가 실수로 전원을 꺼버렸다고 하는군. 여기에도 시말서가 있고."

왕너구리 선생님의 말에는 거침이 없다.

철면피인 재무성이 약간 쩔쩔매면서 말했다.

"그러면 병동 간호사 대기실 전기가 나간 것은 어떤 연유에서입니까? 모든 병동의 간호사 대기실 전등이 일제히 꺼졌어요. 인위적인 실수로 일어난 사고라고는 볼 수 없습니다."

"그 일이라면 병동 간호사를 대표해서 남쪽 3병동 도자이 주임 간호사가 보고서를 제출했소." 펄럭이며 꺼낸 한 장의 서류를 보면서 선생님은 말을 이었다. "그런 사고는 없었다, 한 줄."

"네?" 재무성이 느닷없이 얼빠진 소리를 낸다.

다쓰야와 지로도 눈이 휘둥그레졌다.

왕너구리 선생님은 그야말로 초연한 미소를 띠며 단언하듯 말한다.

"뭔가 착각하셨나 봅니다."

나 또한 할 말을 잃었다. 사고의 한쪽 구석에 어깨를 으쓱하면서 겸연쩍게 웃고 있는 도자이의 모습이 그려진다.

과연 그렇군. 통하지 않을 변명이라면 처음부터 논리는 제쳐놓고 밀어붙이면 되는 것이다. 냉정하고 침착한 도자이만의 수완이라고 해야 할까. 이러한 노련미에 왕너구리 선생님의 너구리 연기가 더해지니 그야말로 철옹성을 쌓은 형국이다.

"밤사이 병동에 전기가 나갔다는 사실은 적어도 현장에서는 확인되지 않았다는 뜻이오. 실제로 인공호흡기에서부터 모니터 심전도에 이르기까지 특별한 문제 없이 기록되어 있고. 전등만 꺼지고 다른 기계들이 정상 작동하다니, 그런 기이한 사고가 일어날 리 없잖소?"

으하하하, 왕너구리 선생님이 한바탕 웃는다. 모순을 역으로 이용한 반격이다. 아연실색하는 재무성을 무시하고 왕너구리 선생님은 산타클로스를 바라보았다.

"원장 선생님, 처음에는 어찌 된 일인가 싶었는데 이걸로 다 정리가 됐습니다. 거참 다행이다, 다행이야."

"자, 잠시만 기다려주십시오, 원장님. 이러면 조직으로서도 나쁜 전례를 남기게 됩니다. 백보 양보해서 전기 건은 그렇다 칩시다. 하지만 밤에 마음대로 헬리포트에 올라가는 것은 규정에서 완전히 어긋나는 행동입니다. 다른 스태프들에게도 본보기가······."

"괜찮지 않습니까, 사무장? 아무 일도 없었고."

"그런 문제가 아닙니다. 어떤 식으로든 처벌을······."

"누구한테 처벌이라고?"

그 순간 갑자기 왕녀구리 선생님의 목소리가 한 옥타브 낮아졌다.

흠칫 놀라서 바라보니 엷은 웃음을 띤 왕녀구리 선생님의 얼굴에서 살기 비슷한 것이 배어 나오고 있다. 무엇보다 그 눈에 웃음기가 없다. 이럴 때의 왕녀구리 선생님이 제일 무섭다.

"나이토가 쓰러져서 말도 못 하게 바빠진 우리 병동을 필사적으로 꾸려나가는 사람들이 이 젊은 선생들이야. 이런 기특한 내 부하들에게 상을 주지는 못할망정 무슨 처벌을 하겠다는 거지? 사무장 선생?"

말투까지 바뀌었다. 눈빛은 의사라기보다는 깡패 같다.

순간이지만 철벽이었던 재무성의 얼굴색이 변하는 걸 알 수 있었다. 잠시 후.

"아뇨, 선생님이 그렇게까지 말씀하신다면······."

"사무장이 이해해주시니 그저 기쁠 따름이오. 뭐, 이 녀석들은 나중에 확실히 혼쭐을 내줄 테니 걱정 말고."

왕너구리 선생님이 다시 싱글벙글한 얼굴로 돌아왔다.

그때 갑자기 조용한 목소리가 들려왔다.

"부장 선생."

산타클로스였다. 하얀 눈썹 아래 작은 눈이 똑바로 부장 선생님을 응시하고 있다. 왕너구리 선생님 역시 미소를 거두고 자세를 고쳤다.

"세상에는 상식이라는 것이 있어. 그 상식을 무너뜨리고 이상만 보고 달려가는 철부지 같은 인간을 나는 싫어해."

목소리는 담담하지만 박력이 있다. 겉모습은 산타지만 속은 민완한 병원장이다. 이렇게나 바쁘게 돌아가는 병원을 통솔하는 관록은 역시 예사롭지 않다.

왕너구리 선생님은 조용히 다음 말을 기다리고 있다. 아무런 대답도 하지 않는다. 대답하지 않는 것도 전략이다.

약간의 침묵이 흐른 후 다시 하얀 수염이 움직였다.

"하지만 이상조차 없는 젊은이는 더 싫어하지."

수염 아래로 희미한 미소가 떠올랐다. 그뿐이었다.

원장은 천천히 일어나더니 재무성과 함께 회의실을 나섰다. 나가기 전 문 앞에 멈춰 서서 이쪽을 돌아보더니, "구리하라 군, 신도 군, 나이토 군을 잘 부탁하네" 이 말만 남기고 떠났다. 그때 찰나의 순간에 보여준 자상한 눈동자가 인상적이었다.

"이치토, 대단하던데?"

복도에 나와서 처음으로 입을 연 사람은 지로였다.

시커먼 거한이 눈을 동그랗게 뜨고 나를 쳐다보고 있다.

"사무장에게 호통을 치다니. 그렇게 하고도 괜찮겠어?"

"어쩔 수 없었어. 멍청한 다쓰야가 사직을 각오하고 고집을 부리려고 했잖아. 방치할 수는 없지."

내 말에 지로는 놀라면서 다쓰야를 보았다.

"다쓰야, 너 그만둘 생각으로 그랬던 거야?"

"그렇게까지 깊이 생각한 건 아니지만, 그냥 나이토 선생님 옆모습을 떠올리니까 갑자기 자제할 수가 없었어."

씁쓸하게 웃는 다쓰야의 눈에는 씌었던 악령이 떨어져나간 듯한 개운함이 느껴졌다. 바보 같은 녀석이네, 라고 말하며 웃는 지로의 목소리를 나는 갑자기 가로막았다.

"제멋대로군."

거칠게 툭 내뱉자 다쓰야와 지로가 동시에 나를 쳐다보았다.

"너는 왜 신슈로 돌아온 거지? 도쿄에서 출세를 포기하

고 여기로 온 건 나쓰나와 함께 다시 시작하기 위해서가
아니었나?"

매섭게 노려보자 다쓰야의 얼굴에도 돌연 웃음기가 사
라졌다.

"네가 원래 가지고 있던 철학을 굽히고 악평을 받으면
서도 물러나지 않고 3개월을 버텨온 건 네 나름대로의 결
의가 있었기 때문이잖아. 그런데 한순간의 감정에 휩쓸려
서 그만둘 각오를 하다니, 웃기지도 않아. 그런 각오라면
지나가는 고양이한테나 줘버리지그래? 여태 휘둘려온 나
와 지로의 꼴만 아주 우스워졌어."

거의 쏟아내듯이 말하는 나에게 다쓰야가 입을 열었다.

"구리하라, 나는 아무것도……."

"신 짱, 그만하게."

갑자기 들려오는 나지막한 목소리에 돌아보니 왕너구리
선생님이 느긋한 미소를 띠고 있다.

"사무장에게 이런저런 소리를 듣고 화가 났던 건 신 짱
뿐만이 아니라는 뜻이야."

왕너구리 선생님의 부드러운 목소리에 다쓰야는 놀란
듯 눈이 살짝 동그래졌다.

"하지만 그런 감정은 쓰레기통에 던져 넣고 잠자코 창

밖을 바라보고 있던 게 구리 짱이야. 왜냐하면 우리에게 가장 중요한 것은 사무장과 싸우는 일이 아니니까."

그런 거지? 하고 미소로 묻는 왕너구리 선생님에게 나는 싸늘한 시선으로 대답한다.

"늦게 오신 것치고는 조금 전 상황을 잘 파악하고 계시네요, 부장 선생님."

왕너구리 선생님은 바로 "그런가?"라면서 휘파람을 불기 시작했다. 내가 창밖을 보고 있던 것까지 알고 있는 걸 보면 처음부터 어딘가에서 회의실 안을 엿보고 있었던 게 분명하다.

"여차하면 나 몰라라 하실 생각이었죠?"

"그렇게 매정하게 말하지 마, 구리 짱. 중요한 순간에 제대로 등장했잖나."

"조금 더 빨리 등장해주셨다면 그런 천박한 연설을 하지 않아도 됐을 텐데요……."

"나는 의사로서가 아닌, 사람에 대한 이야기를 하고 있는 거다."

갑자기 왕너구리 선생님이 이런 말을 한다. 눈살을 찌푸리면서 흘긋 돌아보니 의외로 진지한 표정의 왕너구리 선생님과 눈이 마주쳤다.

"좋은 말이었어, 구리 짱. 나이토였어도 같은 말을 했을 거야."

뜻밖의 말에 나는 아무 대답도 할 수 없었다.

편두통인 척하면서 이마에 손을 얹은 것은, 불현듯 가슴 안에 차오르는 뜨거운 무언가를 느껴서였다. 하지만 그런 것쯤은 꿰뚫고 있다는 듯 갑자기 왕너구리 선생님이 내 등을 힘껏 때렸다.

"치요에게 들었어. 잘했어." 껄껄, 호탕한 웃음소리가 울려 퍼진다. "그런데 그런 즐거운 일을 할 때는 처음부터 나를 불러. 그랬다면 이렇게 성가신 일은 없었을 거 아냐. 상사와 항생제는 쓰기 나름이라는 말을 모르나?"

"딱히 들어본 적이 없는 말입니다만……."

갑자기 팡팡 하고 왕너구리 선생님이 커다란 배를 두드리는 기운찬 소리가 들렸다. 오랜만에 보는, 선생님의 기분이 좋을 때 나오는 동작이었다.

"그럼, 뒷일을 부탁해."

호쾌한 웃음소리와 함께 멀어져가는 왕너구리 선생님의 뒷모습을 보면서 다쓰야가 간신히 입을 열었다.

"구리하라, 나는……."

"언짢은 기분으로 사과할 거라면 병동 회진이나 도와줘.

아침부터 불려 간 덕분에 아직까지 한 명도 진찰하지 못했
으니까."

"물론이지."

힐끔 쳐다보니 친구가 다소 상기된 얼굴로 나와 지로를
번갈아 보고 있다.

갑자기 복도로 내리쬐는 햇빛이 그 옆얼굴을 비추었다.
그와 동시에 지로가 갑자기 두꺼운 팔을 뻗어 다쓰야의 목
을 휘감았다.

"어색한 대사는 때려 치워, 다쓰야. 나도 이치토도 네가
돌아온 것만으로도 무지 기뻤어."

"지로, 괜히 나까지 끌어들이지 마. 귀찮기 짝이 없는 이
야기야."

"말은 저렇게 해도 말이지, 다쓰야, 처음에 네가 돌아왔
을 때 제일 기뻐했던 게 이치토였어."

"정말이야?"

"정말이야."

거한의 망언 덕분에 시늉만 하고 있던 편두통이 현실이
되었다.

"지로, 일단 헬리포트로 따라와. 낙하산 없이 7층에서
다이빙하게 해주지."

"그래도 괜찮으려나?"

"괜찮을 리 없잖아!"

격에 맞지도 않게 큰 소리를 지르는데 갑자기 지로의 병원 내 PHS가 울리기 시작했다. 호출을 받은 거한이 시커먼 얼굴로 쓸쓸한 웃음을 지었다.

"구급차로 장폐색 환자가 온대. 갔다 올게."

말이 끝나기도 전에 걷기 시작한 커다란 사내와 함께 우리도 발걸음을 옮기기 시작했다.

늙은 여우 선생님이 돌아가신 것은 그로부터 불과 일주일 후였다.

마쓰모토 시가지 북쪽에는 조야마 공원이라는 작은 공원이 있다.

비교적 가파른 경사를 올라가면 주택가가 끝나는 지점에 작은 부지가 펼쳐져 있는데, 그곳이 바로 조야마 공원이다. 봄철의 벚나무 가로수가 아름다운 곳이지만 벚꽃의 계절이 끝나도 조용한 휴식의 장소로 사랑받고 있다.

늙은 여우 선생님 집은 그 공원에 가까운, 가파른 언덕길 중간에 있었다.

"이치 씨, 괜찮아요?"

언덕을 오르던 기모노 차림의 아내가 부드럽게 돌아보았다. 광택이 없는 검은 기모노에 검은 새틴의 나고야 오비를 두른, 온전한 상복이다. 그 모습으로 천천히, 그러나 호흡 하나 흐트러지지 않고 언덕을 오른다. 나는 이미 숨이 약간 거칠어졌다.

"이제 곧인가?"

"그럼요."

쓱, 아내가 손을 뻗어 언덕의 막다른 곳에 있는 건물을 가리켰다.

옛 느낌이 나는 야쿠이몬(문을 닫아도 언제든 환자가 드나들 수 있는 구조로 만들어서 의사들의 문으로 쓰였다-옮긴이)을 거느린 전통 가옥이다.

눈을 가늘게 뜨고 보니 문 앞에 치요 부인의 모습이 보였다. 마침내 문 앞까지 도착한 우리에게 부인이 깊게 허리 숙여 인사했다.

"와줘서 고맙습니다. 들어오세요."

이렇게 말하고 앞장서서 안으로 안내했다.

작은 연못과 잣나무, 실 폭포까지 갖춘 훌륭한 전통식 정원이 펼쳐져 있었다. 잘 다듬어진 모양의 징검돌을 지나 안채 툇마루에 이르자, 10평 정도의 널찍한 방과 그 안쪽에 있는 불단이 보였다. 이미 두 개의 향이 피워져 있다.

"초칠일에 와주다니……. 요즘 젊은 사람들은 그런 말조차 모를 텐데 이렇게 와줘서 고마워요."

치요 부인의 목소리가 시원하다.

해가 저물어 어둑해진 방 안을 둘러보니 7일 전 밤이 떠올랐다.

늙은 여우 선생님의 죽음은 그야말로 평온한 것이었다.

불과 몇 시간 전까지는 조용히 호흡하고 있었는데 갑자기 호흡이 멈추었다. 옆에 있던 치요 부인조차 그 조용한 변화를 바로 알아채지 못했을 정도이다.

사망 시각은 오후 2시 20분이었다.

언제나 배려만 해주시던 늙은 여우 선생님은 눈을 감는 시간마저 우리의 부담이 되지 않는 낮 시간을 선택해주신 것 같았다.

그날 밤이 바로 경야(經夜)였다.

원래 가까운 친척이 없는 데다가 늙은 여우 선생님의 뜻으로 소식도 거의 알리지 않아서 경야는 조용하고 차분하게 진행되었다. 그래도 부고를 들은 사람들이 하나둘씩 찾아와서 밤늦게까지 조문객이 끊이지 않았다.

옛날에 선생님 덕분에 목숨을 건졌다는 노인이 왔다. 부인 앞에서 눈물을 흘리며 선생님의 급작스러운 죽음을 슬퍼했다.

이웃에 사는 중년 부부는 언제까지고 관 앞에 앉아서 움직이지 않았다.

단정한 차림을 한 초로의 남성이 와서 그저 가만히 방 한쪽 구석에 앉아 있었는데, 나중에 들으니 선생님과 동기인 의사로 지금은 의사회 간부를 맡고 있는 고명한 인물이었다.

심야에는 검은 캐딜락에서 내린 이누이 선생님이 달려왔다. 아무렇게나 내던진, 책처럼 두꺼운 봉투에는 매직으로 '부조'라고 휘갈겨져 있었다. 분향을 하고 돌아서면서, 방구석에 있던 왕너구리 선생님의 어깨를 가볍게 두드렸지만 끝내 서로 아무 말도 하지 않은 채 돌아갔다.

모두가 어디에서 들었는지 모르게 부고를 듣고 찾아와서 망연자실하게 서 있다가, 앉아 있다가, 돌아갔다.

조용한 경야에 통곡은 없었다. 모두가 마음속으로 울었기 때문인지도 모른다. 조문객 모두가 하나같이 조용히 관 앞에서 공손히 절하고 떠나갔다.

나와 아내는 친척이 없는 치요 부인을 위해 경야 준비를 돕고 조문객을 안내하느라 내내 집 안을 돌아다녔다. 치요 부인은 미안해했지만 움직이는 편이 차라리 마음을 더 잘 가라앉힐 수 있었던 것뿐이다.

마침내 조문객의 발길이 끊기고 집 안에는 완전한 정적이 돌아왔다. 새벽 1시를 넘긴 때였다.

달빛이 비치는 방에는 선생님의 관과 그 옆에 앉아 있는 치요 부인뿐이었다. 아니, 사실은 그 방 가운데쯤에 사람이 한 명 더 있었다. 경야 내내 방 가운데에서 한마디도 없이 한 발짝도 움직이지 않은 왕너구리 선생님이었다.

상복을 입은 왕너구리 선생님은 마치 새까만 바위라도 된 것처럼 미동조차 하지 않았다. 누가 오고 누가 가든 뿌리를 내린 것처럼 꼼짝도 하지 않았다. 나도 아내도 경야가 끝날 무렵이 되어서야 그 존재를 떠올렸을 정도이다.

푸르스름한 달빛이 비스듬히 내리쬐어 촘촘하게 짜인 다다미방을 비추고 있었다. 아름다운 나뭇결의 관과 그 옆에 정자세로 앉아 있는 부인, 그리고 조금 떨어진 곳에 바위처럼 움직이지 않는 왕너구리 선생님. 이 세 그림자가 달빛을 도려내듯 깊은 그늘을 드리우고 있었다.

시간이 얼마나 지났을까.

마지막 조문객을 배웅하고 내가 방에 돌아왔을 때였다.

갑자기 인기척을 느껴 시선을 돌리니 치요 부인이 천천히 일어나는 모습이 보였다. 다다미 위를 스치는 옷 소리가 희미하게 들렸다. 그대로 관 옆에서 정면으로 돌아가더니 관과 마주 보고 앉았다.

우리가 그저 가만히 지켜보는 앞에서 부인은 천천히, 세 손가락으로 바닥을 짚고 관을 향해 고개를 숙였다.

"오랫동안 수고 많으셨습니다."

조용하고, 그리고 강인한 목소리였다.

그저 그 한마디에 담긴 헤아릴 수 없는 슬픔과 고독과 적막함이, 뒤늦게 우리 몸과 마음을 뒤덮었다. 나는 계속 서 있을 수 없어서 비틀거리며 무릎을 꿇었다.

그 음성의 여운이 가실 때쯤 이번에는 갑자기 나지막이, 신음 비슷한 목소리가 들려왔다. 무슨 소리인지 둘러보니 왕너구리 선생님의 어깨가 작게 한 번 떨렸다.

두 번째로 떨렸을 때, 아까보다 더 큰 신음 소리가 들려 왔다. 깊은 동굴에 거센 바람이 들이쳤을 때 나는 울림처럼 낮고 무겁고 둔탁한 소리였다.

그것이 왕너구리 선생님의 통곡이었다.

몇 시간이나 되는 경야를 미동조차 없이 바위처럼, 기둥처럼 계속 앉아 있던 선생님의 어깨가 격렬하게 떨리고 있었다. 이윽고 주먹을 쥐더니 가슴속에 있는 모든 것을 뱉어내듯, 결국에는 엄청난 포효를 하며 울기 시작했다.

끅끅, 목에서 짜내듯이 울던 왕너구리 선생님은 갑자기 그대로 다다미 위를 기어가듯 앞으로 가더니 늙은 여우 선생님의 관을 끌어안고 큰 소리로 엉엉 목 놓아 울기 시작했다. 알아들을 수 없는 말들을 외쳤지만 그 말마저 통곡에 휩쓸려갔다.

야수처럼 포효하는 왕너구리 선생님과, 고개를 숙인 채 움직이지 않는 치요 부인.

그저 망연히 지켜보는 동안, 늙은 여우 선생님이라는 한 사람의 죽음이 이제야 현실이 되어 착지한 것 같았다. 사람이 죽는다는 것은 그로써 무언가가 정리된다는 것이 아니다. 새로운 무언가가 시작된다는 것도 아니다. 소중한 인연을 하나 잃게 되는 것이다. 그 텅 비어버린 공허함은 그 무엇으로도 채워지지 않는다.

아내가 어깨를 떨며 울고 있었다.

나도 그제야, 울었다.

거의 꿈같은 그림자를 드리웠던 남향의 그 방은, 지금은 선명한 햇살 아래 짙은 그림자를 드리우고 아무 일도 없었다는 듯 정연한 고요함을 유지하고 있다. 가장 안쪽의 불단에는 위패가 하나. 사진 속에는 늙은 여우 선생님이 익숙한 미소를 짓고 있다.

나와 아내가 가까이 다가가자 중간 정도까지 타고 있던 향이 어슴푸레한 빛을 낸다.

"조금 전에 부장 선생님이 다녀가셨어요."

치요 부인의 말에 나는 희미하게 웃었다.

30분 전쯤, 무슨 일인지 분주히 혼조병원의 문을 나서는 왕너구리 선생님을 보았다. "무슨 일이세요?" 물었을 때 "별일 아냐"라고 씩 웃으면서 택시에 올라탔다. 왕너구리 선생님도 서투른 거짓말을 할 때가 있는 것 같다.

아내와 함께 손을 맞대어 인사를 올리고 돌아서자 자리를 떴던 치요 부인이 새하얀 다토가미(넷으로 접은, 옻 등을 입힌 두꺼운 종이로 기모노를 간수하는 데 쓴다 - 옮긴이)를 받쳐 들고 오는 모습이 보였다. 치요 부인이 아내의 눈앞에 살며시 내려놓더니 말했다.

"받아주겠어요?"

부인이 종이를 여니 그 안에는 근사한 마쓰모토 명주가 들어 있었다. 그 섬세한 짜임새와 윤기 있는 색감을 보니 기모노를 잘 알지 못하는 내가 보아도 보통 품질이 아니라는 것을 알 수 있다.

아내가 당혹스러워하며 돌아보자 치요 부인은 어디까지나 단정한 태도로 흔들림이 없다.

"내가 결혼할 때 시어머니가 주신 마쓰모토 명주예요. 하루 씨가 받아주었으면 좋겠어요."

"그런 귀중한 걸 받을 수는 없습니다."

다급하게 손을 내젓는 아내에게 부인이 부드러운 목소리로 말한다.

"그 꿈같은 별하늘을 보여주었던 밤, 남편과 이야기해서 내린 결정이에요. 그런 멋진 생각을 해준 사람이 하루 씨라는 이야기를 구리하라 선생님에게 들었어요. 둘이서 뭔가 감사의 뜻을 전하고 싶다고 열심히 생각하다가 떠오른 게 이 기모노랍니다. 색이 조금 밝은 편이라 더 이상 제가 입을 일은 없을 거예요. 남편도 하루 씨가 꼭 받아줬으면 좋겠다고 했어요." 난처해하는 아내에게 보이는 부인의 미소는 한없이 자상하다. "하루 씨를 보면 정말 우리 딸 같다는 생각이 들어요."

"하지만……."

"기모노는 입었을 때 비로소 그 의미가 있다고 말한 건 나예요, 하루 씨."

이렇게 말하며 가만히 다토가미를 내밀었다.

아내도 나도 그저 당혹스러울 뿐이다. 뭐라고 해야 할지 몰라 침묵하던 그때, 갑자기 맑은 바람이 불어왔다.

'분명 하루 씨에게 잘 어울릴 거예요.'

바람의 저편에서 그런 다정한 목소리가 들려오는 것 같았다. 놀라서 두리번거렸지만 당연히 치요 부인 옆에는 아무도 없다. 들려온 목소리의 주인공은 불단 위 사진 속에서 온화하게 미소 짓고 있을 뿐이다.

나는 한동안 생각에 잠긴 후 아내를 보고 끄덕였다. 아내는 발그레해진 뺨으로 살며시 두 손으로 바닥을 짚고 고개를 숙였다.

"감사합니다."

부인이 다정한 미소를 지으며 끄덕인다.

"차를 내올 테니 편하게 있어요."

그렇게 말하고 부인이 자리를 뜨자 방 안은 다시 조용해졌다.

"괜찮을까요? 이렇게 귀중한 걸 받아도……."

아내가 조심스럽게 물었지만 나로서도 확신이 있을 리가 없다.

"조금 전에 선생님 목소리가 들렸어. 하루에게 잘 어울릴 거라고 하셨어."

여전히 당혹감을 감추지 못한 채 말하니, 아내가 눈을 크게 뜨며 놀랐다.

"저도 들은 것 같았어요."

이번에는 내가 놀랐다.

"하루도⋯⋯?"

끄덕이는 아내에게 나는 이내 눈을 가늘게 뜨고 웃었다.

"그렇다면⋯⋯ 틀림없네."

아내도 그에 응답하듯 미소 지었다. 그리고 소매를 걷으면서 일어나더니 정원의 신록에 매료된 듯 툇마루에 내려섰다. 햇볕으로 나가자 검은 기모노가 선명한 햇빛을 받아 오히려 눈부실 정도이다.

넓은 전통식 정원에는 싱그러운 녹음이 우거져 활달한 생명의 기운으로 가득하다. 저택이 고지대에 있기 때문일 것이다. 잣나무 건너편에는 희미하게 안개가 낀 마쓰모토 다이라의 거리가, 그 너머로는 마쓰모토성이 보인다. 좀처럼 보기 힘든 절경이다.

"하루 씨를 보니 녹음 안에 있는 모습이 정말 잘 어울리네요."

차 도구를 가지고 온 치요 부인이 내 시선을 좇더니 이렇게 말했다. 그러면서 부인의 하얀 손이 익숙한 동작으로 차를 준비하기 시작한다. 그 군더더기 없는 움직임을 보고 있노라니 기분이 좋아진다. 쟁반 테두리를 분주하게 걸어가는 무당벌레 한 마리가 왠지 신기하게 반짝인다.

"아……."

부인의 작은 목소리가 들려와 나는 제정신이 들었다.

찻잔을 손에 든 부인이 당혹한 기색을 보이며 희미하게 웃었다.

"왜 그러세요?"

"아뇨, 깜빡했지 뭐예요. 나도 참…… 그 사람 몫까지 차를 준비하다니……."

쟁반 옆에는 딱 네 사람이 마실 차가 준비되어 있었다.

"먼저 가버렸는데도, 그때 이후로 오히려 그 사람이 항상 곁에 있는 것 같아서…… 정신 차려야겠어요."

"곁에 계십니다." 나는 부인의 의아해하는 듯한 표정을 보면서도 계속 말을 이었다. "앞으로도 계속 선생님은 치요 부인 곁에 계실 겁니다."

확신에 찬 나의 말에 부인의 눈이 커지더니 이윽고 가만히 고개를 끄덕였다.

갑자기 "이치 씨"라고 부르는 밝은 목소리에 시선을 돌리자 아내가 연못 끝에서 손짓해 부르는 모습이 보였다. 상쾌한 그 목소리에 이끌려 나도 햇빛 아래로 나갔다.

툇마루에는 선들바람이 불고 있지만 볕이 있는 쪽으로 나오니 제법 따뜻하다.

"이것 봐요."

아내가 손가락으로 가리킨 곳에는 줄기가 곧게 선 빨간 꽃이 있었다.

"양귀비꽃이 피어 있어요. 예쁘죠?"

무릎을 꿇은 아내의 검은 기모노와 발밑의 빨간 꽃이 대조를 이루어 풍부한 색채의 일본화처럼 아름답다.

양귀비에 손을 뻗는 아내의 어깨에 검푸른 나비가 너부시 내려앉았다. 그와 동시에 경쾌한 지저귐이 들려왔다. 두견새일 것이다. 소리에 이끌려 올려다보았지만 새의 모습은 보이지 않고 투명한 푸르름이 하늘을 온통 물들이고 있다.

계절은 이미 초여름이었다.

에필로그

기소의 산골짜기에는 신이 사는 산이 있다.

온타케산이다.

해발 3,000미터의 독립봉. 험준하게 이어지는 산맥 한가운데에 해발 3,000미터를 넘는 독립봉은 그 자체만으로도 기이하다.

그러한 신의 산으로 가는 길은 도로가 정비되고 교통수단이 발달한 지금도 결코 쉬운 일이 아니다. 자동차로 기소의 여관 후쿠시마주쿠에서 출발하여 나카센도를 벗어나 산속을 헤치고 쭉 들어가기를 한 시간. 이어져 있는 남알프스의 산봉우리가 갑작스럽게 끊기는 곳에 홀연히 시야를 가득 채우는 거산을 마주하게 된다.

「기소부시」에서 '여름에도 춥다'고 표현되는 온타케는 5월 초순까지도 스키장이 운영되는 땅이지만, 역시 6월이 되면 산 정상 부근에만 자국눈이 남을 뿐이다. 그래도 그 산허리는 낮에도 시원한 바람이 많이 불어서 햇빛이 쨍쨍한 날에도 제법 쾌적한 기온을 유지한다. 사실 쾌적하다고 장담할 수 있는 곳은 로쿠고메 정도까지고, 로쿠고메에 도착하면 바람에서도 다소 한기가 느껴지기 시작한다.

온타케를 찾은 손님을 나나고메까지 데려다주는 것이 온타케 로프웨이이다.

해발 2,000미터의 이모리 고원역에 도착해 로프웨이에서 내렸다. 문을 열고 바깥 공기를 접한 나는 걸음을 멈추었다. 생각보다 차가운 공기에 당황해서였다. 그대로 앞쪽을 바라보며 눈앞의 경치에 눈을 가늘게 떴다.

앞장서서 밖으로 나간 아내가, 내가 멈춰 선 것을 알아채고 살짝 뒤를 돌아보았다. 하늘색 바람막이가 선명하게 반짝였지만 내 시선은 그보다 더 앞에 있는 영봉(靈峰)에 고정되어 있다.

"드디어 왔네요."

청아한 그 목소리에 나는 그저 말없이 끄덕였다.

당당한 절경이 마치 앞을 가로막아 선 듯 펼쳐져 있다.

로쿠고메 부근의 산허리에서는 실감할 수 없었던 위용이다.

이모리 고원역에서 올려다본 온타케의 정상은 세 개의 봉우리로 나뉘어 있다. 남쪽에서부터 순서대로 겐가미네, 마리시텐야마, 마마코다케. 그 당당한 세 명봉이 거대한 병풍을 펼쳐놓은 듯 좌우로 초연히 뻗어 있다. 우아하고 아름다운 능선은 아니다. 오히려 투박하고 거칠다. 신의 산이라기보다는 도깨비 산이라고 하는 게 좋을 것이다. 울퉁불퉁한 능선에는 아직도 여기저기 잔설이 반짝이며 거뭇거뭇하게 드러난 대지와 선명한 대비를 이루고 있다.

"6월 중순의 온타케에는 아직 눈이 조금 남아 있어요."

아내의 맑은 목소리에 귀를 기울이면서 거의 비틀대듯 걷기 시작한다. 로프웨이 승강장 주변은 완만한 언덕으로, 앞으로 나아가면 이윽고 산길을 감싸듯이 사스래나무 숲으로 들어간다. 그 숲으로 들어가기 직전 아내는 멈춰 섰다. 등에 멘 배낭에서 물병을 꺼내 들고 "여기요" 하면서 나에게 내밀었다.

"산에서 마시는 커피는 별미니까요."

그 미소가 햇빛 아래에서 찬란하게 빛난다.

응, 끄덕이고 커피를 마시는 동안 아내는 지도를 꺼내 하늘을 올려다보더니 이것저것 확인한다. 산길도 있고 입간판도 있지만 이러한 아내의 모습을 보고 있는 것만으로도 든든하다.

제대로 된 등산이라고는 해본 적이 없는 나는 그저 말없이 지켜볼 뿐이다.

"여기에서부터 정상까지, 표고 차이는 약 1,000미터예요. 겐가미네까지 잘하면 세 시간."

"그러면 네 시간이라고 생각해야겠네. 내 몸에 달려 있는 건 몽블랑을 등정한 적이 있는 하루의 다리가 아니니까. 잘 만들어진 계단과 마룻바닥밖에 걸어본 적이 없는 허약한 내과의의 다리야."

아내가 웃으면서 끄덕이는데, 바람을 타고 나지막한 독경 소리가 희미하게 들려왔다.

소리에 이끌리듯 주위를 둘러보니 온타케 신사의 팻말이 보인다.

로프웨이 승강장에서 그다지 떨어져 있지 않은 암벽의 경사면에 작은 기둥 문과 돌층계, 간소한 신전을 갖춘 신사가 서 있다. 물론 여기는 정상은 아니지만, 온타케에는 이런 작은 신사가 여기저기에 세워져 있어서 길 가는 여행자들을 맞이해준다.

돌계단 아래에 웅크리고 앉아 나지막이 경을 읽고 있는 사람은 초로의 남녀 일고여덟 명. 모두 하얀 소복에 노송나무 삿갓을 쓰고 나무 지팡이를 들고 있는 순례객들이다.

일행은 작은 사당을 향해 낭랑한 목소리로 경을 읽고 있다. 모두 진지하다. 그 목소리에는 염원이 있고, 정이 있으며, 노래가 있다. 나는 아내와 함께 발을 멈추고 한동안 그 낮은 목소리에 귀를 기울였다.

"온타케코(코(講)는 동일한 신앙을 가진 사람들이 모인 단체 – 옮긴이) 사람들이에요." 아내가 말한다. "순례객들은 먼 옛날부터 저렇게 꾸밈없는 모습으로 이 산을 올라요. 이렇게 순수하게 기도하는 풍경이 남아 있는 곳은, 이제는 일본에서도 몇 되지 않아요. 온타케는 시가지에서 떨어져 있기 때문에 변함없는 기도 장소가 지금도 남아 있는 거예요."

"수행자 같군. 다들 진지해."

"수행자와 온타케코에는 큰 차이점이 한 가지 있어요."

"차이점?"

"수행자의 목적은 혹독한 수행을 하면서 스스로 도를 깨닫는 것이에요. 그것을 위해서는 한계에 다다르는 가혹한 등산도 마다하지 않죠. 하지만 온타케코 사람들의 목적은, 모두 다 무사히 정상까지 오르는 거예요. 그렇기 때문에 천천히 확실하게, 다 같이 올라가요. 한 명의 낙오자도 생기지 않도록 말이죠."

아내의 부드러운 목소리가 끊길 때쯤 독경 소리가 조금 커졌다.

"그렇군. 왠지 따뜻한 풍경이네."

"맞아요."

무심코 둘러보니 우리 외에도 로프웨이에서 내린 등산객 몇몇이 보인다.

초로의 부부, 젊은 커플, 언뜻 봐도 베테랑처럼 보이는 나홀로족. 제각각의 사람들이 신사 앞에서 고개를 숙이고 온타케코 사람들에게도 고개 숙여 인사한다. 그대로 숲 속으로 사라져가는 풍경에서 묘한 엄숙함이 묻어난다. 잠시 바라보는 것만으로도 가슴속에 포근한 봄바람이 불어오는 듯하다.

시선을 돌리자 저 멀리에 아직도 충분히 하얀 노리쿠라의 능선이 보이는데, 이 또한 쉽게 볼 수 없는 절경이다. 이어져 있는 알프스 산줄기의 대부분은 거뭇거뭇한 암석들을 드러내고 있지만 이 명봉우리만은 잔설을 머리에 이고 고고한 긍지를 지키기라도 하듯 자랑스레 빛나고 있다.

"계절은 돌고 도는 것이에요."

문득 그 말이 가슴속에 울렸다.

돌아가시기 며칠 전 늙은 여우 선생님이 하신 말씀이다.

병실에서 이른 아침의 고요한 가로수 길을 내려다보니 만발한 꽃산딸나무가 그 새하얀 색채를 아낌없이 바람에 흩뿌리고 있다.

"시간과 함께 꽃은 피고 또 지죠. 사람도 마찬가지예요." 어디까지나 차분한 말투였다. "내가 없어도 당신들이 있다……. 이제는 그렇게 생각할 수 있어요."

따뜻한 음성이었다.

훗날을 부탁해요, 라고 말하지는 않았다.

나 역시 아무런 말도 하지 않았다. 말하지 않아도 마음은 충분했다. 둘밖에 없는 병실에서 선생님은 만족한 듯 미소 지었던 것이다.

그로부터 2주가 채 지나지 않았는데도 아주 오래전 추억인 것처럼 마음을 스쳐 지나갔다.

함께 노리쿠라를 바라보고 있던 아내가 조심스럽게 말문을 열었다.

"병원은 괜찮아요?"

"문제없어. 오늘과 내일은 다쓰야에게 맡겼거든. 마음 놓고 날개를 펼칠 수 있어."

이 이틀 동안의 휴가는 다쓰야가 먼저 제안한 것이었다.

늙은 여우 선생님을 잃은 병원은 눈에 띄게 활력을 잃고 심각하게 의기소침한 상태에 빠졌다. 그 가라앉은 공기를 일소하기 위해서라도 바깥바람을 한번 쐬고 오라는 것이 다쓰야의 의견이었다. 일 안 하는 다쓰야가 일을 하겠다고 자처하니 받아들이지 않을 이유가 없었다. 어차피 돌아가면 또다시 끝없는 업무가 기다리고 있다.

"그리고 낭보도 있어."

"낭보요?"

"다쓰야가 기사라기에게 메일을 받았대."

와, 하고 아내가 작게 탄성을 내뱉었다.

"내용까지는 모르겠지만 왠지 들떠 있는 표정이었으니까 좀 일하게 돼도 벌 받지는 않을 거야. 나쓰나도 세 살이 돼서 무척 똑똑해졌어."

"부인은 돌아올까요?"

"거기까지는 알 수 없지만 한동안 다쓰야와 떨어져 지내면서 본인에게 소중한 게 무엇인지 다시 깨달았을 거야. 기사라기는 지나치게 성실한 면이 있긴 하지만, 원래는 머리가 좋은 친구니까."

"이치 씨, 기뻐 보이네요."

목소리가 약간 변한 것 같은 느낌이 들어 바라보니, 아내가 가만히 탐색하는 듯한 눈빛으로 나를 올려다본다.

"왜 그래?"

"당신이 무척 좋아했던 사람이죠? 분명 다시 만나는 걸 기대하고 있겠군요."

말이 끝나자마자 홱, 얼굴을 돌려버렸다.

평소와 다른 전개에 조금 동요했다.

"하루……."

"농담이에요."

이렇게 대답하는 아내는 여느 때와 같은 미소로 돌아와 있었다.

당혹한 채로 아무 말 못 하는 나에게 아내는 점잖은 표정으로 말했다.

"남작님이 이치 씨에게 너무 잘해주기만 하는 건 아내의 본분이 아니라고 해서요."

"상당히 품위 없는 충고를 들었군. 수상한 그림쟁이의 충고를 너무 그대로 받아들이면 안 돼."

"괜찮아요. 남작님이 걱정하는 당사자는 내가 아니라 당신인걸요."

후훗, 작은 어깨를 들썩이며 웃었다.

왠지 아내와 남작의 손바닥 위에서 농락당하는 것 같은 기분이 든다.

온타케의 나나고메까지 와서 남작이 등장하다니. 깊은 산속의 오래된 절에서 갑자기 속기(俗氣)에 노출된 느낌이다.

이마에 살짝 손을 얹는데, 아내의 따뜻한 목소리가 들려왔다.

"이치 씨, 고마워요."

갑작스러운 말에 내가 고개를 들자 아내는 저편의 노리쿠라를 바라보면서 말한다.

"오가토에서 한 약속, 기억하고 있다는 걸 알았을 때 몹시 기뻤어요. 그 한겨울의 산속에 같이 가는 것만으로도 힘들었을 텐데 이번에는 내가 가장 좋아하는 산에 와주다니……. 만약 병원 일이 너무 바빠서 약속을 전부 잊어버렸다 해도, 그 약속을 해줬다는 것만으로도 만족하려고 했어요."

"로프웨이에서 이제 막 내렸는데 그렇게 만족해버리면 안 되지. 등산은 지금부터잖아?"

의기양양하게 말하다가 순간 말문이 막혀버렸는데, 이

쪽으로 돌아본 아내의 눈동자에 물기가 서려 있는 것처럼 보였기 때문이었다.

"요즘 무척이나 속상했어요. 당신 주변에서는 매일 사람이 떠나가요. 자상한 사람도 소중한 사람도, 유쾌한 사람도 멋진 사람도, 모두 다 언젠가는 죽어요. 그걸 지켜보는 당신이 조금씩 지쳐가는 것 같은데 내가 할 수 있는 일은 아무것도 없어서……."

갑자기 아내의 목소리가 희미하게 떨렸다.

그 투명한 음운이 온타케의 바람에 묻힐 때, 나는 갑자기 숙연해졌다.

내가 매일 환자들의 마지막을 지켜보며 느끼는 무력감은 아내가 나에게 느끼는 감각과 결코 멀리 있지 않았다. 눈에 보이지 않는 거대한 흐름 속에서 할 수 있는 일 없이 그저 우두커니 지켜볼 수밖에 없는 그 감각을, 눈에 보이는 장면은 다르지만 아내도 함께 느끼고 있었던 것이다.

나는 또다시 소중한 것을 놓칠 뻔했다.

떠나가는 사람들을 붙잡을 수는 없다. 그것은 신의 영역이다. 하지만 나는 아내의 말을 돌아볼 수 있다. 이것은 사람의 영역이다.

"당신을 위해서 내가 할 수 있는 일이 뭘까요?"

올곧은 눈동자가 물었다.

대답할 말이 없다. 말로 표현할 수만 있다면 이보다 더 쉬운 질문도 없을 것이다.

"내가 당신에게……."

되풀이하려는 아내의 말이 끊겼다. 내가 갑자기 그 가녀린 어깨를 끌어당겼기 때문이다. 그리고 끌어당긴 손으로 그 몸을 안았기 때문이다. 아내가 내 품에서 당황한 듯 무어라 중얼거렸지만 개의치 않는다.

온타케의 신이시여, 굽어 살피소서.

잠시 후 품속에서 놓아주니 아내는 귀까지 새빨개져서 몹시 당황한 모습이다.

"도리는 제쳐두자!"

갑자기 나는 커다란 목소리로 말했다.

신사의 돌계단에서 흰 소복을 입은 사람 몇몇이 이상하다는 듯 우리를 돌아보았다.

멍해져서 눈만 깜빡이는 아내에게 나는 다시 큰 소리로 말했다.

"앞으로도 계속 함께 살아가는 거야, 하루!"

아내가 붉게 상기된 얼굴로 끄덕였다.

"네, 이치 씨."

맑은 목소리를 뒤로하고 나는 산길을 걷기 시작했다.

바로 아내가 다급하게 "이치 씨, 그 방향이 아니에요"라고 말하며 나를 말린다.

"산노이케(三の池)는 저쪽이에요."

"삼이든 사든 상관없지만, 내 다리로도 갈 수 있을까?"

"괜찮아요. 만일 못 움직이게 된다면 내가 업고서라도 갈게요."

"등산가로서의 자격이 의심되는 폭언이군. 움직이지 못하는 사람이 있으면 곧장 내려갈 생각을 해야지."

"상관없어요. 당신에게는 온타케의 정상을 꼭 보여주고 싶으니까요."

아직도 붉게 물들어 있는 미소를 보면 무슨 일이 있어도 3,000미터를 올라야 한다. 그 의지가 나에게 모든 기력과 기개를 불어넣어준다.

아내가 앞장서서 오르기 시작했다.

자갈 섞인 흙을 밟는 기분 좋은 소리가 들려온다.

나 역시 그 뒤를 따라 산을 오르기 시작한다.

문득 기척을 느껴서 위를 바라보니 잎갈나무 숲을 지나 온타케코의 노인이 혼자서 천천히 내려오는 모습이 보였다. 하얀 수염의 노인은 옆을 스치면서 삿갓을 벗고 "조심하세요"라는 한마디를 던졌다. 깊이 있는 목소리였다.

마음속에 울림이 있어 뒤를 돌아보니 이미 노인은 지팡이를 능숙하게 움직이며 급경사인 산길을 리듬 좋게 내려가고 있다. 그 뒷모습이 왠지 운치 있다.

나도 모르게 미소가 지어졌다.

생각해보면 인생이란 것은 이렇게 주고받는 작은 마음들이 이어지는 것일지도 모른다.

태어난 이상 언젠가는 죽는 것이 이치이다. 사람에 국한된 것이 아니다. 아무리 훌륭한 벚꽃도 계절이 지나면 반드시 지는 것과 마찬가지이다.

그런 좁다란 이치 속에서도 무언가를 받고, 그 무언가를 다음으로 이어가는 것이 사람이라면, 그것은 그것대로 유쾌한 일일지도 모른다.

"이치 씨?"

앞서 걷고 있던 아내가 걱정스러운 듯 돌아보았다.

"무슨 일 있어요?"

"아무것도 아니야."

나는 다시 발걸음을 내딛기 시작했다.

"가자, 하루."

웃으며 대답하니 아내는 더 이상 묻지 않는다.

그저 시원하게 "네" 대답하고는 다시 걷기 시작한다.

맑은 바람이 불어와 아내의 검은 머리칼이 나풀거렸다.

올려다보니 하늘에는 초여름의 햇살이 반짝이고 앞에는 온타케의 위용이 펼쳐져 있다. 몇 발짝 걸어 나가자 저 앞에서 성급한 성주풀 한 송이가 여름바람을 맞으며 산들거리고 있었다.

옮긴이 **김수지**

전남대학교 일어일문학과를 졸업한 후 이화여자대학교 통역번역대학원 통역학
과에서 한일 전공을 했다. 현재 전문 통번역가로 활동 중이다.

신의 카르테 2: 다시 만난 친구

1판 1쇄 발행 2018년 5월 2일
2판 1쇄 발행 2024년 7월 1일

지은이 나쓰카와 소스케 **옮긴이** 김수지
펴낸이 김영곤 **펴낸곳** (주)북이십일 아르테
책임편집 정혜경 **디자인** soo_design
문학팀 김지연 원보람 권구훈
해외기획팀 최연순 소은선
출판마케팅영업본부장 한충희
마케팅2팀 나은경 정유진 백다희 이민재
영업팀 최명열 김다운 권채영 김도연
제작팀 이영민 권경민

출판등록 2000년 5월 6일 제406-2003-061호
주소 (우 10881) 경기도 파주시 회동길 201 (문발동)
대표전화 031-955-2100 **팩스** 031-955-2151

(주)북이십일 경계를 허무는 콘텐츠 리더

아르테 채널에서 도서 정보와 다양한 영상자료, 이벤트를 만나세요!
페이스북 facebook.com/21arte **인스타그램** instargram.com/21_arte
포스트 post.naver.com/staubin **홈페이지** arte.book21.com

ISBN 978-89-509-7428-2 (04830)
    978-89-509-7431-2 (세트)